Le guerrier pacifique

Dan
Millman

Le guerrier pacifique

Traduit de l'anglais (États-Unis)
par Olivier Clerc et Edmonde Klehmann

Collection dirigée
par Ahmed Djouder

Titre original :
WAY OF THE PEACEFUL WARRIOR
H. J. Kramer, Inc.

Au Guerrier Pacifique Absolu,
dont Socrate n'est qu'un reflet scintillant,
à Celui Qui porte beaucoup de noms et aucun,
et Qui est la Source de nous tous.

INTRODUCTION

Nous sommes heureux de vous présenter en langue française ce livre qui rencontre un grand succès aux États-Unis. De plus en plus de gens s'intéressent aux techniques de développement personnel et de libération des attitudes rigides qui exposent l'être humain à la peur et au stress. Qu'il s'agisse de psychologie humaniste ou transpersonnelle, mentale ou spirituelle, tous les moyens thérapeutiques utilisés de nos jours ont pour but d'apprendre, à ceux qui le désirent, à vivre délivrés de la tyrannie de l'ego et capables de ne plus s'identifier à l'être social créé par l'éducation et la vie en société.

« Le guerrier pacifique » illustre cet apprentissage de façon plaisante et souvent humoristique. Il montre comment chacun de nous peut réussir sa vie intérieure, c'est-à-dire ne plus se considérer comme une victime des événements, mais comprendre que nous sommes les artisans de notre malheur ou de notre bonheur. Le monde qui nous entoure n'est rien d'autre que le reflet de notre état de conscience.

Sur la route de l'épanouissement, où nous allons de découverte en découverte pour vivre d'une façon toujours plus harmonieuse avec nous-même et avec le monde, la rencontre avec Dan Millman est un moment précieux. Son aventure constitue un exemple remarquable pour devenir un « guerrier pacifique » capable d'affronter les réalités ordinaires et les réalités non ordinaires, avec courage, détermination et sérénité.

Dans ce livre, qui se situe à mi-chemin entre Richard Bach et Castaneda, un Socrate des temps modernes, extraordinaire et inoubliable, nous ouvre les portes de la sagesse. Rappelons-nous à cette occasion la maxime du Socrate de l'Antiquité : « Connais-toi toi-même et tu connaîtras l'univers et les dieux. » Elle reste, à toutes les époques de l'histoire, le meilleur moyen pour celui qui veut développer sa santé, son bien-être, sa joie de vivre et le potentiel immense de Connaissance et d'Amour qui sommeille au plus profond de **tous** les êtres humains.

L'éditeur

REMERCIEMENTS

Je tiens à exprimer mon respect et ma reconnaissance à ceux qui ont, directement ou non, participé à la naissance de ce livre ; et je remercie aussi tous les maîtres, étudiants et amis qui m'ont raconté des anecdotes issues de grandes traditions spirituelles et ont été pour moi une source d'inspiration. Merci aussi à Hal et Naomi et H.-J. Kramer, Inc., de leurs efforts infatigables pour atteindre un public aussi vaste que possible. Ma gratitude la plus sincère à ma femme, Joy, qui n'a pas cessé de me soutenir, ainsi qu'à mes parents, Herman et Vivian Millman, dont l'amour et la foi m'ont donné le courage de débuter sur la Voie.

PRÉFACE

Tout commença en décembre 1966, qui marqua le début d'une série extraordinaire d'événements dans ma vie. J'étais en troisième année à l'Université de Californie à Berkeley. Un jour à trois heures vingt du matin, dans une station-service ouverte la nuit, je rencontrai pour la première fois Socrate. (Il ne me dit pas son vrai nom, mais après avoir passé un moment avec lui cette nuit-là, je l'appelai d'instinct comme l'ancien sage grec ; le nom lui plut et lui resta.) Cette rencontre fortuite, ainsi que les aventures qui ont suivi, allaient changer ma vie.

Les années précédant 1966 avaient été heureuses pour moi. Élevé par des parents pleins d'amour dans un milieu harmonieux, j'avais gagné le Championnat du Monde de Trampoline, voyagé en Europe et reçu beaucoup d'honneurs. La vie m'apportait de nombreuses récompenses, mais la paix me fuyait et les satisfactions ne duraient guère.

Aujourd'hui, je m'en rends compte, j'ai passé toutes ces années à dormir en rêvant que j'étais éveillé – jusqu'à ma rencontre avec Socrate, qui devint mon mentor et mon ami. J'avais cru auparavant qu'une vie de qualité, de joie et de sagesse constituait mon héritage naturel d'être humain et qu'elle me serait accordée automatiquement au fil du temps. Je n'avais jamais soupçonné qu'il me faudrait apprendre *comment* vivre – que je devrais maîtriser certaines disciplines et changer ma manière de voir le monde avant de m'éveiller à une vie simple et heureuse.

Socrate me montra mes erreurs en comparant ma voie à la sienne, la Voie du Guerrier Pacifique. Il se moqua constamment de mon existence sérieuse et problématique pour m'amener à voir avec ses yeux à lui, à travers son regard de sagesse, de compassion et d'humour. Et il persévéra jusqu'au jour où je compris ce que signifiait vivre comme un guerrier.

Souvent je restais avec lui jusqu'aux premières heures du matin, l'écoutant, argumentant et finissant par rire malgré moi avec lui. Tirée de mon aventure, cette histoire n'en est pas moins un *roman*. L'homme que j'appelle Socrate a réellement existé. Mais il avait une telle façon de se fondre dans le monde qu'il m'a parfois été difficile de dire quand et où il s'effaçait pour faire place à d'autres maîtres et à d'autres expériences. J'ai pris quelques libertés dans les dialogues ainsi que dans certaines séquences. J'ai aussi parsemé l'histoire d'anecdotes et de métaphores de manière à souligner les leçons que Socrate souhaitait me voir transmettre.

La vie n'est pas une affaire individuelle. Une histoire et ses leçons n'ont d'utilité que si elles sont partagées. J'ai donc décidé de rendre honneur à mon maître en partageant avec vous sa sagesse et son humour si pénétrants.

Guerriers, nous nous appelons guerriers,
Nous nous battons pour la haute vertu, pour les
grandes causes, pour la sagesse suprême,
et c'est pourquoi nous nous appelons guerriers.

Aunguttara NIKAYA

LA STATION D'ESSENCE
DE L'ARC-EN-CIEL

« La vie commence », pensai-je en disant au revoir à mon père et à ma mère à travers la vitre de ma bonne vieille voiture blanche, pleine à ras bord de toutes les affaires que j'avais préparées pour ma première année d'université. Je me sentais fort, indépendant, prêt à tout.

Je chantai à tue-tête, couvrant la radio, en roulant vers le nord sur l'autoroute de Los Angeles. Puis je passai au-dessus de Grapevine pour déboucher sur la Route 99, qui m'emmena à travers des plaines aux cultures verdoyantes jusqu'au pied des montagnes de San Gabriel.

Juste avant la tombée de la nuit, pendant ma descente sinueuse des collines d'Oakland, je vis miroiter la baie de San Francisco. Mon exaltation s'accrut tandis que j'approchais du campus de Berkeley.

Après avoir trouvé mon dortoir, je déballai mes affaires et jetai un coup d'œil par la fenêtre au pont de la Golden Gate et aux lumières de San Francisco qui scintillaient dans l'obscurité.

Cinq minutes plus tard, je déambulais le long de Telegraph Avenue, regardant les vitrines, respirant l'air frais de la Californie du Nord, savourant les odeurs émanant des petits cafés. Tout m'enchantait tellement que je me promenai jusqu'à minuit passé le long des beaux chemins du campus.

Le lendemain matin, je me rendis tout de suite après le petit déjeuner au Gymnase Harmon, où j'allais m'entraîner six jours par semaine, à raison de quatre heures de musculation et de sauts périlleux par jour, pour réaliser mon rêve de devenir un champion.

Deux jours passèrent et déjà j'étais noyé dans une marée de gens, de papiers et d'horaires de cours. Bientôt les mois s'ajoutèrent aux mois, au rythme des saisons de la douce Californie. Pendant mes cours, je survivais ; au gymnase, je m'épanouissais. Un ami m'avait dit une fois que j'étais né pour être acrobate. J'en avais certainement l'allure : j'étais bien bâti avec des cheveux bruns et courts, un corps mince et vif. J'avais toujours eu un penchant pour les acrobaties les plus folles ; déjà, tout jeune, j'aimais frôler les limites de la peur. La salle de gymnastique était devenue mon sanctuaire ; j'y trouvais mon enthousiasme, mes défis et mes satisfactions.

À la fin de mes deux premières années, j'étais allé en France, en Angleterre et en Allemagne, pour représenter la Fédération de Gymnastique des États-Unis. Je gagnai le Championnat du Monde de Trampoline. Mes trophées de gymnastique s'empilaient dans un coin de ma chambre. Ma photo parut tellement souvent dans le « Daily Californian » que les gens se mirent à me reconnaître et ma réputation grandit. Les femmes me souriaient. Susie, une fille douce et pulpeuse, aux cheveux blonds et au sourire-dentifrice, me faisait de plus en plus fréquemment des visites amoureuses. Même mes études allaient bien ! Je me sentais au sommet du monde.

Pourtant, au début de l'automne 1966, quelque chose de sombre et d'intangible commença à prendre forme. À cette époque, j'avais quitté le dortoir et je vivais seul dans un petit studio derrière la maison de mon propriétaire. Durant cette période, j'éprouvai une mélancolie croissante, et cela malgré tous mes succès. Puis, j'eus des cauchemars. Presque chaque nuit, je me réveillais en sursaut, inondé de sueur. Le rêve était presque toujours le même.

Je marchais le long d'une rue obscure, distinguant à travers un épais brouillard de grands bâtiments sans portes ni fenêtres.

Une immense forme vêtue de noir s'approchait de moi. Je sentais, plus que je ne le voyais, un spectre effrayant, un crâne blanc, luisant, dont les orbites noires me fixaient dans un silence de mort. Un doigt qui n'était plus qu'un os blanc pointait dans ma direction ; la main blanche, repliée comme une griffe, me faisait signe. J'étais glacé d'épouvante.

Un homme aux cheveux blancs apparaissait derrière le spectre encapuchonné. Son visage était calme et lisse. Il marchait sans bruit. Je devinais confusément qu'il était ma seule chance de salut. Il avait le pouvoir de me sauver, mais il ne me voyait pas et je ne pouvais pas l'appeler.

Se moquant de ma peur, la Mort au capuchon noir se tournait vers l'homme aux cheveux blancs qui lui riait au nez. Frappé de stupeur, j'observais : la Mort furieuse essayait de l'attraper, mais en vain. L'instant d'après, le spectre fonçait sur moi, mais le vieil homme l'empoignait par son manteau et le projetait dans les airs.

Brusquement, la Mort avait disparu. L'homme aux cheveux blancs me regardait, tendait les mains vers moi en un geste de bienvenue. Je m'avançais dans sa direction, puis en lui, et me fondais dans son corps. Abaissant les yeux sur moi, je découvrais que je portais une robe noire. J'élevais mes mains et voyais alors des os rongés et blanchis se joindre pour prier.

À ce moment-là, je me réveillais en poussant de petits cris.

Une nuit, début décembre, j'étais couché dans mon lit, écoutant le vent siffler à travers une petite fente de la fenêtre de mon appartement. Incapable de dormir, je me levai et enfilai mon vieux jean, un tee-shirt, des baskets et une veste, et je sortis dans la nuit. Il était trois heures cinq.

Je marchais sans but, inspirant à grandes bouffées l'air frais et humide, regardant le ciel étoilé, à l'affût d'un bruit quelconque dans les rues silencieuses. Le froid me donna faim et je me dirigeai vers une station-service ouverte toute la nuit pour m'acheter des biscuits et une boisson. Les mains dans les poches, je pressai le pas pour dépasser les dortoirs et traverser le campus, et j'arrivai enfin à la station-service, oasis de lumière fluorescente dans un désert de magasins, restaurants, snacks et cinémas fermés.

En contournant le coin du garage contigu à la station, je faillis tomber sur un homme assis dans l'ombre, sa chaise adossée au mur de brique rouge. Surpris, je reculai. Il portait un bonnet de laine rouge, un pantalon en velours gris, des chaussettes blanches et des sandales japonaises. Son léger coupe-vent semblait lui tenir assez chaud, alors que le thermomètre mural qui se trouvait près de sa tête indiquait 3°.

Sans lever les yeux, il dit d'une voix forte, presque musicale : « Désolé si je vous ai fait peur. »

« Oh, ce n'est pas grave ! Avez-vous des boissons gazeuses ? »

« Il n'y a que des jus de fruits ici. » Il se tourna vers moi et ôta son bonnet avec une sorte de demi-sourire, découvrant des cheveux blancs. Puis il éclata de rire.

Quel rire ! Je le dévisageai encore un instant et reconnus le vieil homme de mon rêve ! Les cheveux blancs, la face lisse, sans rides, un homme grand et mince de cinquante ou soixante ans. Il rit à nouveau. Malgré ma confusion, je parvins à me diriger jusqu'à la porte marquée « Bureau », je l'ouvris et, en même temps, je sentis une autre porte s'ouvrir sur une autre dimension. Je m'effondrai tout frissonnant sur un vieux canapé, me demandant ce qui, par cette porte, allait faire irruption dans ma vie bien planifiée. À ma peur se joignait une étrange fascination que je ne m'expliquais pas. Assis, respirant avec peine, j'essayai de reprendre pied dans le monde ordinaire.

J'examinai le bureau. Il n'offrait pas l'impression de stérilité et de désordre habituels à une station d'essence. Une couverture mexicaine défraîchie, mais encore riche en couleurs, recouvrait le canapé sur lequel j'étais assis. À ma gauche, près de l'entrée, il y avait une caisse contenant, bien rangés, des objets utiles pour les voyageurs : cartes, fusibles, lunettes de soleil, etc. Derrière un petit

bureau en noyer se trouvait un fauteuil capitonné ⌐
velours sable. Un robinet d'eau montait la garde près
d'une porte marquée « Privé ». À côté de moi, une autre
porte menait au garage.

Je fus surtout frappé par l'atmosphère accueillante de
la pièce. Un épais tapis jaune vif s'étendait sur toute sa
longueur, s'arrêtant juste avant le paillasson de l'entrée.
Les murs avaient été récemment peints en blanc et
quelques tableaux de paysages les égayaient. La douceur
de l'éclairage m'apaisa. Il était reposant après les éclats
fluorescents de l'extérieur. Chaleur, harmonie et sécurité émanaient de cette pièce.

Comment aurais-je pu deviner les aventures, la magie,
la peur et la poésie qui m'attendaient en cet endroit ? Ma
seule pensée à ce moment-là fut : « Une cheminée serait
tout à fait à sa place ici. »

Mon souffle ne tarda pas à se calmer et mon esprit,
sans être satisfait, cessa, du moins, son agitation. La res-
semblance de cet homme aux cheveux blancs avec celui
de mes rêves devait être une coïncidence. Je me levai en
soupirant, remontai la fermeture de ma veste et ressortis dans le froid.

L'homme était là, il n'avait pas bougé. En passant
devant lui, je jetai à la dérobée un dernier coup d'œil à son
visage et une lueur dans son regard me retint. Je n'avais
encore jamais vu de tels yeux. Ils semblaient d'abord
pleins de larmes sur le point de couler ; puis ces larmes se
transformaient en un scintillement, comme si le ciel étoilé
s'y reflétait. Je m'y plongeai de plus en plus profondément
jusqu'à ce que les étoiles elles-mêmes ne fussent plus
qu'un reflet de ses yeux. Pendant un moment, j'oubliai
tout, ne voyant plus que ces yeux, les yeux fixes et curieux
d'un enfant.

J'ignore combien de temps je restai ainsi ; quelques
secondes, quelques minutes – peut-être plus. Brusquement, je sus à nouveau où je me trouvais. Je marmonnai
« bonne nuit » et, déconcerté, gagnai vite le coin de la rue.

Sur le trottoir, je m'arrêtai. Ma nuque me chatouillait ;
je sentais qu'il m'observait. Je me retournai. Il ne s'était

lé plus de quinze secondes depuis mon départ, vis soudain *debout sur le toit*, les bras croisés, ant le ciel et ses étoiles! Je considérai bouche bée la c ise vide toujours appuyée contre le mur, puis je levai à nouveau les yeux. C'était impossible! Je n'aurais pas été plus abasourdi si je l'avais vu changer la roue d'un potiron géant transformé en carrosse et tiré par d'énormes souris.

Dans la paix de la nuit, je considérai sa silhouette svelte; elle en imposait, même à distance. J'entendis les étoiles carillonner comme des cloches dans le vent. Tout à coup, il tourna brusquement la tête et me regarda droit dans les yeux. Il se trouvait bien à vingt mètres de moi et je sentais pourtant son souffle sur mon visage. Je frissonnai, mais pas de froid. La porte, celle par laquelle la réalité se fond dans les rêves, s'ouvrit à nouveau.

Je regardai l'homme. «Oui? dit-il. Puis-je vous aider?» Paroles prophétiques!

«Excusez-moi, mais…»

«Vous êtes excusé», fit-il en souriant. Je rougis. Cette histoire commençait à m'agacer. Il jouait avec moi un jeu dont je ne connaissais pas les règles.

«Bon, comment êtes-vous monté sur le toit?»

«Sur le toit?» demanda-t-il d'un air innocent et étonné.

«Oui. Comment avez-vous fait pour passer de cette chaise au toit en moins de vingt secondes? Vous étiez adossé au mur, juste là. Je me suis retourné, j'ai marché jusqu'au coin et vous…»

«Je sais exactement ce que j'ai fait, tonna sa voix. Inutile de me le raconter. Mais voilà la question: savez-vous ce que *vous* faisiez?»

«Bien sûr je le sais!» Je m'énervai: je n'étais pas un enfant pour recevoir ainsi des leçons! Mais comme je tenais absolument à connaître l'astuce de ce vieil homme, je me calmai et demandai poliment: «S'il vous plaît, monsieur, dites-moi comment vous êtes monté sur ce toit.»

Il se contenta de me regarder dans les yeux, en silence, jusqu'à ce que j'aie des fourmis dans le cou. Finalement il me répondit : « J'ai utilisé une échelle. Elle se trouve derrière. » Puis, m'ignorant, il regarda à nouveau le ciel.

Je passai rapidement derrière. En effet, il y avait une vieille échelle, appuyée misérablement contre le mur. Mais il restait au moins un mètre cinquante entre le haut de l'échelle et le bord du toit ; même s'il avait pu l'utiliser – ce qui semblait franchement douteux – cela n'expliquait pas la vitesse à laquelle il était monté.

Dans l'obscurité, quelque chose atterrit sur mon épaule. Surpris, je me retournai et vis sa main. Il avait réussi à *redescendre* et à me rejoindre en douce. Je songeai alors à la seule solution possible : il avait un jumeau ! Ils s'amusaient sans doute à effrayer d'innocents visiteurs. Je l'accusai immédiatement.

« Bien, monsieur, où est votre jumeau ? Je ne suis pas idiot. »

Il fronça légèrement les sourcils, puis éclata d'un rire sonore. Ah, c'était donc ça ! J'avais raison ; il était démasqué. Sa réponse mina toutefois mon assurance.

« Si j'avais un jumeau, pensez-vous que je perdrais mon temps ici ? » Il rit à nouveau et se dirigea vers le garage, me laissant sans voix. L'audace de ce type me dépassait.

Je me dépêchai de le rattraper. Il entra dans le garage et commença à bricoler le carburateur d'un vieux camion Ford vert. « Vous me prenez vraiment pour un imbécile, hein ? » dis-je, l'air plus agressif que je ne souhaitai.

« Nous sommes tous des imbéciles, répondit-il. Mais certains le savent, certains ne le savent pas. Vous semblez appartenir à la seconde catégorie. Pouvez-vous me passer cette petite pince ? »

Je lui passai sa foutue pince et m'apprêtai à partir. Pourtant, avant de m'en aller, il fallait que je sache. « S'il vous plaît, expliquez-moi comment vous êtes monté si vite sur ce toit. Je suis vraiment perplexe. »

Il me rendit la pince en disant : « Le monde est une énigme ; inutile d'essayer de le comprendre. » Il m'indiqua l'étagère derrière moi. « J'aurais besoin du marteau et du tournevis maintenant, juste là. »

Frustré, je l'observai encore un petit peu en essayant de trouver un moyen de lui faire dire ce que je souhaitais savoir, mais il paraissait m'avoir oublié. Alors que je renonçais et me dirigeais vers la porte, je l'entendis dire : « Ne partez pas. » Il ne me priait pas ; il ne me donnait pas d'ordre non plus. Il s'était exprimé d'une manière neutre. Je me tournai vers lui ; son regard était doux.

« Pourquoi ne partirais-je pas ? »

« Je peux vous être utile », déclara-t-il en retirant le carburateur à la façon d'un chirurgien opérant une transplantation cardiaque. Il le déposa avec soin et pivota pour me faire face.

« Voilà. » Il me donna le carburateur. « Démontez-le et mettez les pièces à tremper. Cette occupation vous empêchera de penser à vos questions. »

Ma frustration se changea en rire. Ce vieil homme assez agaçant était tellement intéressant. Je décidai donc de me montrer aimable.

« Je m'appelle Dan, dis-je en lui tendant la main avec un sourire hypocrite. Et vous ? »

Il mit un tournevis dans ma main tendue. « Mon nom n'a aucune importance ; le vôtre non plus. L'important se trouve au-delà des noms et des questions. Vous aurez besoin de ce tournevis pour démonter le carburateur. »

« Il n'y a rien au-delà des questions, répliquai-je. Comment avez-vous volé jusque sur ce toit ? »

« Je n'ai pas volé – j'ai sauté, fut sa réponse. Il n'y a là rien de magique, ne vous excitez pas. Mais pour vous, il me faudra peut-être recourir à de la haute magie. Je vais devoir transformer un âne en être humain. »

« Non mais !…. Pour qui vous vous prenez pour me dire des choses pareilles ? »

« Je suis un guerrier ! rétorqua-t-il. Cela mis à part, je suis ce que vous voulez que je sois. »

« Êtes-vous incapable de répondre à une question directe ? » lançai-je en me vengeant sur le carburateur.

« Posez-m'en une et j'essayerai », fit-il avec un sourire ingénu. Le tournevis glissa et je m'écorchai le doigt. « Merde ! » hurlai-je en me dirigeant vers le lavabo pour laver la coupure. Socrate me tendit un pansement.

« Bon, d'accord. Voici une question directe. » Je m'efforçai d'user d'un ton patient. « Comment pouvez-vous m'être utile ? »

« Je vous ai déjà été utile », répliqua-t-il, pointant le doigt vers mon bandage.

C'en était trop. « Écoutez, j'ai assez perdu de temps ici. J'ai besoin de dormir. » Je reposai le carburateur et me préparai à partir.

« Comment savez-vous si vous ne dormez pas depuis toujours ? Comment savez-vous si vous ne dormez pas en ce moment ? » demanda-t-il, une lueur malicieuse dans les yeux.

« Si vous le dites ! » J'étais trop fatigué pour continuer à discuter. « Une dernière chose, quand même. Avant que je parte, m'expliquerez-vous votre exploit de tout à l'heure ? »

Il s'avança vers moi et me prit la main. « Demain, Dan, demain. » Devant son sourire chaleureux, toute ma peur et ma frustration s'évanouirent. Ma main, mon bras, puis mon corps tout entier se mirent à me picoter. Il ajouta encore : « Cela m'a fait plaisir de te revoir. »

« Comment ça, revoir ? commençai-je, puis je me repris : Je sais, demain, demain. » Nous avons tous les deux éclaté de rire. Je me dirigeai vers la porte, m'arrêtai, me retournai et lui dis en le regardant : « Au revoir… *Socrate*. »

Il parut surpris, puis se contenta de hausser les épaules. Le nom lui plut, je pense. Je partis sans ajouter un mot.

Le lendemain matin, je ne me réveillai pas pour mon cours de huit heures et je fus juste prêt pour mon entraînement de gymnastique de l'après-midi.

Après la course d'obstacles, Rick, Sid et moi, ainsi que d'autres membres de l'équipe, nous nous étendions sur le sol, soufflant et transpirant, étirant les jambes, les épaules et le dos. J'étais d'ordinaire silencieux lors de ce rituel, mais ce jour-là, j'eus envie de leur parler de Socrate. Je parvins seulement à dire : « La nuit dernière, j'ai rencontré un type un peu bizarre dans une station d'essence. »

Mes amis se souciaient plus de leurs douleurs dans les jambes que de mes petites histoires.

Après un échauffement avec quelques appuis-faciaux, flexions et abdominaux, notre série d'acrobaties commença. Tout en rebondissant et en m'élançant en l'air, tout en pivotant autour de la barre fixe et en faisant des ciseaux sur le cheval d'arçons, je m'interrogeais sur les exploits de l'homme que j'avais nommé « Socrate ».

Un peu vexé, j'étais tenté de l'éviter, mais je voulais comprendre à tout prix ce personnage énigmatique.

Après le dîner, je parcourus rapidement mes leçons d'histoire et de psychologie, fis le brouillon d'un essai d'anglais, puis me précipitai hors de chez moi. Il était vingt-trois heures. À mesure que je m'approchais de la station, des doutes m'envahissaient. Souhaitait-il réellement me revoir ? Comment le convaincre qu'avec moi, il avait affaire à une personne très intelligente ?

Il était là, dans l'embrasure de la porte. Il exécuta une courbette et, d'un geste du bras, m'invita à entrer dans son bureau. « Enlève tes chaussures, s'il te plaît, c'est une habitude chez moi. »

Je m'assis sur le canapé et posai mes chaussures près de moi, afin de pouvoir, le cas échéant, sortir rapidement. Ce mystérieux étranger ne m'inspirait pas encore confiance.

Dehors, il se mit à pleuvoir. La couleur et la chaleur du bureau offraient un contraste agréable à l'obscurité de la nuit et aux gros nuages. Je commençais à me sentir à l'aise. Me laissant aller en arrière, je dis : « Tu sais, Socrate, il me semble t'avoir déjà rencontré auparavant. »

« En effet », répondit-il, ouvrant à nouveau dans mon esprit la porte unissant la réalité aux rêves. Je fis une pause.

« Au fait, Socrate, je fais souvent un rêve dans lequel tu apparais. » Je l'observai attentivement, mais son visage était indéchiffrable.

Il me sourit. «Je suis dans les rêves de beaucoup de gens; toi aussi. Parle-moi de ton rêve.»

Je le lui racontai avec le maximum de détails. La pièce semblait s'assombrir à mesure que les scènes terribles revivaient en moi et que mon monde familier s'estompait.

Quand j'eus terminé, il dit: «Oui, c'est un très bon rêve.» Je voulus lui demander ce qu'il entendait par là, mais juste à cet instant, la sonnette de la station retentit plusieurs fois. Il enfila un poncho et sortit dans la nuit humide. Me postant à la fenêtre, je l'observai. C'était l'heure d'affluence et la ruée du vendredi soir. L'activité ne manquait pas, les clients se suivaient les uns après les autres. Me trouvant bête à le regarder ainsi, je sortis l'aider; mais il parut ne pas me remarquer.

Devant moi s'étendait une rangée de voitures sans fin: des rouges, des vertes, des bariolées, des décapotables et des voitures de sport étrangères. L'humeur des conducteurs présentait la même variété que les voitures. Seules une ou deux personnes semblaient connaître Socrate, mais la plupart des gens le considérèrent avec curiosité, comme s'ils devinaient quelque chose d'étrange et d'indéfinissable.

Certains étaient d'excellente humeur, ils riaient bruyamment et faisaient hurler leur radio pendant que nous les servions. Socrate riait avec eux. Un ou deux clients maussades mirent un point d'honneur à se montrer désagréables; mais Socrate traitait tout le monde avec la même courtoisie – comme si chacun était son invité personnel.

Après minuit, les voitures et les clients se firent plus rares. La paix dans la nuit fraîche parut anormale après tant de bruit et d'agitation. En retournant dans le bureau, Socrate me remercia pour mon aide. Il s'en était donc aperçu! Je ne le montrai pas, mais j'étais content. Depuis longtemps, je n'avais aidé personne.

Arrivé dans la pièce chauffée, je me rappelai notre conversation interrompue et, sitôt installé sur le canapé, je me mis à parler : « Socrate, j'ai des questions à te poser. »

Il joignit ses mains en un geste de prière et leva les yeux vers le plafond comme s'il demandait l'assistance – ou la patience – divine.

« Lesquelles ? » soupira-t-il.

« Eh bien, j'aimerais toujours comprendre ce saut sur le toit et pourquoi tu as dit : Cela m'a fait plaisir de te revoir. Je veux savoir ce que je peux faire pour toi et comment toi, tu peux m'être utile. Et je veux aussi connaître ton âge. »

« Commençons par la question la plus facile. J'ai quatre-vingt-seize ans, selon ta manière de mesurer le temps. » Il n'avait pas quatre-vingt-seize ans. Cinquante-six, peut-être ; soixante-six, passe encore ; soixante-seize, possible, quoique étonnant. Mais *quatre-vingt-seize* ! Il mentait – pourquoi ?

« Socrate, que veux-tu dire par 'selon ta manière de mesurer le temps' ? Viendrais-tu de l'espace ? » plaisantai-je maladroitement.

« N'est-ce pas le cas de tout le monde ? » répliqua-t-il. Il m'était déjà arrivé d'envisager cette possibilité.

« J'attends toujours de savoir ce que nous pouvons faire l'un pour l'autre. »

« C'est simple : je prendrais volontiers un dernier élève et tu as visiblement besoin d'un maître. »

« J'ai assez de maîtres », dis-je trop vite.

« Ah oui ? » Il fit un pause.

« Cela dépend de ce que tu veux apprendre. » Il se leva en souplesse de son fauteuil et se dirigea vers la porte. « Viens avec moi. Je vais te montrer quelque chose. »

Il m'entraîna jusqu'au coin de la station d'où nous pouvions embrasser du regard toute l'avenue, les lumières du quartier des affaires et au-delà, celles de San Francisco.

« Le monde que tu vois là, déclara-t-il en tendant le bras vers l'horizon, est une école, Dan. Seule la vie peut enseigner. Elle offre de nombreuses expériences, et si les expériences apportaient par elles-mêmes la sagesse et la plénitude, toutes les personnes âgées seraient des maîtres illuminés et heureux. Mais les leçons des expériences sont cachées. Je peux t'aider à apprendre, à travers les expériences, à voir le monde clairement. En ce moment tu as terriblement besoin de cette clarté. Ton intuition le sait, mais ton mental se rebelle contre cette vérité ; tu as fait beaucoup d'expériences, mais tu as peu appris. »

Au moment où nous allions regagner le bureau, une brillante Toyota rouge arriva. Tout en ouvrant le réservoir, Socrate continua à parler. « Comme la plupart des gens, tu as été formé à chercher l'information en dehors de toi-même ; dans les livres, les magazines, auprès des experts. » Il introduisit le tuyau de la pompe dans le réservoir. « Tu t'ouvres comme cette voiture et tu laisses entrer les faits. Parfois l'information est du super, parfois de l'ordinaire. Tu achètes la connaissance au cours du marché, exactement comme l'essence. »

« Ah, merci de me le rappeler ! Je dois payer le prochain trimestre dans deux jours ! »

Socrate se contenta de hocher la tête et continua à remplir le réservoir. Lorsqu'il fut plein, il continua encore. L'essence se mit à déborder et à couler sur le sol.

« Socrate ! Le réservoir est plein… regarde ce que tu fais ! »

Ignorant mon appel, il laissait toujours l'essence couler et dit : « Dan, tu débordes d'idées préconçues, comme ce réservoir ; tu regorges de connaissances inutiles. Tu détiens nombre de faits et d'opinions, mais tu ne sais presque rien de toi-même. Avant de pouvoir apprendre, il te faudra commencer par vider ton réservoir. » Il me sourit, me fit un clin d'œil, puis ajouta en arrêtant la pompe : « Tu veux bien nettoyer cette saleté ? »

J'eus l'impression qu'il ne parlait pas seulement de l'essence renversée. Je m'empressai de laver le sol. Soc prit l'argent du conducteur, lui rendit la monnaie avec le sourire et rentra dans son bureau. Il me raconta alors une histoire.

Un jour, un professeur d'université se rendit dans les hautes montagnes du Japon pour parler à un moine zen renommé. Lorsqu'il le trouva, il se présenta, énonça ses diplômes et demanda à être instruit sur le zen.

« Voulez-vous un peu de thé ? » demanda le moine.

« Oui, volontiers », répondit le professeur.

Le vieux moine commença à remplir la tasse jusqu'au bord, puis continua de verser. Le thé déborda sur la table, puis coula par terre.

« Arrêtez ! cria le professeur. Ne voyez-vous pas que la tasse est déjà pleine ? Elle ne peut rien contenir de plus ! »

Le moine répliqua : « Comme cette tasse, vous êtes déjà plein de connaissances et d'idées préconçues. Pour pouvoir apprendre, commencez par vider votre tasse. »

Socrate me regarda un instant, puis demanda : « Veux-tu un peu de thé ? »

Je ris. « Oserai-je ? »

Tout en remplissant la bouilloire d'eau de source et en la mettant sur la plaque chauffante, Socrate me répéta : « Dan, tu es plein d'un savoir inutile. Tu possèdes trop de connaissances sur le monde et tu ne te connais guère toi-même. »

Je le défiai : « Que vas-tu faire, me remplir de *tes* connaissances ? »

« Non, je ne vais pas t'alourdir encore plus ; je vais te montrer la 'sagesse du corps'. Tout ce dont tu as besoin se trouve en toi ; les secrets de l'univers sont imprimés dans les cellules de ton corps. Mais tu n'as pas appris la vision intérieure ; tu ne sais pas comment lire le corps. Ton seul recours a été de lire des livres, d'écouter des experts et d'espérer qu'ils aient raison. Lorsque tu connaîtras la sagesse du corps, tu seras un Maître parmi les maîtres. »

Il m'en coûta de ne pas faire la grimace. Ce pompiste accusait mes professeurs d'ignorance et insinuait que mon éducation universitaire ne valait rien ! « Bien sûr, Socrate, je comprends ce que tu veux dire par sagesse du corps, mais je ne marche pas. »

Il secoua lentement la tête. « Tu comprends beaucoup de choses, mais tu n'as pratiquement rien réalisé. »

« Qu'est-ce que cela signifie ? »

« La compréhension n'a qu'une dimension. Elle se situe au niveau de l'intellect et mène à la connaissance que tu as. En revanche, la réalisation a trois dimensions. C'est la compréhension simultanée du corps entier – la tête, le cœur et les instincts physiques. Elle ne vient que par l'expérience claire. »

« Je ne te suis toujours pas. »

« Te rappelles-tu tes premières leçons de conduite ? Avant, tu étais passager ; tu pouvais seulement comprendre la conduite. Mais tu as *réalisé* ce que c'était en te mettant au volant pour la première fois. »

« C'est vrai ! dis-je. Je me souviens très bien de l'avoir ressenti : c'est donc ainsi ! »

« Exactement ! Cette phrase décrit parfaitement l'expérience de la réalisation. Un jour, tu l'utiliseras à propos de la vie. »

Je restai quelques instants assis en silence, puis lançai : « Tu ne m'as toujours pas expliqué la 'sagesse du corps'. »

« Viens avec moi », m'ordonna Socrate en me conduisant vers la porte marquée « Privé ». À l'intérieur, c'était le noir complet. Tout d'abord je me sentis tendu, puis cette tension fit place à une vive impatience. J'allais apprendre mon premier vrai secret : la sagesse du corps.

La lumière s'alluma. Nous étions dans une salle de bain et Socrate pissait bruyamment dans la cuvette des toilettes. « Voici la sagesse du corps », annonça-t-il fièrement. Son rire résonnait contre les murs de briques. Je sortis et allai m'asseoir sur le canapé, les yeux rivés au tapis.

Lorsqu'il revint, je demandai : « Socrate, j'aimerais toujours savoir… »

« Si tu tiens à m'appeler Socrate, m'interrompit-il, tu pourrais au moins faire honneur à ce nom en me laissant de temps en temps poser les questions et en répondant toi. Qu'en dis-tu ? »

« Je suis d'accord, répliquai-je. Tu viens de poser ta question et j'y ai répondu. Maintenant c'est mon tour. Au sujet de ce saut sur le toit, l'autre jour… »

« Tu es un jeune homme têtu, hein ? »

« Oui, plutôt. Ce n'est pas sans obstination qu'on arrive là où j'en suis maintenant. Voilà une autre question à laquelle je t'ai répondu. Si on s'occupait des miennes ? »

M'ignorant, il demanda : « Où es-tu aujourd'hui, en ce moment ? »

Je me mis à parler de moi avec enthousiasme. Conscient qu'il détournait la conversation pour ne pas répondre à mes questions, je lui parlai néanmoins de mon passé, récent et ancien, et de mes inexplicables dépressions. Il écouta avec patience et attention, comme s'il avait toute la vie devant lui, et j'achevai mon récit quelques heures plus tard.

« Très bien, dit-il. Mais tu n'as toujours pas répondu à ma question te demandant où tu es. »

« Mais si, rappelle-toi. Je t'ai expliqué comment, en travaillant dur, j'en étais arrivé là où j'en suis maintenant. »

« Où es-tu ? »

« Que veux-tu dire : où suis-je ? »

« Où es-tu ? »

« Je suis ici. »

« Où est ici ? »

« Dans ce bureau, dans cette station d'essence ! » Ce jeu commençait à m'impatienter.

« Où est cette station d'essence ? »

« À Berkekey. »

« Où est Berkeley ? »

« En Californie. »

« Où est la Californie ? »

« Aux États-Unis. »

« Où sont les États-Unis ? »

« Sur un bout de terre, l'un des continents de l'hémisphère ouest. Socrate, je... »

« Où sont les continents ? »

Je soupirai « Sur la Terre. Est-ce fini ? »

« Où est la Terre ? »

« Dans le système solaire, troisième planète à partir du soleil. Le soleil est une petite étoile dans la Voie Lactée. Ça va comme ça ? »

« Où est la Voie Lactée ? »

« Oh lala ! soupirai-je, agacé. Dans l'univers. » Je m'adossai bien et croisai les bras, l'air déterminé à en rester là.

« Et où est l'univers ? » demanda Socrate en souriant.

« L'Univers est, euh… il y a des théories concernant son origine… »

« Ce n'est pas ce que j'ai demandé. Où est-il ? »

« Je n'en sais rien – comment veux-tu que je te réponde ? »

« Nous y voilà. Tu ne peux pas répondre et tu ne le pourras jamais. Il n'existe pas de connaissance à ce sujet. Tu ne sais pas où est l'univers et, par conséquent, tu ne sais pas où tu es. En fait, tu ne sais pas où est quoi que ce soit ; de même que tu ne sais pas ce qu'est telle ou telle chose, ni d'où elle vient. C'est un mystère.

« Mon ignorance, Dan, se fonde sur cette compréhension. Ta compréhension se fonde sur l'ignorance. Je suis un imbécile plein d'humour ; tu es un âne sérieux. »

« Écoute, dis-je, il y a deux ou trois choses que tu devrais savoir à mon sujet. D'abord, je suis déjà une sorte de guerrier. Je suis un super bon gymnaste. » Pour ponctuer mes propos et lui montrer je pouvais être spontané, je me levai et exécutai un saut périlleux arrière, atterrissant avec grâce sur le tapis.

« Hé, c'est bien, dit-il. Recommence ! »

« Oh, ce n'est pas grand-chose, Soc. Pour moi c'est même plutôt facile. » Je m'appliquai à ne pas avoir l'air trop condescendant, mais ne parvins pas à réprimer un sourire de fierté. J'avais l'habitude de faire ce type de démonstration sur la plage pour des enfants. Ils avaient toujours envie que je recommence.

« D'accord, Soc, regarde bien. » Je m'élançai, mais au moment où j'allais me retourner, quelque chose ou quelqu'un m'envoya en hauteur. Je m'écrasai sur le canapé. La couverture mexicaine qui en recouvrait le dossier s'enroula autour de moi et m'enveloppa. J'en sortis rapidement la tête, cherchant Socrate. Il était toujours assis de l'autre côté de la pièce, à quatre mètres, et il arborait un sourire malicieux.

« *Comment as-tu fait* ? » J'étais aussi décontenancé qu'il avait l'air innocent.

« C'était bien ? demanda-t-il. Voudrais-tu recommencer ? » Puis il ajouta : « Ne t'inquiète pas, Dan ; même un grand guerrier comme toi n'est pas à l'abri d'une défaillance de temps en temps. »

Je me relevai, un peu étourdi, et remis la couverture en place. Il me fallait occuper mes mains et j'avais besoin de réfléchir. Comment avait-il fait ? Une question de plus resterait sans réponse…

Socrate quitta le bureau sans bruit pour aller remplir le réservoir d'une camionnette chargée de meubles. « Il est parti apporter ses encouragements à un autre voyageur », pensai-je. Puis je fermai les yeux et méditai sur son apparente capacité à défier les lois naturelles, ou du moins le bon sens.

« Aimerais-tu apprendre un secret ? » Je ne l'avais même pas entendu rentrer. Il était assis dans son fauteuil, jambes croisées.

Je croisai aussi les jambes et me penchai vers lui, très intéressé. Évaluant mal la mollesse du canapé, je m'inclinai un peu trop et basculai. Je me retrouvai étalé par terre, la face collée au tapis, avant d'avoir pu décroiser les jambes.

Socrate se tordait de rire. Vite je m'assis, me tenant droit comme un I. Soc me trouva si drôle qu'il faillit s'étouffer. Plus habitué aux applaudissements qu'au ridicule, je me levai d'un bond, j'étais honteux et furieux. Soc se reprit instantanément ; son visage et sa voix s'imprégnèrent d'autorité.

« Assieds-toi ! » ordonna-t-il en m'indiquant le canapé. Je m'assis. « Je t'ai demandé si tu voulais apprendre un secret. »

« Oui… comment sauter sur les toits. »

« *Toi*, tu choisis si tu veux, ou non, apprendre un secret. *Moi*, je choisis le sujet. »

« Pourquoi est-ce toujours à toi de fixer les règles du jeu ? »

« Parce que je suis ici chez moi. » Soc me parlait d'une manière exagérément agressive, pour se moquer encore plus de moi peut-être. « Maintenant, fais bien attention. Au fait, es-tu bien installé… stable ? » plaisanta-t-il. Je me bornai à pincer les lèvres.

« Dan, j'ai des lieux à te montrer et des histoires à te raconter. J'ai des secrets à te révéler. Mais avant de commencer cette aventure ensemble, il faut que tu saches ceci : la valeur d'un secret ne réside pas dans ce que tu sais, mais dans ce que tu *fais*. »

Il sortit d'un tiroir un vieux dictionnaire et le brandit. « Utilise tes connaissances, mais sois conscient de leurs limites. La connaissance seule ne suffit pas ; elle n'a pas de cœur. Elle ne nourrit pas ton esprit ; elle ne peut pas t'apporter le bonheur ultime, ni la paix. La vie exige plus que la connaissance ; elle exige une intense capacité de sentir et une énergie inépuisable. Seule *l'action juste* insuffle la vie à la connaissance. »

« Je sais tout cela, Soc. »

« C'est bien là ton problème : tu sais, mais tu n'agis pas. Tu n'es pas un guerrier. »

« Socrate, je ne suis vraiment pas d'accord. Il m'arrive d'agir comme un guerrier, lorsque la pression est assez forte – tu devrais me voir au gymnase ! »

« Admettons que tu expérimentes parfois l'état d'esprit d'un guerrier ; résolu, alerte, clair et libre de tout doute. Tu peux développer un corps de guerrier, souple, flexible, sensible et plein d'énergie. Parfois, tu peux même te sentir le cœur d'un guerrier, aimant chaque chose et chaque être que tu vois. Mais ces qualités sont morcelées en toi. Tu manques d'intégration. Ma tâche consiste à te reconstituer, pignouf ! »

« Pas si vite, Socrate ! Je ne doute pas que tu aies certaines facultés inhabituelles et que tu aimes t'entourer de mystère, mais je ne vois pas comment tu peux prétendre *me* reconstituer. Reconsidérons la situation ! J'étudie à l'université ; tu t'occupes de voitures. Je suis un champion du monde ; tu bricoles dans le garage, fais du thé et attends qu'un pauvre bougre passe par là pour l'effrayer. Peut-être puis-je t'aider à *te* reconstituer. » Je ne savais pas très bien ce que je disais, mais j'étais content de moi.

Socrate se borna à rire ; il secouait la tête, surpris qu'il était de m'entendre parler de cette façon. Puis il vint vers moi et se mit à genoux à mes côtés en disant : « Toi, me reconstituer ? Peut-être un jour. Mais pour l'instant, il te faut comprendre en quoi nous différons. » Il se mit à me donner des coups de coudes dans les côtes et encore et encore, en disant : « Le guerrier agit... »

« Arrête, nom d'un chien ! criai-je. Tu m'énerves ! »

« ...et le fou se contente de réagir. »

« Mais qu'est-ce que tu t'imagines ? »

« Je te frappe et tu t'énerves ; je t'insulte et tu réagis par l'orgueil et la colère ; je glisse sur une peau de banane et... » Il s'écarta de moi et glissa, atterrissant lourdement sur le tapis. Je ne parvins pas à me retenir. J'éclatai de rire.

Assis par terre, il me regarda en tirant sa conclusion. « Tes sentiments et tes réactions, Dan, sont automatiques et prévisibles ; pas les miens. Je crée ma vie d'une manière spontanée ; la tienne est déterminée par ton passé. »

« Comment peux-tu prétendre tout cela sur moi et sur mon passé ? »

« Parce que je t'observe depuis des années. »

« Ah oui, bien sûr ! » dis-je, attendant une plaisanterie qui ne vint pas.

Il commençait à se faire tard et j'avais de quoi réfléchir. Je me sentais chargé d'une nouvelle obligation que je n'étais pas sûr de pouvoir tenir. Socrate remplit sa tasse d'eau. Tandis qu'il buvait par petites gorgées, je lui dis : « Il faut que je parte maintenant, Soc. Il est tard et je dois terminer des devoirs importants. »

Socrate resta tranquillement assis tandis que je me levai et enfilai ma veste. Puis, au moment où j'allais passer la porte, il parla lentement, en choisissant ses mots. Chacun d'entre eux me fit l'effet d'une petite tape sur la joue.

« Tu aurais intérêt à réviser ta notion de l'importance si tu souhaites devenir un guerrier. En ce moment, tu as l'intelligence d'un âne ; ton esprit n'est que brouillard. Tu ne manques pas de travail important, mais dans une classe différente de celle que tu conçois à présent. »

J'avais gardé les yeux rivés au plancher. Je me redressai brusquement pour l'affronter, mais je fus incapable de soutenir son regard et me détournai.

« Pour survivre aux leçons qui t'attendent, continuat-il, il te faudra bien plus d'énergie qu'auparavant. Tu dois purifier ton corps de toutes ses tensions, libérer ton esprit des connaissances stagnantes et ouvrir ton cœur aux énergies de l'émotion véritable. »

« Soc, laisse-moi t'expliquer mes horaires. Il faut que tu comprennes à quel point je suis occupé. J'aimerais bien te voir plus souvent, mais j'ai si peu de temps. »

Il me regarda d'un air sombre. « Tu en as même moins que tu ne l'imagines. »

« Que veux-tu dire ? » m'écriai-je.

« Ne t'en soucie pas pour l'instant, dit-il. Continue. »

« Eh bien voilà, j'ai des objectifs. Je veux devenir champion de gymnastique. Je veux que notre équipe gagne les championnats internationaux. J'ai envie de passer ma licence haut la main, ce qui implique de lire des livres et de rendre des devoirs. Tu sembles me proposer de veiller plutôt la moitié de la nuit dans une station d'essence en écoutant – ne prends pas cela pour une insulte – un homme très bizarre qui essaye de m'attirer dans son monde de fantaisie. C'est de la folie ! »

« Oui, dit-il avec un sourire triste. C'est de la folie. » Socrate se rassit dans son fauteuil et fixa le plancher. Je n'aimais pas cette façon de jouer au pauvre-vieil-homme, mais mon cœur se sentait attiré par cet excentrique qui prétendait être une sorte de « guerrier ». J'enlevai ma veste, puis mes chaussures, et repris ma place. Une histoire racontée par mon grand-père me revint alors à l'esprit.

Il était une fois un roi bien-aimé dont le château se dressait sur une haute colline, surplombant ses terres. Il était tellement populaire que les habitants de la ville voisine lui envoyaient quotidiennement des cadeaux et qu'on fêtait son anniversaire dans tout le royaume. Les gens l'aimaient pour sa sagesse renommée et pour la justesse de ses jugements.

Un jour, une tragédie frappa la ville. La réserve d'eau fut polluée et tous les habitants, hommes, femmes et enfants, devinrent fous. Seul le roi, qui avait sa source privée, fut épargné.

Peu après la tragédie, le peuple fou de la ville se mit à parler des attitudes « étranges » du roi, de la médiocrité de ses jugements et de son manque de sagesse. Certains allaient même jusqu'à dire que le roi était devenu fou. Il ne tarda pas à perdre sa popularité. Plus personne ne lui apportait de cadeaux, ni ne fêtait son anniversaire.

Le roi, seul sur sa haute colline, était privé de toute compagnie. Un jour, il décida de quitter la colline et de rendre visite à la ville. Il faisait chaud ce jour-là et il but à la fontaine.

Le soir même, il y eut une grande fête. Tout le peuple était joyeux, car son roi bien-aimé s'était « guéri de sa folie ».

Je compris alors que le monde fou dont avait parlé Socrate n'était pas du tout le sien, mais le mien.

Je me levai, prêt à partir. « Socrate, tu m'as dit de me mettre à l'écoute de la sagesse de mon corps et de ne faire confiance ni à ce que je lis, ni à ce que les gens me disent. Pourquoi, alors, me faudrait-il rester tranquillement assis à t'écouter ? »

« Une très bonne question, répliqua-t-il. Je vais donc te donner une très bonne réponse. Tout d'abord, je te parle en fonction de ma propre expérience ; je ne répète pas des théories abstraites que j'aurais lues dans des livres ou entendues de la bouche d'un expert. Je suis un homme qui connaît vraiment son corps et son esprit et, par conséquent aussi, le corps et l'esprit des autres. De plus, ajouta-t-il en souriant, comment sais-tu que je ne suis pas la sagesse de ton corps, s'adressant à toi en cet instant ? » Il se dirigea vers son bureau et y prit des papiers. Pour ce soir-là, il me congédiait. Mes pensées devinrent un tourbillon qui m'emporta dans la nuit.

Je fus désorienté pendant plusieurs jours ensuite. Je me sentais faible et incapable en présence de cet homme, et sa façon de me traiter me rendait furieux. Il semblait me sous-estimer constamment ; je n'étais quand même pas un enfant ! « Pourquoi accepterais-je de jouer l'âne dans cette station-service, pensai-je, alors qu'ici, dans mon domaine, je suis admiré et respecté ? »

Je m'adonnai plus que jamais à la gymnastique, mon corps était saisi d'une véritable fièvre tandis que je passais d'un exercice à l'autre. Cependant, j'en retirais moins de satisfaction qu'avant. Chaque fois que j'apprenais une nouvelle figure ou que je recevais un compliment, je me rappelais la manière dont le vieil homme m'avait projeté en l'air, puis fait atterrir sur le canapé.

Hal, mon entraîneur, commença à s'inquiéter pour moi et me demanda ce que j'avais. Je le rassurai en lui disant que tout allait bien. Mais ce n'était pas le cas. Je n'étais plus d'humeur à plaisanter avec les gars de l'équipe. J'étais perturbé.

La nuit suivante, je rêvai de nouveau de la Mort, mais différemment : un Socrate ricanant, paré du sombre costume funèbre, pointait dans ma direction un revolver d'où sortit un drapeau sur lequel était écrit : « Pan ! » Pour une fois, je me réveillai en riant et non pas en criant.

Le lendemain, je trouvai un mot dans ma boîte aux lettres. Il portait simplement la mention : « Secrets concernant les toits. » Lorsque Socrate arriva ce soir-là, j'étais déjà assis sur les marches de la station, je l'attendais. J'étais venu plus tôt pour interroger les employés de la journée à son sujet – pour savoir son vrai nom, peut-être même son adresse – mais ils ignoraient tout de lui. « Quelle importance ? bâilla l'un d'entre eux. Ce n'est qu'un vieux bonhomme qui aime les postes de nuit. »

Soc ôta son coupe-vent. « Alors ? lançai-je aussitôt. Vas-tu finalement me dire comment tu es monté sur ce toit ? »

« Oui ; je pense que tu es prêt à l'entendre », affirma-t-il, tout à fait sérieux.

« Autrefois, au Japon, il existait une troupe d'élite de guerriers assassins. »

Il prononça le dernier mot d'une voix sifflante, ce qui me rendit hautement conscient du profond silence régnant dehors. Je recommençai à éprouver cette sensation de fourmillement dans la nuque. « Ces guerriers, poursuivit-il, s'appelaient *ninja*. Les légendes et la réputation qui les entouraient étaient terribles. On racontait qu'ils pouvaient se transformer en animaux ; on disait même qu'ils pouvaient voler – seulement sur de courtes distances, bien sûr. »

« Bien sûr », acquiesçai-je alors qu'une rafale de vent glacé ouvrait la porte donnant dans le monde des rêves. Je me demandais où il voulait en venir, lorsqu'il me fit signe de le suivre dans le garage où il travaillait sur une voiture de sport japonaise.

« Je dois changer les bougies », annonça-t-il en plongeant sa tête sous le capot.

« Oui, mais… et les toits ? » insistai-je.

« J'y viens, je change ces bougies d'abord. Sois patient. Ce que je vais te dire vaut bien la peine d'attendre, crois-moi. »

Je m'assis donc, jouant avec un marteau qui se trouvait sur l'établi.

Du coin où était Socrate me parvint cette réflexion : « Tu sais, ce travail est très amusant si on le fait avec toute son attention. » Pour lui, il l'était peut-être !

Soudain, il posa les bougies, courut vers l'interrupteur et l'actionna. Je me trouvai ainsi dans une obscurité si totale que je ne distinguais même pas mes mains. Une certaine nervosité me gagna. Je ne connaissais jamais les intentions de Socrate et après cette histoire de *ninja*…

« Soc ? Soc ? »

« Où es-tu ? » cria-t-il derrière moi.

Je me retournai et heurtai le capot d'une Chevy.

«Je… je ne sais pas!» balbutiai-je.

«Très juste, dit-il en allumant les lumières. J'ai l'impression que tu deviens plus intelligent!» ajouta-t-il avec un sourire de félin. Je saluai cette nouvelle fantaisie d'un hochement de tête et, me perchant sur le pare-chocs de la Chevy, je jetai un coup d'œil sous le capot ouvert.

«Socrate, vas-tu arrêter de faire le pitre et *continuer* ton histoire?»

Il continua, tout en remettant adroitement les nouvelles bougies.

«Ces *ninja* n'étaient pas des magiciens. Leur secret résidait dans l'entraînement physique et mental le plus intense jamais connu par l'homme.»

«Socrate, où cela nous mène-t-il?»

«Pour savoir où mène quelque chose, mieux vaut attendre d'arriver à la fin», répliqua-t-il avant de poursuivre l'histoire.

«Les *ninja* pouvaient nager en portant de lourdes armures; ils pouvaient grimper comme des lézards sur des murs lisses, n'utilisant que leurs doigts et leurs orteils dans de toutes petites fentes. Ils avaient inventé des échelles de corde presque invisibles, et ils disposaient de moyens habiles pour se cacher: des tours pour distraire l'adversaire, le tromper et lui échapper. Les *ninja*, termina-t-il, étaient de remarquables sauteurs.»

«Ah, nous y voilà!» Je me frottai presque les mains d'impatience.

«Le jeune guerrier, encore enfant, apprenait à sauter de la manière suivante. On lui donnait un grain de blé en lui disant de le planter. Dès que l'épi commençait à pousser, le jeune guerrier sautait par-dessus de nombreuses fois. Chaque jour l'épi croissait; chaque jour l'enfant sautait. Bien vite, il lui arrivait plus haut que la tête, mais cela ne l'arrêtait pas. S'il venait à échouer à un certain moment, on lui donnait un nouveau grain et il recommençait. Et ainsi, finalement, il n'y avait plus un seul épi par-dessus lequel le jeune *ninja* ne pouvait sauter.»

« Bon et alors ? Quel est le secret ? » demandai-je, attendant la révélation finale.

Socrate fit une pause et prit une profonde inspiration. « Le jeune *ninja* s'entraînait avec des épis de blé, vois-tu ? *Moi* je me sers de stations d'essence. »

Le silence emplit la pièce. Puis soudain, le rire musical de Socrate éclata dans la station ; il riait si fort qu'il dut s'appuyer contre la Datsun sur laquelle il travaillait.

« Alors, c'est cela, hein ? Voilà ce que tu voulais me dire au sujet des toits ? »

« Dan, tu ne peux rien savoir d'autre avant d'être capable de *faire* », répondit-il.

« Tu veux dire que tu vas m'apprendre comment sauter sur les toits ? » demandai-je, animé d'un nouvel espoir.

« Peut-être, peut-être pas. Chacun d'entre nous a ses propres talents. Tu apprendras *peut-être* à sauter sur les toits, déclara-t-il avec un sourire. Pour l'instant, veux-tu me passer ce tournevis ? »

Je le lui lançai. Je suis prêt à jurer qu'il l'attrapa au vol tout en regardant dans la direction opposée !

Dès qu'il n'en eut plus besoin, il me le renvoya en criant : « Lève la tête ! » Je le manquai et il tomba bruyamment par terre. C'était exaspérant ; je ne pouvais plus tolérer d'être ridiculisé ainsi.

Les semaines se succédèrent rapidement et je ne comptais plus mes nuits blanches. Je m'y habituais tant bien que mal. Et il y eut un autre changement : je me découvris encore plus d'intérêt pour mes rencontres avec Socrate que pour mon entraînement de gymnastique.

Chaque nuit, tandis que nous servions les automobilistes – il donnait l'essence, je lavais les vitres et nous plaisantions tous deux avec les clients – il m'encourageait à parler de ma vie. Il se montrait étrangement réservé au sujet de la sienne, repoussant mes questions d'un « plus tard » succinct.

Lorsque je lui demandai pourquoi il s'intéressait tant aux détails de ma vie, il dit : « Il me faut comprendre tes illusions pour me faire une idée de l'ampleur de ta maladie. Avant que ne s'ouvre pour toi la porte de la voie du guerrier, nous devons nettoyer ton esprit. »

« Ne touche pas à mon esprit. Je l'aime bien tel qu'il est. »

« Si tu l'aimais vraiment tel qu'il est, tu ne serais pas ici en ce moment. Ton esprit a déjà changé à plusieurs reprises dans le passé. Bientôt il changera de nouveau, mais de manière beaucoup plus profonde. » À la suite de cette conversation, je me décidai à être très prudent avec cet homme. Je ne le connaissais pas encore assez bien pour savoir jusqu'où allait sa folie.

En fait, le comportement de Socrate variait constamment ; il se révélait peu orthodoxe, plein d'humour et aussi très bizarre : une fois, il poursuivit en hurlant un petit chien blanc qui venait d'uriner sur les marches de la station – alors qu'il me donnait une leçon sur les « suprêmes bienfaits d'une maîtrise de soi absolue ».

Une autre fois, environ une semaine plus tard, après avoir veillé toute la nuit, je l'accompagnai à Strawberry Creek. Arrêtés sur un pont, nous regardions couler la rivière gonflée par les pluies hivernales.

« Je me demande quelle est la profondeur aujourd'hui », lançai-je sans réfléchir, en considérant distraitement les flots mugissants. La seconde d'après, je me retrouvai dans l'eau boueuse et agitée.

Il m'avait fait tomber du pont !

« Eh bien, est-ce profond ? »

« Assez pour moi », répondis-je en crachant et en me traînant jusqu'au rivage avec mes habits trempés. Voilà où menaient les spéculations gratuites. Je me promis de tenir ma langue à l'avenir.

Au fil des jours, je remarquais de plus en plus de différences entre nous. Dans le bureau, lorsque j'avais faim, je dévorai des sucreries ; Soc croquait une pomme ou une poire, ou se préparait encore un thé aux herbes. Je m'agitais sur le canapé, tandis qu'il demeurait calmement assis sur sa chaise, pareil à un Bouddha. Mes gestes étaient maladroits et bruyants tandis que lui se déplaçait de façon douce. Et rendez-vous compte, c'était un vieil homme !

Toutes sortes de petites leçons m'attendaient chaque nuit. Une fois, je commis l'erreur de me plaindre des gens de l'université qui ne se comportaient pas d'une manière très sympathique à mon égard.

Il me dit tranquillement : « Tu aurais intérêt à prendre la responsabilité de ta vie telle qu'elle est, au lieu de blâmer les autres, ou les circonstances, pour la situation dans laquelle tu te trouves. À mesure que tes yeux s'ouvriront, tu verras que ton état de santé, ton bonheur et chaque événement de ta vie ont été, en majeure partie, déterminés par toi – consciemment ou inconsciemment. »

« Je ne comprends pas très bien et je ne suis pas sûr d'être d'accord. »

« Eh bien, voici une histoire sur un garçon qui te ressemble, Dan.

Sur un chantier dans le Midwest, tous les travailleurs avaient coutume de se retrouver pour manger ensemble au coup de sifflet qui leur annonçait la pause de midi. Et régulièrement, Sam se plaignait dès qu'il avait déballé son pique-nique.

« Nom d'une pipe ! s'écriait-il. Encore des sandwiches au beurre de cacahuète et à la confiture ! Je déteste le beurre de cacahuète et la confiture ! »

Jour après jour, Sam se lamentait sur ses sandwiches. Les semaines passèrent et son attitude commença à agacer les autres ouvriers. Finalement, l'un d'eux lui dit : « Mais bon Dieu, Sam, si tu détestes à ce point le beurre de cacahuète et la confiture, pourquoi ne demandes-tu pas autre chose à ta femme ? »

« Comment ça, ma femme ? répliqua Sam. Je ne suis pas marié. C'est moi qui prépare mes sandwiches. »

Socrate marqua une pause, puis ajouta : « Dans cette vie, vois-tu, nous préparons tous nos propres sandwiches. » Il me tendit un sac brun contenant deux sandwiches. « Veux-tu fromage et tomates ou tomates et fromage ? » demanda-t-il avec un sourire.

« Oh, donne-moi l'un ou l'autre ! » plaisantai-je à mon tour.

Tandis que nous mangions, Socrate déclara : « En devenant totalement responsable de ta vie, tu peux devenir totalement humain ; devenu humain, tu peux découvrir ce que signifie être un guerrier. »

« Merci, Soc, pour la nourriture destinée à l'intellect, et pour celle du ventre. » Je m'inclinai profondément devant lui. Puis j'enfilai ma veste et m'apprêtai à partir. « Je ne pourrai pas passer pendant quelques semaines. Les examens approchent. Et j'ai aussi besoin de réfléchir. » Je le saluai sans lui laisser le temps de réagir et rentrai chez moi.

Je me plongeai complètement dans les derniers cours du semestre et, en gymnastique, je m'entraînai comme jamais auparavant. Dès que je diminuais mes efforts, j'étais assailli par des pensées et des sentiments qui me dérangeaient. J'éprouvais les signes avant-coureurs de ce qui allait devenir une sensation croissante d'aliénation par rapport à mon univers quotidien. Pour la première fois de ma vie, j'avais le choix entre deux réalités bien distinctes. L'une était folle et l'autre ne l'était pas – mais ne sachant plus laquelle était laquelle, je ne m'impliquais dans aucune.

Bill, l'un de mes meilleurs amis, tomba de cheval et se cassa le poignet ; Rick réussit un saut périlleux arrière vrillé pour lequel il s'entraînait depuis un an. Ma réaction fut identique dans les deux cas : nulle émotion.

L'estime que je me portais s'effondrait rapidement sous le poids toujours plus lourd de ma connaissance de moi-même.

Un soir, peu avant les examens, j'entendis frapper à ma porte. Je fus surpris et heureux de découvrir Susie-dentifrice, la joyeuse blonde que je n'avais pas revue depuis des semaines. Je me rendis compte à quel point j'avais été seul.

« Est-ce que tu m'invites, Danny ? »

« Oh oui ! Je suis très content de te voir. Euh, assieds-toi... donne-moi ton manteau... veux-tu quelque chose à manger ? À boire ? » Elle me regardait sans parler.

« Qu'y a-t-il Susie ? »

« Tu as l'air fatigué, Danny, mais… » Elle tendit la main et toucha mon visage. « Il y a quelque chose de changé… tes yeux, je ne sais comment dire… Que se passe-t-il ? »

Je lui caressai la joue. « Reste avec moi cette nuit, Susie. »

« Je pensais que tu ne me le demanderais jamais. J'ai amené ma brosse à dents ! »

Le lendemain, je me tournai vers Susie pour respirer le parfum de sa chevelure ébouriffée sur l'oreiller et sentir la douceur de son souffle. « Je devrais être bien », songeai-je, mais j'avais l'humeur aussi grise que le brouillard au dehors.

Durant les jours qui suivirent, je passai beaucoup de temps avec Susie. Je n'étais sans doute pas un compagnon très agréable, mais le moral de Susie suffisait pour deux.

Quelque chose m'empêchait de lui parler de Socrate. Il appartenait à un autre monde, un monde où elle n'avait pas sa place. Comment aurait-elle pu comprendre, alors que je ne réussissais pas moi-même à saisir ce qui m'arrivait ?

Vint le moment des examens. Je me défendis bien, mais n'en retirai aucune satisfaction. Susie rentra ensuite chez elle pour les vacances de Pâques et je fus content de me retrouver seul.

Les vacances s'écoulèrent rapidement et des vents chauds se levèrent dans les rues encombrées de Berkeley. Il était temps, je le savais, de retourner dans le monde des guerriers, dans cette étrange petite station-service – d'y retourner peut-être plus ouvert et plus humble qu'auparavant. Mais une chose était certaine. Si Socrate continuait à essayer sur moi son esprit coupant comme un couteau, je n'allais pas manquer de riposter.

LIVRE I

LES VENTS DU CHANGEMENT

1

Bouffées de magie

La soirée était avancée. Après avoir dîné et terminé mes devoirs, je fis une sieste. Peu avant minuit, je me réveillai. Je sortis dans la nuit fraîche de ce début de printemps et gagnai à pied, sans me presser, la station. Un vent violent soufflait dans mon dos, il semblait me pousser le long des chemins du campus.

À l'approche du carrefour familier, je ralentis le pas. Une pluie fine se mit à tomber, refroidissant la température. À travers la fenêtre embuée, je distinguai la silhouette de Soc, sa tasse à la main, dans la lumière du bureau bien éclairé. Un mélange d'expectative et de crainte m'étreignit, mon cœur battit plus vite.

Je regardai par terre en traversant la rue et en m'approchant de la porte du bureau. Le vent me fouettait la nuque. Je me sentis soudain glacé. Je levai brusquement la tête et découvris Socrate debout sur le seuil, qui me fixait tout en reniflant l'air comme un loup. Il semblait voir à travers moi. Je me souvins du rêve de la Mort. Je savais que cet homme avait en lui beaucoup de chaleur et de compassion, mais je sentais aussi, derrière ses yeux sombres, un grand danger inconnu.

Ma peur s'envola lorsqu'il dit gentiment : « C'est bien que tu sois revenu. » D'un geste, il m'invita à entrer dans le bureau. À peine avais-je enlevé mes chaussures et m'étais-je assis que la sonnerie de la station retentit. J'essuyai la buée sur la vitre et aperçut dehors une vieille

47

Plymouth avec un pneu crevé. Socrate sortait déjà, vêtu de sa pèlerine du surplus de l'armée. En l'observant, je me demandai soudain comment il avait pu m'inspirer de la peur.

Puis de gros nuages assombrirent la nuit, amenant avec eux les images fugitives de la Mort encapuchonnée de mon rêve, changeant le doux crépitement de la bruine en martèlement déchaîné sur le toit de la station. Je m'agitai sur le canapé, épuisé par mon travail intensif au gymnase. J'avais terminé ce jour-là mon entraînement pour les championnats de la semaine suivante.

Socrate ouvrit la porte du bureau. Du seuil, il me dit « Viens dehors… tout de suite », puis il repartit. Tout en me levant et en mettant mes chaussures, je regardai à travers la buée. Socrate se tenait un peu plus loin que les pompes, au-delà du halo de lumière de la station. Dans la demi-obscurité, il semblait avoir un capuchon noir.

Je n'avais pas l'intention de sortir. Le bureau était une forteresse dressée contre la nuit – et contre ce monde extérieur qui commençait à me porter sur les nerfs comme la circulation bruyante en ville. Non, je n'allais pas sortir. Dans l'ombre, Socrate me fit signe encore et encore. M'abandonnant au destin, je sortis. Alors que je m'approchais prudemment de lui, il me dit : « Écoute, arrives-tu à le sentir ? »

« Quoi ? »

« Sens ! »

À ce moment précis, la pluie s'arrêta et le vent sembla changer de direction. Bizarre… un vent chaud. « Le vent, Soc ? »

« Oui, les vents. Ils changent. Cela signifie un tournant décisif pour toi… maintenant. Tu ne t'en es peut-être pas rendu compte ; ni moi non plus d'ailleurs… mais cette nuit représente un moment capital pour toi. Tu es parti, mais tu es revenu. Et maintenant les vents changent. » Il me regarda un instant, puis retourna à l'intérieur.

Je le suivis et m'assis sur mon canapé. Socrate paraissait très calme dans son fauteuil beige, les yeux fixés sur moi. D'une voix suffisamment forte pour traverser les murs, mais assez légère pour être portée par les vents de mars, il annonça : « Il me faut faire quelque chose maintenant. N'aie pas peur. »

Il se leva. « Socrate, tu me fiches la trouille ! » bégayai-je avec colère en m'enfonçant dans le canapé, tandis qu'il s'avançait vers moi, comme un tigre vers sa proie.

Il regarda par la fenêtre pour vérifier qu'il ne serait pas interrompu, puis s'agenouilla devant moi et me parla doucement : « Dan, te rappelles-tu ce que je t'ai dit : qu'il nous faut travailler pour changer ton esprit afin que tu puisses voir la voie du guerrier ? »

« Oui, mais je ne pense pas… »

« N'aie pas peur, répéta-t-il. Rassure-toi avec cette citation de Confucius, dit-il en souriant. Seuls ceux qui sont suprêmement sages et les ignorants ne changent pas. » Sur ces mots, il tendit les bras et plaça ses mains doucement, mais fermement, sur mes tempes.

D'abord, rien ne se produisit – puis soudain, je sentis une pression croissante au centre de ma tête. Il y eut un bourdonnement fort, suivi d'un son évoquant des vagues à l'assaut d'un rivage. J'entendis des cloches sonner et ma tête sembla sur le point d'éclater. À cet instant, je vis la lumière et sa clarté fit exploser mon esprit. Quelque chose en moi mourait – j'en étais absolument sûr – et quelque chose d'autre naissait ! Ensuite tout disparut dans la lumière.

Je me retrouvai étendu sur le canapé. Socrate me tendait une tasse de thé, il me secouait gentiment.

« Que m'est-il arrivé ? »

« Disons que j'ai manipulé tes énergies et ouvert quelques nouveaux circuits. Les feux d'artifice correspondaient au plaisir que ton cerveau a pris de ce bain d'énergie. Il en résulte que tu es délivré de l'illusion de connaissance que tu as entretenue toute ta vie. Désormais, je le crains, les connaissances ordinaires ne te satisferont plus. »

« Je ne comprends pas. »

« Tu finiras par comprendre », dit-il sans sourire.

J'étais très fatigué. Nous avons bu notre thé en silence. Puis, en m'excusant, je me levai, enfilai mon pull et rentrai chez moi, comme dans un rêve.

Le lendemain se succédèrent des cours et des professeurs babillards dont les paroles me parurent dénuées de sens et d'importance. Au cours d'histoire, Watson expliqua l'influence des instincts politiques de Churchill sur la guerre. J'arrêtai de prendre des notes. J'étais trop occupé à absorber les couleurs et les matériaux de la pièce et sentir les énergies des gens qui m'entouraient. Les timbres de voix de mes professeurs revêtaient beaucoup plus d'intérêt que les concepts qu'ils véhiculaient. « Socrate, que m'as-tu fait ? Je ne réussirai jamais mes examens. »

Je sortais de la classe, fasciné par la texture noueuse de la moquette, lorsque j'entendis une voix familière.

« Salut, Danny ! Je ne t'ai pas vu depuis longtemps. Je t'ai appelé tous les soirs, mais tu n'étais jamais chez toi. Où te cachais-tu ? »

« Oh, salut, Susie ! Je suis content de te revoir. Je… j'étudiais. » Ses paroles lancées en l'air, je les comprenais à peine, mais je savais ce qu'elle ressentait – de la tristesse et un peu de jalousie. Pourtant, son visage était aussi radieux que d'habitude.

« Je bavarderais encore volontiers avec toi, Susie, mais je dois aller au gymnase. »

« Oh, j'avais oublié ! » Je perçus sa déception. « Bon, dit-elle, on se reverra bientôt, hein ? »

« Bien sûr. »

« Hé, dit-elle encore, le cours de Watson était super, non ? La vie de Churchill me passionne. N'est-ce pas intéressant ? »

« Euh, ouais… le cours était super. »

« Bon, à bientôt, Danny. »

« Au revoir. » En m'éloignant, je me souvins de ce que Socrate avait dit au sujet de « mes schémas de timidité et de peur ». Peut-être avait-il raison. Je n'étais pas vraiment à l'aise avec les gens ; je ne savais que leur dire.

En tout cas, cet après-midi-là, au gymnase, je sus parfaitement quoi faire. Animé d'une vie intense, j'ouvris à fond mon robinet d'énergie. Je jouais, pivotais, sautais, j'étais un clown, un magicien, un chimpanzé. Ce fut l'un de mes meilleurs jours. Je jouissais d'un esprit si clair que je sentais exactement comment exécuter tout ce que j'essayais. Mon corps était souple et détendu. En culbute, J'inventai un saut périlleux et demi-arrière avec une vrille de dernière seconde ; à la barre fixe, j'exécutai une sortie en double vrille complète – deux figures accomplies pour la première fois aux États-Unis.

Quelques jours plus tard, à l'occasion des championnats, notre équipe s'envola pour l'Oregon. Notre retour victorieux se passa comme dans un rêve, avec la fanfare, l'action, la gloire. Cependant, je ne pouvais échapper à mes préoccupations.

Je réfléchissais aux événements qui s'étaient produits depuis l'expérience de la lumière étincelante, l'autre nuit. Certes, il était arrivé quelque chose, comme Socrate l'avait prédit, mais, par crainte, je n'en étais pas heureux du tout. Socrate n'était peut-être pas ce qu'il semblait ; peut-être était-il plus intelligent ou plus dangereux que je ne le pensais.

Ces idées s'évanouirent dès que je franchis le seuil du bureau éclairé et vis son sourire joyeux. À peine étais-je assis que Socrate lança : « Es-tu prêt à faire un voyage ? »

« Un voyage ? » répétai-je.

« Oui… un voyage, un tour, des vacances… une aventure. »

« Non merci. Je ne suis pas habillé pour. »

« Tu dis des bêtises ! » cria-t-il, si fort que, comme moi, il se retourna pour voir si un passant l'avait entendu. « Chut ! murmura-t-il pour lui-même. Plus bas, tu vas réveiller tout le monde. »

Profitant de sa bonne humeur, j'avouai :

« Socrate, ma vie n'a plus aucun sens. Plus rien ne va, sauf la gym. N'es-tu pas censé m'aider à améliorer mon sort ? Je croyais que tel était le rôle d'un maître. »

Il voulut parler, mais je l'interrompis.

« Autre chose. J'ai toujours cru que chacun doit trouver son propre chemin dans la vie. Nul ne peut le faire pour quelqu'un d'autre ! »

Socrate se frappa le front puis, l'air résigné, leva les yeux au plafond. « Je suis une partie de ton chemin, babouin ! Et on ne peut pas m'accuser de t'avoir enlevé dans ton berceau pour t'enfermer ici, tu sais. Libre à toi de partir quand tu veux. » Il se dirigea vers la porte et me la tint grande ouverte.

À ce moment précis, une limousine noire arriva dans la station et Socrate prit l'accent anglais : « Votre voiture est avancée, Monsieur. » Étonné, je crus vraiment que nous allions faire un tour en limousine. Enfin après tout, pourquoi pas ? En proie à une certaine confusion, j'allai donc tout droit vers la limousine pour monter à l'arrière. Je me trouvai nez à nez avec un petit homme âgé et ridé. Il avait passé un bras autour de la taille d'une fille de seize ans qu'il venait sans doute de ramasser dans les rues de Berkeley. Il braqua sur moi un regard de lézard hostile.

Socrate m'empoigna par le dos de mon pull et me tira hors de la voiture. En refermant la portière, il s'excusa : « Veuillez pardonner mon jeune ami. Il n'a jamais été dans une aussi belle voiture, c'est juste un moment d'égarement, n'est-ce pas Jack ? »

J'inclinai la tête sans dire un mot. Je rageais et voulais demander des explications à Socrate, mais il s'affairait déjà à laver les vitres. Lorsque la voiture partit, j'étais rouge de honte. « Pourquoi ne m'as-tu pas arrêté, Socrate ? » « Franchement, c'était drôle. Je ne te croyais pas aussi naïf. »

Nous étions là, debout dans la nuit, à nous regarder en chiens de faïence. Socrate sourit de me voir serrer les poings. J'étais furieux. « J'en ai vraiment assez de te servir de bouffon ! » hurlai-je.

« Reconnais-le, tu as travaillé ce rôle avec tant de zèle que tu le joues presque à la perfection. » Je tournai les talons, donnai un coup de pied dans la poubelle, et repartis vers le bureau. Une question me traversa alors l'esprit. «Pourquoi m'as-tu appelé Jack tout à l'heure?»

«J'ai connu un âne de ce nom-là», répondit-il en me dépassant.

«Que le diable l'emporte! dis-je, courant pour le rattraper. Faisons ce voyage dont tu parlais. Je suis prêt à prendre tout ce que tu veux me donner!»

«Tiens, voilà une nouvelle facette de toi: Danny a du cran!» s'exclama-t-il.

«Il ne se laisse pas décourager en tout cas. Maintenant, dis-moi, où allons-nous? Où vais-je? Ce serait à moi de contrôler la situation plutôt qu'à toi!»

Socrate prit une profonde inspiration. «Dan, je ne peux rien te dire. La voie du guerrier est subtile, invisible à celui qui n'est pas initié. Jusqu'ici, je t'ai montré ce qu'un guerrier n'est pas en te faisant découvrir ton propre esprit. Tu devrais comprendre assez rapidement – c'est pourquoi il me faut t'emmener en voyage. Viens avec moi.»

Il me conduisit dans un renfoncement que je n'avais pas remarqué avant, car il était caché derrière les étagères à outils dans le garage. Il s'y trouvait un petit tapis ainsi qu'une lourde chaise au dossier très droit. Le gris dominait en cet endroit. J'eus un haut-le-cœur.

«Assieds-toi», dit-il gentiment.

«Pas avant que tu m'expliques de quoi il s'agit.» Je croisai les bras.

Ce fut à lui d'exploser. «Je suis un guerrier; tu es un babouin. Je n'expliquerai rien du tout. Maintenant, taistoi et assieds-toi, ou bien retournes à tes gloires de gymnaste et oublies que tu m'as rencontré!»

«Tu ne plaisantes pas, n'est-ce pas?»

«Non, je ne plaisante pas.» J'hésitai l'espace d'une seconde, puis je m'assis.

Socrate fouilla dans un tiroir d'où il sortit de longues bandes en coton, et il commença à m'attacher à la chaise.

«Que vas-tu faire, me torturer?» Je ne riais qu'à moitié.

«Non. Tais-toi maintenant, s'il te plaît», dit-il en nouant le dernier morceau autour de ma taille et derrière la chaise, comme une ceinture de sécurité d'avion.

« Va-t-on voler, Soc ? » demandai-je, nerveux.

« Oui d'une certaine manière. » Il s'agenouilla devant moi et, prenant ma tête entre ses mains, il plaça ses pouces juste sous mes arcades sourcilières. Je me mis à claquer des dents ; j'éprouvais une violente envie d'uriner. Mais un instant plus tard, j'avais tout oublié. Des lumières colorées jaillirent. Je crus entendre sa voix, sans en être vraiment sûr ; elle venait de trop loin.

Nous longions un corridor qui baignait dans un brouillard bleu. Mes pieds bougeaient, mais je ne sentais pas le sol. Des arbres immenses nous entouraient ; ils se transformèrent en bâtiments ; les bâtiments se changèrent en rochers et nous escaladions un canyon très raide qui devint le bord d'une falaise à pic.

Le brouillard s'était dissipé ; l'air était glacial. Sous nos yeux s'étendaient, sur des kilomètres, des nuages verts qui se fondaient à l'horizon dans le ciel orange.

Je tremblais. J'essayais de parler à Socrate, mais ma voix sortait étouffée. Je ne contrôlais plus mon tremblement. Soc mit sa main sur mon ventre. Elle était très chaude et produisit un effet étonnamment calmant. Je me détendis et il saisit mon bras avec fermeté, puis il sauta du bord du monde en m'entraînant avec lui.

Les nuages disparurent subitement et nous nous sommes retrouvés suspendus aux poutres d'un stade couvert, nous balançant dans une situation précaire, comme deux araignées soûles.

« Oh la ! dit Soc. Petite erreur de calcul. »

« Nom d'un chien ! » criai-je en cherchant une prise meilleure. Je m'élançai à la manière d'un trapéziste afin de me coucher sur la poutre, l'enserrant de mes bras et de mes jambes. Socrate s'y était déjà perché, en douceur, devant moi. Il se débrouillait bien pour un vieillard !

« Hé, regarde ! » Je pointai mon doigt. « C'est une rencontre de gymnastique ! Socrate tu es cinglé. »

« *Je suis* cinglé. » Il éclata d'un petit rire.

« Comment allons-nous redescendre ? »

« Comme nous sommes montés, bien entendu. »

« *Comment* sommes-nous montés ? »

Il se gratta la tête. « Je ne sais pas exactement ; j'avais espéré une place au premier rang. Elles étaient toutes prises, je suppose ! »

Je me mis à rire bruyamment. Toute cette histoire était tellement ridicule. Soc plaqua sa main sur ma bouche. « Chut ! » Puis il la retira. Ce fut une erreur.

« Ha ha ha ha ha ! » éclatai-je. Il me musela à nouveau. Je me calmai, mais la tête me tournait et je commençai à ricaner.

Sévère, il me souffla : « Ce voyage est réel – plus réel que le rêve éveillé de ta vie quotidienne. Sois attentif ! »

En fait, la scène qui se déroulait en-dessous de nous avait déjà attiré mon attention. Le public, vu de cette hauteur, se fondait en un déploiement de taches multicolores, formant un tableau pointilliste, chatoyant et ondulant.

Je repérai une plate-forme surélevée au milieu de l'arène, recouverte du tapis carré bleu traditionnel des exercices au sol et entourée de divers accessoires de gymnastique. Je réagis par des gargouillements d'estomac ; j'étais en proie à la tension qui précédait habituellement les compétitions.

Socrate fouilla dans un sac (d'où venait-il ?) et me tendit une paire de jumelles, juste au moment où une gymnaste arrivait sur le tapis.

Je réglai mes jumelles sur la gymnaste et vit qu'elle était russe. Nous assistions donc, quelque part, à une rencontre internationale. Tandis qu'elle s'avançait vers les barres asymétriques, je me rendis compte que je pouvais l'entendre se parler à elle-même !

« L'acoustique doit être fantastique ici », pensai-je. Puis je m'aperçus que ses lèvres ne bougeaient pas.

Je dirigeai aussitôt mes jumelles sur le public et entendis le grondement de nombreuses voix ; pourtant tous les gens étaient assis en silence. Soudain je compris. Je devais lire dans leurs esprits.

Je ramenai mes jumelles sur la gymnaste. Malgré la barrière du langage, j'arrivais à comprendre ses pensées.

« Sois courageuse… prête… » J'eus connaissance de son exhibition à l'avance, alors qu'elle la revoyait mentalement.

Ensuite je regardai un homme dans le public, un type en polo blanc, plongé dans un fantasme sexuel ayant pour objet l'une des participantes de l'Allemagne de l'Est. Un autre, apparemment un entraîneur, se concentrait sur la gymnaste qui allait concourir. Parmi les spectateurs, une femme l'observait en songeant : « Belle fille… a fait une mauvaise chute l'an dernier… j'espère que tout se passera bien. »

Je remarquai que je ne recevais pas des mots, mais des sentiments-concepts – quelquefois faibles et étouffés, d'autres fois forts et clairs. Voilà pourquoi je pouvais « comprendre » le russe, l'allemand ou toute autre langue.

Je remarquai encore autre chose. Quand la gymnaste soviétique exécuta son exercice, son esprit se tut. Dès qu'elle l'acheva et regagna son siège, il se remit à fonctionner. Il en alla de même pour la gymnaste est-allemande aux anneaux et pour l'Américaine à la barre fixe. D'ailleurs, les meilleurs concurrents étaient ceux dont l'esprit se révélait le plus silencieux au moment de l'épreuve. Un garçon est-allemand fut distrait par un bruit alors qu'il évoluait aux barres parallèles. Je sentis son esprit se préoccuper du bruit. « Qu'est-ce que c'est ? » pensa-t-il et il manqua sa dernière figure.

Sorte de voyageur télépathique, je glanais dans les cerveaux. « J'ai faim… Je dois prendre l'avion de onze heures, sinon les plans de Düsseldorf seront… j'ai faim ! » Mais dès qu'un gymnaste entrait en action, les pensées du public se calmaient aussi.

Pour la première fois, je compris pourquoi j'aimais tant la gymnastique. Elle me libérait du bavardage de mon mental tumultueux. Lorsque je me balançais ou que j'exécutais un saut périlleux, rien d'autre n'avait d'importance. Lorsque mon corps s'activait, mon esprit se reposait dans le silence.

Le bourdonnement mental qui montait du public commençait à me gêner, telle une chaîne stéréo marchant trop fort. J'abaissai mes jumelles et les laissai pendre. Mais ayant oublié de fermer la courroie autour de mon cou, je faillis tomber de la poutre en essayant de les rattraper alors qu'elles tombaient droit sur le tapis où évoluait une gymnaste !

« Soc ! » murmurai-je, affolé. Il ne s'émut pas. Je regardai en bas pour constater les dégâts, mais les jumelles s'étaient évanouies dans l'air.

Socrate me sourit. « Lorsque tu voyages avec moi, les choses obéissent à des lois légèrement différentes. » Il disparut et je me retrouvai dans l'espace, non pas descendant, mais montant. J'eus le vague sentiment de reculer à partir du bord d'un précipice, puis dans un canyon, puis dans du brouillard, comme le personnage d'un film bizarre que l'on aurait passé à l'envers.

Socrate m'humectait le visage. Toujours attaché à la chaise, je m'affaissais.

« Eh bien ! dit-il. N'est-ce pas enrichissant de voyager ? »

« Plutôt, oui. Euh… si tu me détachais ? »

« Pas encore », répliqua-t-il, saisissant à nouveau ma tête entre ses mains.

Je formai ces mots : « Non, attends ! », juste avant de voir les lumières s'éteindre. Un vent se leva avec des hurlements et m'emporta dans le temps et dans l'espace.

Je devins le vent, mais avec des yeux et des oreilles. Je voyais et j'entendais loin dans toutes les directions. J'allais souffler sur la côte est de l'Inde, près de la baie du Bengale, et autour d'une femme de ménage affairée. À Hong Kong, je tourbillonnais autour d'un vendeur de tissu qui marchandait d'une voix forte avec un client. Je m'engouffrais dans les rues de Sao Paulo, séchant la sueur de touristes allemands qui jouaient au volley-ball sous le soleil tropical brûlant.

Je n'épargnais aucun pays. Je grondais en Chine et en Mongolie, et sur les terres vastes et riches de l'Union Soviétique. Je me glissais dans les vallées et les alpages de l'Autriche et m'introduisais, glacé, dans les fjords de Norvège. Je renversais des poubelles à Paris, rue Pigalle. J'étais une tornade déchaînée sur le Texas ; l'instant d'après, une douce brise caressant les cheveux d'une jeune fille qui songeait à se suicider à Canton, dans l'Ohio.

Je fis l'expérience de toutes les émotions, j'entendis tous les cris de douleur et tous les éclats de rire. Toutes les situations humaines m'étaient accessibles. Je ressentis tout et je compris.

Le monde était peuplé d'esprits, tourbillonnants plus vite que tous les vents, et en quête de distractions pour échapper à la loi du changement, au dilemme de la vie et de la mort – tous cherchaient un but, la sécurité, le plaisir ; ils essayaient de saisir le mystère. Partout, tout le monde vivait sa quête amère et confuse. La réalité ne correspondait jamais aux rêves des gens ; le bonheur était juste à deux pas – deux pas qu'ils ne franchissaient jamais.

Et la source de tout cela était l'esprit humain.

Socrate était en train de défaire mes liens de coton. Le soleil entrait par les fenêtres du garage et je l'avais dans les yeux, des yeux qui venaient de voir tant de choses. Je larmoyais.

Socrate m'aida à regagner le bureau. Étendu sur le canapé, je me rendis compte que je n'étais plus le jeune homme naïf et orgueilleux qui s'était assis tout tremblant sur la chaise grise quelques minutes, heures ou jours auparavant. Je me sentais très vieux. J'avais vu la souffrance du monde, observé la condition du mental humain, et j'en pleurais presque, en proie à une tristesse inconsolable. Il n'y avait pas d'échappatoire.

Socrate, en revanche, était gai. « Allez, nous n'avons plus le temps de nous amuser maintenant. J'ai bientôt fini ma garde. Rentre donc vite chez toi, petit, et dors un peu. »

Je me levai péniblement et me trompai de manche pour enfiler ma veste. Je m'en dépêtrai en demandant avec une petite voix : « Socrate, pourquoi m'avais-tu attaché ? » « Jamais trop fatigué pour poser des questions à ce que je vois. Je t'ai attaché pour que tu ne tombes pas de la chaise pendant que tu jouais à Peter Pan ! »

« Ai-je réellement volé ? J'en ai eu l'impression. » Je me laissai à nouveau tomber lourdement sur la chaise.

« Disons pour l'instant que c'était un vol de l'imagination. »

« M'as-tu hypnotisé ou quoi ? »

« Pas au sens où tu le crois – et certainement pas aussi intensément que tu l'étais par ton propre fonctionnement mental embrouillé. » Il rit, ramassa son sac (où l'avais-je déjà vu ?) et s'apprêta à partir. « Ma tâche a consisté à t'amener dans une des nombreuses réalités parallèles – pour t'amuser et pour t'instruire. »

« Comment ? »

« C'est un peu compliqué. Laissons cela pour une autre fois. » Socrate bâilla et s'étira comme un chat. Alors que je me traînais vers la porte, j'entendis sa voix derrière moi. « Dors bien. Tu peux t'attendre à une petite surprise lorsque tu te réveilleras. »

« Plus de surprises, s'il te plaît », marmonnai-je, en prenant la direction de mon domicile dans une sorte de brouillard. Je me rappelle vaguement m'être écroulé sur mon lit. Puis ce fut l'obscurité.

Le son du réveil mécanique qui se trouvait sur la commode bleue me tira du sommeil. Mais je ne possédais pas de réveil mécanique ; je n'avais pas de commode bleue. Et cet édredon épais qui se trouvait maintenant en boule à mes pieds ne m'appartenait pas non plus. Je me rendis compte ensuite que les pieds ne m'appartenaient pas davantage. « Beaucoup trop petits », pensai-je. Le soleil entrait à flots par une fenêtre qui m'était inconnue.

Qui étais-je et où me trouvais-je ? Je tentai de m'agripper à un souvenir qui s'estompait déjà, puis disparut.

De mes petits pieds, je repoussai ce qui restait des couvertures et sautai à bas du lit, juste à l'instant où maman criait : « Danneeey – il est temps de te lever, mon chéri ! » Nous étions le 22 février 1952 – jour de mon sixième anniversaire. Je laissai tomber mon pyjama sur le plancher et le glissai du pied sous le lit puis, en sous-vêtements, je descendis en courant à l'étage en dessous.

Mes amis devaient arriver avec des cadeaux dans quelques heures et nous allions manger du gâteau, de la glace, et bien nous amuser !

Ensuite, une fois toutes les décorations de la fête rangées et mes amis partis, je me mis à jouer sans grande conviction avec mes nouveaux jouets. Je m'ennuyais, j'étais fatigué et j'avais mal au ventre. Je fermai les yeux et sombrai dans le sommeil.

Je vis défiler les jours : classe en semaine, puis week-end, classe, week-end, été, automne, hiver et printemps.

Les années passèrent et bientôt, je devins l'un des meilleurs gymnastes des lycées de Los Angeles. Au gymnase, la vie me passionnait ; ailleurs, elle n'était que déceptions. Je connaissais de rares moments agréables sur le trampoline ou sur la banquette arrière de ma voiture avec la jolie Phyllis, ma première petite amie.

Un jour, l'entraîneur Harold Frey me téléphona de Berkeley, en Californie, et m'offrit une bourse pour l'université ! J'étais impatient de démarrer une nouvelle vie plus haut sur la côte. Phyllis ne partageait cependant pas mon enthousiasme. Mon départ provoqua une dispute et finalement la rupture. J'en fus malheureux, mais la perspective de l'université me consola. La vie n'allait pas tarder à commencer pour de bon, j'en étais sûr.

Les années d'études se succédèrent à toute allure, ponctuées de victoires sportives, mais de très peu d'autres événements. En dernière année, juste avant les éliminatoires de gymnastique des Jeux Olympiques, j'épousai Susie. Je restais avec elle à Berkeley pour pouvoir m'entraîner avec l'équipe ; j'étais tellement pris que je n'avais pas beaucoup de temps, ni d'énergie à consacrer à ma nouvelle épouse.

Les éliminatoires eurent lieu à l'université de Californie à Los Angeles. À l'annonce des résultats, j'étais aux anges – j'avais été sélectionné ! Mais mes performances aux Jeux ne furent pas à la hauteur de mes attentes. Je rentrai chez moi et tombai dans un certain anonymat.

Mon fils naquit et je sentis croître le poids des responsabilités. Je trouvai un emploi d'agent d'assurances qui m'occupait jour et nuit. Je n'arrivais jamais à avoir une minute pour ma famille. Nous nous sommes séparés dans l'année, Susie et moi ; elle obtint le divorce. Nouveau départ, songeai-je tristement.

Un jour, je regardai dans la glace et constatai que quarante ans s'étaient écoulés ; j'étais vieux. Où était passée ma vie ? Avec l'aide de mon psychiatre, j'avais cessé de boire ; j'avais eu de l'argent, des maisons et des femmes. Mais il ne me restait plus personne maintenant. J'étais seul.

Tard la nuit, couché dans mon lit, je me demandais où était mon fils – je ne l'avais pas vu depuis des années. Je pensais aussi à Susie et à mes amis du bon vieux temps.

Je passais désormais mes journées dans mon rocking-chair favori, buvant du vin, regardant la télévision et songeant au passé. J'observais les enfants qui jouaient devant la maison. J'avais eu une belle vie, me disais-je. J'avais obtenu tout ce que je souhaitais, alors pourquoi n'étais-je pas heureux ?

Un jour, l'un des enfants qui jouaient sur la pelouse vint vers moi. C'était un gentil petit garçon, tout souriant. Il me demanda mon âge.

« J'ai deux cents ans », dis-je.

Il éclata de rire. « Non, ce n'est pas vrai », et il mit ses mains sur ses hanches. Je ris aussi, ce qui déclencha une quinte de toux. Mary, ma jeune infirmière, jolie et compétente, dut le prier de partir.

Après avoir retrouvé mon souffle, avec son aide, je haletai : « Mary, voulez-vous me laisser seul un instant ? »

« Bien sûr, monsieur Millman. » Je ne la regardai pas s'éloigner – parmi les plaisirs de la vie, celui-là n'existait plus pour moi depuis bien longtemps. Je restai assis seul. Il me semblait avoir été seul toute ma vie. Je me laissai aller en arrière dans mon fauteuil et respirai. C'était mon dernier plaisir. Et il allait bientôt m'échapper aussi. Je commençai à pleurer sans bruit et amèrement. « Nom de Dieu ! pensai-je. Pourquoi mon mariage a-t-il échoué ? Comment aurais-je pu changer la situation ? Comment aurais-je pu vraiment vivre ? »

Soudain, je ressentis une peur terriblement oppressante, la pire de toute mon existence. Était-il possible que je sois passé à côté de quelque chose de très important – quelque chose qui aurait fait une réelle différence ? « Non, impossible », me rassurai-je. J'énumérai à haute voix tous mes succès. La peur demeurait.

Je me levai lentement et regardai le village depuis l'entrée de ma maison perchée sur la colline en m'interrogeant. Où était passée la vie ? À quoi avait-elle servi ? Tout le monde était-il… « Oh, mon cœur, c'est – ahh, mon bras, la douleur ! » J'essayai d'appeler, mais je ne pouvais plus respirer. Les articulations de mes mains blanchirent, tandis que je m'agrippais à la rampe, tout tremblant. Puis mon corps se glaça, mon cœur devint de pierre. Je retombai dans le fauteuil ; ma tête bascula en avant.

La douleur cessa brusquement et il y eut des lumières comme je n'en avais jamais vues et des sons que je n'avais jamais entendus. Des visions défilèrent.

« Est-ce toi, Susie ? » dit une voix lointaine dans mon esprit. Finalement la lumière et le son se transformèrent en un unique point de lumière, puis tout disparut.

J'avais trouvé la seule paix que j'eus jamais connue.

J'entendis le rire d'un guerrier. Je m'assis avec un sursaut, la vie revenait en moi. J'étais dans mon propre lit, dans mon appartement, à Berkeley, Californie. J'étais encore à l'université et mon réveil digital indiquait dix-huit heures vingt-cinq. J'avais manqué mes cours et l'entraînement !

Je bondis hors du lit et me regardai dans le miroir, touchant mon visage encore jeune, frémissant de soulagement. Tout cela n'avait été qu'un rêve – une vie entière en un seul rêve, la « petite surprise » de Socrate.

Je m'assis et regardai par la fenêtre, préoccupé. Mon rêve avait été d'une clarté exceptionnelle. En fait, mon passé s'y était révélé avec une parfaite exactitude, jusqu'à des détails que j'avais oubliés depuis longtemps. D'après Socrate, ces voyages étaient réels. Celui-là me prédisait-il mon avenir ?

À vingt et une heures cinquante, je me précipitai à la station et arrivai en même temps que Socrate. Dès que l'employé de jour sortit et que nous fûmes seuls à l'intérieur, je lui demandai : « Alors, Soc, que s'est-il passé ? »

« Tu le sais mieux que moi. C'était ta vie, pas la mienne, Dieu merci ! »

« Socrate, je t'en supplie ! » Je tendai les mains vers lui. « Ma vie va-t-elle se dérouler ainsi ? Dans ce cas, je ne vois pas l'utilité de la vivre. »

Il parla très gentiment et très doucement, comme il le faisait chaque fois qu'il me voulait particulièrement attentif. « De même qu'il existe différentes interprétations du passé et de nombreuses manières de changer le présent, il existe un grand nombre de futurs possibles. Ce dont tu as rêvé était ton futur le plus probable – celui vers lequel tu te dirigeais, si tu ne m'avais pas rencontré. »

« Tu veux dire que si cette fameuse nuit, je ne m'étais pas arrêté dans cette station, ce rêve aurait été ce qui m'attend ? »

« Très probablement. Et il peut encore en être ainsi. Mais il t'appartient d'opérer des choix et de modifier les circonstances présentes. Tu peux changer ton avenir. »

Socrate nous fit du thé et déposa délicatement la tasse près de moi. Ses gestes étaient harmonieux et précis.

« Soc, dis-je, je ne sais pas où j'en suis. Ma vie durant ces derniers mois a ressemblé à un roman invraisemblable, tu vois ce que je veux dire ? Parfois j'aspire à retourner à une vie normale. Cette vie secrète avec toi, ces rêves et ces voyages, c'est dur pour moi. »

Socrate inspira profondément ; il allait sans doute dire quelque chose d'important. « Dan, je vais devenir de plus en plus exigeant à mesure que tu avanceras. Tu souhaiteras quitter la vie que tu connais, je te le garantis, et choisir des alternatives plus attrayantes, plus agréables, plus « normales ». En ce moment en tout cas, retourner à la vie dont tu viens serait une erreur plus grande que tu ne peux l'imaginer. »

« Pourtant, je me rends bien compte de la valeur de ce que tu me montres. »

« Peut-être, mais tu as encore une capacité étonnante à te fourvoyer. C'est pour cette raison que tu as besoin de rêver ta vie. Rappelle-toi ton rêve quand tu éprouves la tentation de partir à la poursuite de tes illusions. »

« Ne t'inquiète pas pour moi, Socrate. Je peux me débrouiller. »

Si j'avais su ce qui m'attendait, je n'aurais rien dit.

2

LE VOILE DE L'ILLUSION

Les vents de mars se calmaient. Les fleurs multicolores du printemps embaumaient jusque dans la salle des douches où j'effaçais la sueur et la fatigue de mon corps après un entraînement intense.

Je m'habillai rapidement et descendis l'escalier derrière le gymnase pour regarder le ciel virer à l'orange sous les derniers rayons du soleil. L'air frais me fit du bien. Détendu, en paix avec le monde, je déambulai en ville et m'achetai un sandwich en me dirigeant vers le cinéma. On y passait ce soir-là *La Grande évasion*, un film passionnant narrant l'évasion audacieuse de prisonniers de guerre anglais et américains.

Le film fini, je remontai en courant University Avenue jusqu'au campus, tournai à gauche vers Shattuck et arrivai à la station peu après le début de la relève de Socrate. Il y avait beaucoup à faire et je l'aidai jusqu'après minuit. Une fois rentrés dans le bureau, nous nous sommes lavé les mains, puis il me surprit en commençant à préparer un dîner chinois – et en inaugurant une nouvelle phase de son enseignement.

Il débuta lorsque je lui parlai de *La Grande évasion*.

« Ça a l'air d'un film passionnant, dit-il en déballant un sac de légumes frais, et il tombe en plus à propos. »

« Ah ? Comment cela ? »

« Toi aussi, Dan, tu as besoin de t'évader. Tu es prisonnier de tes propres illusions… sur toi-même et sur le

65

monde. Pour te libérer, il te faudra plus de courage et de force qu'à n'importe quel héros de cinéma. »

Je me sentais si bien cette nuit-là que j'étais totalement incapable de prendre Socrate au sérieux.

« Je n'ai pas l'impression d'être en prison… sauf quand tu me ligotes sur une chaise. »

Il se mit à laver les légumes et expliqua, sa voix couvrant le bruit de l'eau : « Tu ne vois pas ta prison parce que ses barreaux sont invisibles. Une partie de ma tâche consiste à te montrer la condition dans laquelle tu te trouves, et j'espère que ce sera la plus grande désillusion de ta vie. »

« Eh bien, je te remercie, tu es un ami ! » répliquai-je, choqué par sa malveillance.

« Je ne crois pas que tu m'aies compris. »

Il pointa un navet dans ma direction, puis le coupa en morceaux dans un bol. « Je ne peux pas te faire de plus grand cadeau que la désillusion. Cependant, à cause de ton attachement à l'illusion, le terme te paraît négatif. Quand tu plains un ami, tu dis : Oh, quelle terrible désillusion il a eue ! Tu ferais mieux de t'en réjouir avec lui. Le mot désillusion signifie littéralement se libérer de l'illusion. Mais tu t'agrippes à tes illusions. »

« Je veux des faits », le défiai-je.

« Des faits, répéta-t-il en mettant de côté les cubes de tofu. Dan, tu souffres ; fondamentalement, tu ne jouis pas de ta vie. Tes amusements, tes relations amoureuses et même ta gymnastique ne sont que des moyens temporaires de te distraire d'un sentiment sous-jacent de peur. »

« Pas si vite, Soc. » J'étais énervé. « Prétends-tu que la gym, le sexe et le cinéma sont mauvais ? »

« Pas en eux-mêmes. Mais ce sont des plaisirs dont tu es dépendant. Tu les utilises pour esquiver ce que tu sais devoir faire : te libérer. »

« Doucement, Socrate, ce ne sont pas des faits. »

« Si, et ils sont tous vérifiables, même si tu ne t'en rends pas compte. Dan, par cette quête conditionnée du succès et de l'amusement, tu évites la source fondamentale de ta souffrance. »

« C'est ce que tu crois, hein ? » rétorquai-je sèchement, incapable de masquer mon agressivité.

« Tu n'avais pas trop envie d'entendre ce genre de propos, n'est-ce pas ? »

« Non, pas particulièrement. Il s'agit d'une théorie intéressante, mais je ne pense pas qu'elle s'applique à moi, c'est tout. Et si tu me racontais quelque chose d'un peu plus gai ? »

« D'accord, dit-il en reprenant ses légumes et en se remettant à les découper. Voici la vérité, Dan, ta vie se déroule à merveille et tu ne souffres pas du tout. Tu n'as pas besoin de moi et tu es déjà un guerrier. Alors ? »

« C'est déjà mieux ! » Je riais, mon humeur s'était instantanément améliorée. Mais je savais que ce n'était pas vrai. « La vérité se situe quelque part entre les deux, ne crois-tu pas ? »

Sans quitter des yeux les légumes, Socrate déclara : « Je crois que ton entre les deux est l'enfer ; en tout cas de mon point de vue. »

Sur la défensive, je demandai : « Suis-je le seul arriéré ou es-tu spécialisé dans le travail avec les handicapés spirituels ? »

« C'est un peu ça », admit-il avec un sourire, tout en versant de l'huile de sésame dans une poêle qu'il mit sur une plaque chaude. « Mais presque toute l'humanité se trouve dans la même situation que toi. »

« Et quelle est cette situation ? »

« Je pensais te l'avoir déjà expliqué, dit-il patiemment. Si tu n'obtiens pas ce que tu désires, tu souffres ; si tu obtiens ce que tu ne désires pas, tu souffres ; et même lorsque tu obtiens exactement ce que tu veux, tu souffres encore parce que tu ne peux pas le garder éternellement. C'est ton mental qui crée cette situation. Il veut s'affranchir du changement, de la douleur, des obligations de la vie et de la mort. Mais le changement est une loi dont rien ne diminuera la réalité. »

« Socrate, tu peux te montrer réellement déprimant, tu sais ? Je n'ai même plus faim. Si la vie n'est que souffrance, pourquoi la vivre ? »

« La vie n'est pas souffrance ; simplement toi tu souffriras, au lieu d'en jouir, jusqu'à ce que tu abandonnes tous les attachements de ton mental pour t'élancer sans entraves, quoi qu'il advienne. »

Socrate plaça les légumes dans la poêle grésillante et les remua. Une odeur délicieuse emplit le bureau. J'oubliai toute rancune. « Mon appétit est revenu, je crois. » Socrate riait en répartissant les légumes craquants sur deux assiettes ; il les plaça sur son vieux bureau qui nous servit de table.

Il mangea en silence, prenant de petits morceaux avec ses baguettes. À moi, il ne me fallut pas plus de trente secondes pour tout avaler. J'avais très faim. Pendant que Socrate finissait son repas, je lui demandai : « Quelles sont les utilisations positives du mental ? » Il leva le regard de son assiette. « Il n'y en a pas. » Et sur ces mots, il se remit à manger.

« Il n'y en a pas ! Voyons, Socrate, c'est absurde ! Et les créations de l'esprit ? Les livres, les bibliothèques, les arts ? Et tous les progrès de notre société qui sont le produit d'esprits brillants ? »

Il sourit, posa ses baguettes et dit : « Les esprits brillants n'existent pas. » Il porta les assiettes dans le lavabo.

« Socrate, arrête de raconter n'importe quoi et explique-toi ! »

Il sortit de la salle de bain avec deux assiettes brillantes de propreté. « Je ferais bien de redéfinir certains termes pour toi. Celui de 'mental' est aussi flou que celui d''amour'. Leur définition est relative à ton état de conscience. Considère les choses de la manière suivante : tu as un cerveau qui contrôle le corps, stocke l'information et la manipule. Les processus abstraits du cerveau sont définis par le mot 'intellect'. Je n'ai mentionné nulle part le mot mental. Le cerveau n'est pas le mental. Le cerveau est réel ; le mental ne l'est pas. »

« Le mental est une excroissance illusoire des processus cérébraux fondamentaux. Il ressemble à une tumeur. Il comprend toutes les pensées aléatoires et incontrôlées qui, surgies du subconscient, font surface dans notre conscient comme des bulles. La conscience n'est pas le mental ; l'attention n'est pas le mental. Le mental est une obstruction, une aggravation. Il s'agit d'une sorte d'erreur dans l'évolution de l'être humain, une faiblesse de base de l'expérience humaine. Pour moi, le mental n'est d'aucune utilité. »

J'étais assis, silencieux, je respirais doucement. Je ne savais pas quoi dire au juste. Puis je me décidai tout de même à parler.

« Ton point de vue est tout à fait singulier, Soc. Je ne sais pas exactement de quoi tu parles, mais tu as l'air très sincère. »

Il se borna à sourire et haussa les épaules.

« Soc, continuai-je, dois-je me couper la tête pour me débarrasser de mon mental ? »

Toujours souriant, il dit : « C'est un remède, mais il comporte des effets secondaires indésirables ! Le cerveau peut être un outil capable de se souvenir de numéros de téléphone, de résoudre des problèmes de math ou de créer des poèmes. De cette manière, il travaille pour le reste du corps, comme un tracteur. Mais, lorsque tu n'arrives plus à arrêter de penser à ce problème de math, à ce numéro de téléphone, ou lorsque des pensées ou des souvenirs gênants surgissent malgré toi, ce n'est plus ton cerveau qui travaille, c'est ton mental qui divague. Et c'est alors qu'il te contrôle ; le tracteur est devenu fou. »

« Je comprends. »

« Pour vraiment comprendre, tu dois t'observer et constater par toi-même. Une pensée agressive fait surface et tu *deviens* agressif. La même chose se produit avec toutes tes émotions. Ce sont des réponses automatiques à des pensées que tu ne contrôles pas. Tes pensées sont semblables à des singes fous piqués par un scorpion. »

« Socrate, je pense que… »

« Tu penses trop ! »

« Je voulais juste te dire que j'ai vraiment envie de changer. Je suis précisément ainsi : toujours ouvert au changement. »

« C'est l'une de tes plus grandes illusions, déclara Socrate. Tu as toujours été prêt à changer de vêtements, de coupe de cheveux, de femme, d'appartement et de travail. Tu n'es que trop enclin à changer tout, sauf toi-même, mais tu changeras. Si ce n'est pas moi qui t'aide à ouvrir les yeux, le temps s'en chargera ! Mais le temps n'est pas toujours très tendre, dit-il sur un ton insistant. Fais ton choix. Mais commence par te rendre compte que tu es en prison – ensuite, nous pourrons préparer ton évasion. »

Sur ces mots, il se dirigea vers son bureau, prit un stylo et se mit à vérifier des factures. Il ressemblait à un secrétaire très affairé. J'eus la nette impression d'être congédié pour la soirée. Le cours était terminé, je m'en félicitai.

Durant les jours et même les semaines qui suivirent, je réussis à me persuader que j'étais trop occupé pour aller voir Socrate. Ses paroles résonnaient pourtant dans ma tête. Je commençais à m'intéresser à ce qu'elles contenaient.

Je me mis à tenir un petit carnet, j'y notais mes pensées de la journée – sauf durant l'entraînement, où elles s'effaçaient devant l'action. Après seulement deux jours, il me fallut acheter un carnet plus grand ; il fut rempli au bout d'une semaine. La quantité et la négativité presque générale de mes processus mentaux me stupéfia.

Par ce moyen, je devins plus conscient de mon bruit mental, comme si j'avais augmenté le volume sonore de mes pensées qui n'avaient constitué auparavant qu'une musique de fond. J'arrêtai d'écrire, mais le vacarme intérieur continua. Soc pouvait peut-être m'aider à en contrôler le volume, aussi décidai-je de lui rendre visite sans attendre davantage.

Je le trouvai dans le garage, en train de nettoyer à la vapeur le moteur d'une vieille Chevrolet. À l'instant où j'allais me mettre à parler, la silhouette d'une jeune femme aux cheveux noirs apparut sur le seuil. Même Soc ne l'avait pas entendue arriver, ce qui était inhabituel. Il la vit juste avant moi et se dirigea vers elle les bras ouverts. Elle s'avança d'un pas dansant et ils s'étreignirent en tourbillonnant dans la pièce. Puis, durant quelques minutes, ils restèrent à se regarder dans les yeux. Socrate demandait : « Oui ? » et elle répondait : « Oui ». C'était plutôt bizarre.

N'ayant rien d'autre à faire, je l'étudiai. Elle mesurait à peine plus d'un mètre cinquante, elle avait l'air robuste, avec quelque chose de fragile toutefois. Sa longue chevelure était nouée en chignon, dégageant un visage au teint clair et lumineux. Ce qui frappait le plus, c'étaient ses yeux immenses et sombres.

Ma mine étonnée finit par attirer leur attention.

« Dan, voici Joy », déclara Socrate.

J'éprouvai une attirance immédiate pour elle. Son regard étincela au-dessus d'un sourire doux, légèrement espiègle. « Vous appelez-vous Joy parce que vous êtes joyeuse ? » lançai-je, essayant de me montrer fin.

« Oui », répondit-elle. Elle regarda Socrate ; il inclina la tête. Ensuite elle m'enlaça. Ses bras se nouèrent tendrement autour de ma taille. Mon énergie décupla aussitôt ; je me sentis réconforté, guéri, reposé et éperdu d'amour.

Joy me considéra de ses grands yeux brillants et prit mon regard au piège. « Le vieux Bouddha vous a passé à la moulinette, n'est-ce pas ? » s'enquit-elle gentiment.

« Euh, oui, je crois. » Réveille-toi, Dan ! m'ordonnai-je.

« Ça en vaut la peine. Je le sais, j'y suis passée avant vous. »

J'avais trop de mal à parler pour demander des détails. D'ailleurs, elle se tourna vers Socrate et dit : « Je m'en vais maintenant. Pourquoi ne pas nous retrouver ici tous les trois samedi matin à dix heures pour aller pique-niquer à Tilden Park ? Je préparerai le déjeuner. Le temps a l'air au beau. D'accord ? » Elle regarda Socrate, puis moi. J'acquiesçai sans mot dire, tandis qu'elle se glissait hors de la pièce.

Durant le restant de la soirée, je ne fus d'aucune utilité à Socrate. En fait, toute la semaine s'écoula ensuite en pure perte. Finalement, quand arriva le samedi, je me dirigeai torse nu vers l'arrêt de bus. Je me réjouissais de bronzer un peu et j'espérais aussi impressionner Joy avec mon buste musclé.

Le bus nous conduisit au parc, puis nous avons marché en dehors des sentiers sur les feuilles craquantes qui s'empilaient sous les pins, les ormes et les bouleaux. Nous avons déballé la nourriture sur une petite butte recouverte d'herbe, en pleine chaleur. Je me couchai sur la couverture, impatient de me griller au soleil, avec l'espoir d'être imité par Joy.

D'une seconde à l'autre, le vent se leva et les nuages s'amoncelèrent. Je n'en croyais pas mes yeux. Il s'était mis à pleuvoir – d'abord une petite pluie, puis des cordes. J'attrapai ma chemise et l'enfilai en jurant. Socrate riait pour sa part.

« Comment peux-tu trouver ça drôle ? ronchonnai-je. Nous sommes trempés, il n'y a pas de bus avant une heure et le repas est fichu. C'est Joy qui l'a préparé ; je suis sûr qu'elle ne trouve pas ça si… » Joy riait aussi.

« Je ne ris pas à cause de la pluie, déclara Socrate. Je ris à cause de *toi*. » Plié en deux, il se roula dans les feuilles mouillées. Joy se mit à danser en fredonnant *Chantons sous la pluie*. Ginger Rogers et Bouddha – c'était trop !

La pluie cessa aussi soudainement qu'elle avait commencé. Le soleil réapparut et ne tarda pas à sécher notre nourriture et nos habits.

« Ma danse de la pluie a réussi, je crois », dit Joy en esquissant une révérence.

J'étais effondré et, pendant qu'elle s'asseyait derrière moi pour me masser les épaules, Socrate lança : « Il est temps que tu t'instruises au lieu de te plaindre de tes expériences, ou de te laisser aller, Dan. Deux leçons très importantes viennent de t'être données ; elles sont pour ainsi dire tombées du ciel. » J'essayai de me concentrer sur la nourriture pour ne pas l'écouter.

« Tout d'abord, dit-il en grignotant une feuille de laitue, ni ta déception ni ta colère n'ont été provoquées par la pluie. »

J'avais la bouche trop pleine de salade de pommes de terre pour pouvoir protester. Socrate continua, tout en brandissant sévèrement une tranche de carotte dans ma direction.

« La pluie n'est qu'une manifestation normale de la nature. Ta 'déception' à cause du pique-nique gâché et ta 'joie' au retour du soleil sont toutes deux le fruit de tes pensées. Elles n'avaient rien à voir avec les événements. Ne t'est-il jamais arrivé de te sentir 'malheureux' lors d'une fête ? Il est donc évident que tes humeurs prennent leur source dans ton esprit et non pas dans les autres gens ou dans l'environnement. Voilà la première leçon. »

Tout en mangeant sa salade de pommes de terre, Socrate ajouta : « La seconde leçon provient de l'observation de ta colère qui a augmenté lorsque tu t'es aperçu que je n'étais pas le moins du monde contrarié. Tu commences à te comparer à un guerrier – à deux guerriers, en fait. » Il sourit à Joy. « Cela ne t'a pas plu, n'est-ce pas ? Tu t'es demandé s'il ne te fallait pas changer. »

D'humeur maussade, je restai assis à méditer ces paroles. Je remarquai à peine le départ de Joy et de Socrate. Bientôt, il se remit à pleuvoir.

Puis Socrate et Joy revinrent. Socrate commença à sauter et à s'agiter, imitant mon comportement antérieur. « Foutue pluie ! cria-t-il. Notre pique-nique est raté ! » Il marchait de long en large et soudain, s'arrêta, m'adressa un clin d'œil et sourit malicieusement. Ensuite il plongea sur le ventre dans un tas de feuilles mouillées et fit semblant de nager. Joy se mit à chanter, ou à rire, je ne sais pas très bien.

Je me laissai simplement aller et roulai avec eux dans les feuilles mouillées en luttant avec Joy. J'appréciai tout particulièrement cet aspect de la chose et elle aussi, je crois. Nous avons couru et dansé comme des fous jusqu'au moment de partir. Joy se conduisait comme un petit chien joueur – tout en possédant les qualités d'une femme fière et robuste. Je perdais pied.

Tandis que le bus cahotait dans les collines surplombant la Baie, le crépuscule colora le ciel de rose et d'or.

Socrate fit une faible tentative pour résumer mes leçons pendant que je m'appliquai à l'ignorer et me pelotonnai contre Joy sur le siège arrière.

« Hmm... puis-je te demander ton attention ? » dit-il. Il se pencha, prit mon nez entre deux doigts et tourna mon visage vers lui.

« Qu'est-ce que tu veux ? » lançai-je. Joy me chuchotait quelque chose à l'oreille en même temps que Socrate s'agrippait à mon nez. « Je bréferre l'égoutter elle gue doi. »

« Ne vois-tu pas où elle t'entraîne ? railla-t-il en relâchant mon nez. Même un jeune fou dans les affres de l'amour doit se rendre compte que son mental crée aussi bien ses déceptions que ses joies. »

« Excellent choix de mots », dis-je, me perdant dans les yeux de Joy.

Nous nous sommes tus quand, à la faveur d'un tournant, le bus nous révéla San Francisco dont les lumières s'allumaient. Il s'arrêta au bas de la colline. Joy se leva vivement et en descendit, suivie de Socrate. J'allais les imiter, mais il se retourna et dit : « Non. » Ce fut tout. Joy me regarda par la vitre baissée.

« Joy, quand te reverrai-je ? »

« Peut-être bientôt. Cela dépend », dit-elle.

« Dépend de quoi ? dis-je. Joy, attends, ne pars pas. Chauffeur, laissez-moi descendre ! » Mais le bus m'arrachait à eux. Joy et Soc disparaissaient déjà dans l'obscurité.

Le dimanche, je sombrai dans une profonde dépression que je ne maîtrisais pas. Le lundi en cours, c'est à peine si j'entendis mon professeur. À l'entraînement, j'étais préoccupé et manquais d'énergie. Je n'avais rien mangé depuis le pique-nique. Je ne songeais qu'à ma visite à la station-service le soir même. Si j'y trouvais Joy, j'étais décidé à la ramener avec moi – ou à partir avec elle.

Lorsque j'arrivai dans le bureau, elle était bien là, riant avec Socrate. J'eus le sentiment d'être un intrus et me demandai s'ils se moquaient de moi. J'entrai, enlevai mes chaussures et m'assis.

« Alors, Dan, es-tu un peu plus intelligent que tu ne l'étais dimanche ? » demanda Socrate. Joy se contenta de sourire, mais son sourire me fit mal. « Je n'étais pas sûr que tu te montrerais ce soir, Dan, de peur que je te dise quelque chose que tu ne souhaites pas entendre. » Ces paroles me frappaient comme de petits marteaux. Je me crispai.

« Essaye de te relaxer, Dan », suggéra Joy. Je savais qu'elle essayait de m'aider, mais je me sentais dépassé, condamné par eux deux.

« Dan, reprit Socrate, si tu continues à refuser de voir tes faiblesses, tu ne peux pas les corriger – ni développer tes forces. C'est exactement comme la gymnastique. Regarde-toi ! »

Je parvins à peine à parler. Quand j'ouvris la bouche, ma voix tremblait de tension, de colère et d'apitoiement sur moi-même. « Mais c'est ce que je fais… » Je n'avais pas envie de me conduire ainsi devant elle !

Socrate continua gaiement. « Je t'ai déjà dit que tu commets une erreur fondamentale en accordant tellement d'attention aux humeurs et caprices de ton mental. Si tu persistes, tu resteras tel que tu es – et je ne peux imaginer pire destin ! » Sur ces paroles, il rit de bon cœur et Joy l'approuva d'un signe de tête.

« N'est-il pas bouché ? » lança-t-elle à Socrate.

Je me figeai et serrai les poings. Enfin, je fus en mesure de parler. « Je ne vous trouve pas très drôles. » Je gardai farouchement le contrôle de ma voix.

Socrate s'adossa à sa chaise et répliqua avec une cruauté délibérée : « Tu es en colère et tu te débrouilles très mal pour le cacher, abruti ! » (Pas devant Joy ! songeai-je.) « Ta colère, poursuivit-il, est la preuve de tes illusions tenaces. Pourquoi défendre une personnalité à laquelle tu ne crois même pas ? Quand te décideras-tu à grandir ? »

« Écoute un peu, espèce de vieux cinglé ! hurlai-je. Je vais très bien ! Je suis venu ici pour m'amuser. Et maintenant j'ai vu ce que j'avais à voir. C'est *ton* monde qui est plein de souffrances, pas le mien. Je suis déprimé, c'est vrai, mais seulement ici avec toi ! »

Ni Socrate ni Joy ne dirent mot. Ils hochèrent simplement la tête, l'air plein de sympathie et de compassion. Au diable leur compassion ! «Vous pensez tous les deux que tout est si clair, si simple et si drôle. Je ne vous comprends ni l'un ni l'autre et je ne suis pas sûr d'en avoir envie. »

Aveuglé par la honte, la confusion et la douleur, je sortis en hâte, me jurant de les oublier, elle et lui, et d'oublier aussi la nuit étoilée où mes pas m'avaient conduit à cette station.

Mon indignation était feinte et je le savais. Pire, je savais qu'ils savaient. J'avais tout gâché. Je me sentis soudain faible et stupide, comme un petit garçon. Je pouvais supporter de me ridiculiser devant Socrate, mais pas devant elle. J'étais sûr à ce moment-là de l'avoir perdue pour toujours.

Courant dans les rues, je m'aperçus que je me dirigeais dans la direction opposée à mon domicile. J'atterris dans un bar d'University Avenue, près de Grove Street. Je me soûlai tant que je pus et lorsque j'arrivai finalement chez moi, j'accueillis avec plaisir l'inconscience.

Il m'était impossible de retourner à la station. Je décidai d'essayer de revenir à la vie normale que j'avais abandonnée depuis plusieurs mois. Et en premier lieu, si je voulais obtenir ma licence, il me fallait rattraper mes cours. Susie me prêta ses notes d'histoire et l'un des membres de l'équipe de gym celles de psychologie. Je veillais tard, rédigeant mes dissertations, me noyant dans les livres. Il me fallait inscrire beaucoup de choses dans ma mémoire – et en oublier beaucoup.

Au gymnase, je travaillais jusqu'à l'épuisement. Au début, mon entraîneur et mes compagnons se montrèrent ravis de ce regain d'énergie. Rick et Sid, mes copains les plus proches, étaient étonnés des risques que je prenais et parlaient en plaisantant du «désir de mort de Dan». Prêt ou non, je me lançais dans n'importe quelle figure. Je savais que je voulais me blesser – je voulais donner une cause physique à la douleur que je ressentais en moi.

Bientôt les plaisanteries de Rick et Sid se changèrent en inquiétude. « Dan, as-tu remarqué que tu as les yeux cernés ? Quand t'es-tu rasé pour la dernière fois ? » demanda Rick.

Sid trouvait que je maigrissais trop. « Quelque chose ne va pas, Dan ? »

« Ça me regarde, rétorquai-je. Enfin, non, Sid, je te remercie, mais tout va bien. »

« Bon, alors essaye de dormir de temps à autre, sinon il ne restera rien de toi à l'été. »

« Ouais, d'accord. » Je me gardai de lui dire qu'il ne m'aurait pas déplu de disparaître.

Le peu de graisse qui me restait se mua en muscles. Je pris l'aspect dur d'une statue de Michel-Ange. Ma peau pâle et diaphane évoquait le marbre.

J'allais presque chaque soir au cinéma, mais l'image de Socrate assis dans la station-service, peut-être en compagnie de Joy, ne me sortait pas de l'esprit. Parfois, une sombre vision me les montrait assis là tous les deux, en train de se moquer de moi ; peut-être étais-je leur butin de guerriers !....

Je ne voyais ni Susie ni les autres femmes de ma connaissance. Mon entraînement avait raison de mes besoins sexuels, ils partaient avec la sueur. D'ailleurs, après avoir vu les yeux de Joy, comment aurais-je pu supporter d'en regarder d'autres ? Une nuit, réveillé par quelqu'un qui frappait chez moi, j'entendis dehors la voix timide de Susie. « Danny, es-tu là ? Dan ? » Elle glissa un mot sous la porte. Je ne me levai même pas pour le lire.

Ma vie devint un enfer. Le rire des autres me blessait les oreilles. J'imaginais Socrate et Joy caquetant comme des sorciers et complotant contre moi. Les films que j'allais voir avaient perdu leurs couleurs ; la nourriture que je mangeais avait un goût de plâtre. Et un jour, alors que Watkins analysait les conséquences sociales de je ne sais quoi, je me dressai et m'entendis crier à pleins poumons : « Foutaise ! » Watkins tenta de m'ignorer, mais cinq cents paires d'yeux se posèrent sur moi. Un public. J'allais leur montrer. «Foutaise!» criai-je. Quelques mains anonymes applaudirent et la salle s'emplit de rires et de chuchotements.

Watkins, l'air imperturbable, suggéra: «Pourriez-vous vous expliquer?» Je me faufilai hors de ma rangée jusqu'à l'allée et me dirigeai vers l'estrade en regrettant soudain de ne pas m'être rasé et de ne pas avoir mis une chemise propre. Je me tins face à lui. «Qu'est-ce que tout cela a à voir avec le bonheur, avec la vie?» Encore des applaudissements. Il me jaugeait pour déterminer si j'étais dangereux – et conclut que oui, peut-être. Parfait! Je prenais confiance en moi. «Remarque pertinente», acquiesça-t-il doucement. Nom de Dieu, on se moquait de moi devant cinq cents personnes! Je voulus leur expliquer – j'allais leur enseigner, leur faire voir à tous. Je me tournai vers la classe et me mis à leur raconter ma rencontre avec un homme dans une station d'essence, un homme qui m'avait montré que la vie n'était pas ce qu'elle semblait. Je commençai à raconter l'histoire du roi sur la montagne, seul dans une ville de fous. Au début, il y eut un profond silence; puis quelques personnes se mirent à rire. Qu'est-ce qui n'allait pas? Je n'avais rien dit de drôle. Je continuai mon histoire, mais bientôt une vague d'hilarité déferla sur l'auditoire. Qui était dingue, eux ou moi?

Watkins me souffla quelque chose, mais je n'entendis pas. Je poursuivis. Il chuchota à nouveau. «Fiston, je crois qu'ils rient parce que ta braguette est ouverte.» Mortifié, je baissai les yeux, puis les reportai sur la foule. Non! Non, ce n'était pas possible, j'étais à nouveau l'imbécile! À nouveau l'âne! Je me mis à pleurer et les rires cessèrent.

Je me précipitai hors de la salle et courus à travers le campus – jusqu'à l'épuisement. Deux femmes me croisèrent – des robots de plastique, des parasites sociaux. Elles me considérèrent au passage avec dégoût, puis se détournèrent de moi.

Mon regard tomba sur mes habits sales qui sentaient sans doute mauvais. Mes cheveux étaient emmêlés et ébouriffés ; je ne m'étais pas rasé depuis plusieurs jours. Je me retrouvai sans savoir comment dans la salle de réunion des étudiants. Je m'affalai sur une chaise recouverte de skaï collant et m'endormis. Je rêvai que j'étais empalé sur un cheval de bois par une épée brillante. Le cheval, attaché à un manège incliné, tournait à n'en plus finir, tandis que j'essayais désespérément d'atteindre la piste. J'entendais une musique mélancolique et derrière elle, un rire terrible. Je me réveillai, tout étourdi, et rentrai péniblement chez moi.

Je me mis à suivre la routine universitaire à la manière d'un fantôme. Mon univers était complètement bouleversé. J'avais tenté de revenir à la vie que je connaissais, de me motiver pour les études et l'entraînement, mais plus rien n'avait de sens.

Pendant ce temps, les professeurs continuaient à radoter sur la Renaissance, les instincts du rat et la jeunesse de Milton. Chaque jour, je traversais Sproul Plaza et passais au milieu des manifestations qui se déroulaient sur le campus comme dans un songe ; rien de tout cela n'avait plus de signification pour moi. Le pouvoir étudiant ne me réconfortait pas ; les drogues ne m'apportaient aucun soulagement. Je partais donc à la dérive, étranger en terre étrangère, à cheval entre deux mondes, n'ayant prise sur aucun d'eux.

Un jour, en fin d'après-midi, je m'assis parmi des séquoias au bas du campus, attendant la nuit, réfléchissant à la meilleure façon de mettre fin à mes jours. Je n'appartenais plus à cette terre. J'avais dû perdre mes chaussures ; il me restait une chaussette et mes pieds étaient maculés de sang séché. Je ne ressentais aucune douleur, rien.

Je décidai de revoir Socrate une dernière fois. Je me traînai jusqu'à la station et m'arrêtai de l'autre côté de la rue. Il finissait de s'occuper d'une voiture lorsqu'une femme et une petite fille d'environ quatre ans arrivèrent. Je ne pense pas que la femme connaissait Socrate ; elle avait l'air de lui demander son chemin. Soudain, la petite fille s'élança vers lui. Il la souleva et elle noua ses bras autour de son cou. La femme essaya de la prendre, mais elle ne voulait pas le lâcher. Socrate rit, puis lui parla et la reposa gentiment par terre. Il s'agenouilla devant elle et ils s'étreignirent.

Une tristesse inexplicable s'empara alors de moi et je me mis à pleurer. Mon corps tremblait de désespoir. Je fis volte-face, courus une centaine de mètres et m'effondrai sur le trottoir. J'étais trop épuisé pour rentrer, pour faire quoi que ce fût ; ce qui me sauva probablement.

Je me réveillai à l'infirmerie, avec une perfusion au bras. Quelqu'un m'avait lavé et rasé. Je me sentais au moins reposé. On me laissa partir l'après-midi suivante et j'appelai le Cowell Health Center. « Le docteur Baker, s'il vous plaît ». Sa secrétaire me répondit.

« Je m'appelle Dan Millman. J'aimerais avoir un rendez-vous avec le docteur Baker le plus rapidement possible. »

« Certainement, monsieur Millman », dit-elle avec la voix professionnellement sympathique d'une secrétaire de psychiatre. « Le docteur pourrait vous recevoir mardi en huit à treize heures ; cela vous conviendrait-il ? »

« N'y a-t-il rien plus tôt ? »

« Je crains que non… »

« Je vais me tuer avant mardi en huit, madame. »

« Pouvez-vous venir cet après-midi ? » Sa voix se fit toute douce. « Est-ce que quatorze heures vous irait ? »

« Oui. »

« Bien. À tout à l'heure, monsieur Millman. »

Le docteur Baker était un homme grand, corpulent, affecté d'un léger tic nerveux à l'œil gauche. Tout d'un coup, je n'eus plus la moindre envie de lui parler. Comment allais-je commencer ? « Voilà, Herr Doktor. J'ai un maître du nom de Socrate qui saute sur les toits… non, il ne saute pas des toits, ça, c'est ce que moi je veux faire. Et, ah oui… il m'emmène en voyage à travers le temps et l'espace et je deviens le vent, et je suis un peu déprimé, et oui, l'université c'est passionnant, je suis un champion de gymnastique et je songe à me suicider. »

Je me levai. « Je vous remercie du temps que vous m'avez consacré, docteur. Je me sens brusquement très bien. Je voulais simplement voir comment vivent les gens aisés. C'était épatant. »

Il se mit à parler, cherchant la chose « juste » à dire, mais je sortis, rentrai chez moi et dormis. À ce moment-là, le sommeil me parut la meilleure solution.

La nuit venue, je me traînai jusqu'à la station. Joy n'était pas là. Une partie de moi-même en éprouva une délicieuse déception – j'avais tellement envie de plonger à nouveau mon regard dans le sien, de l'enlacer et d'être enlacé – mais une partie de moi était soulagée. Nous étions de nouveau un contre un – Soc et moi.

Lorsque je m'assis, il ne commenta pas mon absence, mais dit seulement : « Tu as l'air fatigué et déprimé. » Il s'exprimait sans la moindre trace de pitié. Mes yeux s'emplirent de larmes.

« Oui, je suis déprimé. Je suis là pour te dire au revoir. Je te le dois bien. Je suis coincé à mi-chemin et je ne peux plus le supporter. Je ne veux plus vivre. »

« Tu te trompes sur deux points, Dan. » Il vint s'asseoir près de moi sur le canapé. « Tout d'abord, tu n'es pas encore à mi-chemin, loin de là. Mais secundo, tu es très près de la fin du tunnel, dit-il en touchant ma tempe, tu ne te suicideras pas. »

Je le regardai, « Crois-tu ? ». Puis je m'aperçus que nous n'étions plus dans le bureau, mais assis dans une chambre d'hôtel modeste. Il n'y avait pas d'erreur possible sur l'odeur de moisi, la fine moquette grise, les deux lits étroits et le petit miroir d'occasion ébréché.

« Que se passe-t-il ? » La vie était revenue dans ma voix. Ces voyages produisaient toujours un effet de choc sur moi ; je me sentais envahi par un flot d'énergie.

« Une tentative de suicide se déroule en cet instant. Toi seul peut l'arrêter. » « Mais je ne suis pas en train d'attenter à mes jours en cet instant », répliquai-je.

« Pas toi, idiot. Le jeune homme de l'autre côté de la fenêtre, sur la corniche. Il est à l'Université de Californie du Sud. Il s'appelle Donald ; il joue au football et fait une licence de philosophie. Il est en dernière année et ne veut plus vivre. Vas-y. » Socrate m'indiqua la fenêtre.

« Je ne peux pas, Socrate. »

« Alors il va mourir. »

Je regardai par la fenêtre et vis, environ quinze étages plus bas, un groupe de passants de Los Angeles qui levaient la tête. Jetant un coup d'œil sur le côté de la fenêtre, j'aperçus un jeune homme aux cheveux clairs, vêtu d'un jean et d'un T-shirt. Il se tenait à environ trois mètres de moi sur la corniche étroite et regardait en bas. Il s'apprêtait à sauter.

Ne voulant pas l'effrayer, je l'appelai doucement par son nom. Il ne m'entendit pas ; j'appelai à nouveau : « Donald. »

Il tourna brusquement la tête et faillit tomber. « Ne m'approchez pas ! » lança-t-il. Puis : « Comment savez-vous mon nom ? »

« Un de mes amis vous connaît, Donald. Puis-je m'asseoir sur la corniche et vous parler ? Je ne m'approcherai pas plus. »

« Non, assez de paroles ! » Son visage était flasque, sa voix monotone, déjà sans vie.

« Don – est-ce que les gens t'appellent Don ? »

« Ouais », répondit-il machinalement.

« O.K., Don, après tout, tu es libre. D'ailleurs, 99 pour 100 des gens dans le monde se suicident. »

« Qu'est-ce que tu racontes, bon sang ? » dit-il, une étincelle de vie réapparaissant dans sa voix. Il s'accrocha un peu mieux au mur.

« Je vais t'expliquer. La plupart des gens vivent d'une manière qui les tue – tu vois ce que je veux dire, Don ? Ils mettent trente ou quarante ans pour se tuer en fumant, en buvant ou en mangeant trop, mais c'est aussi une forme de suicide. »

Je m'approchai un peu plus. Je devais choisir mes mots avec beaucoup de soin. « Don, mon nom est Dan. Si seulement on pouvait discuter un peu plus longtemps, nous avons sans doute des choses en commun. Je suis aussi athlète, à U.C. Berkeley. »

« Eh bien… » Il s'arrêta et se mit à trembler.

« Écoute, Don, je commence à avoir peur, assis là sur cette corniche. Je vais me lever pour pouvoir me tenir à quelque chose. » Je me levai lentement. Je tremblais aussi un peu. « Mon Dieu, pensai-je, qu'est-ce que je fabrique sur cette corniche ? »

Je parlai doucement, essayant d'établir un contact entre lui et moi. « Don, il y aura, paraît-il, un coucher de soleil magnifique ce soir ; les vents de Santa Ana nous amènent des nuages d'orage. Es-tu sûr de ne plus jamais vouloir voir le coucher ou le lever du soleil ? Es-tu sûr de ne plus jamais avoir envie d'aller te promener en montagne ? »

« Je ne suis jamais allé à la montagne. »

« Tu serais étonné, Don. Là-bas tout est pur… l'eau, l'air. Partout tu sens l'odeur des pins. On pourrait peut-être y aller ensemble. Qu'en penses-tu ? Et puis zut, si tu veux te tuer, tu peux toujours le faire après avoir vu au moins la montagne. »

Voilà… j'avais fait de mon mieux. C'était à lui de jouer. En parlant, j'avais désiré de plus en plus fort le sauver de la mort. Je ne me trouvais plus qu'à un ou deux mètres de lui.

« Arrête ! dit-il. Je veux mourir… maintenant. »

J'abandonnai la partie. « D'accord, dis-je. Alors je saute avec toi. De toute façon, je l'ai déjà vue cette foutue montagne. »

Pour la première fois, il me regarda. « Tu es sérieux, n'est-ce pas ? »

« Ouais, je suis sérieux. Qui saute d'abord, toi ou moi ? »

« Mais, dit-il, pourquoi veux-tu sauter ? C'est de la folie. Tu as l'air tellement en forme – tu as sans doute mille raisons de vivre. »

« Écoute, dis-je, je ne connais pas tes problèmes, mais ils ne sont rien en comparaison des miens. Tu ne les comprendrais même pas. Et puis j'en ai assez de parler. »

Je regardai en bas. C'était si facile : il suffisait de se pencher et la gravité se chargerait du reste. Et pour une fois, je montrerais à ce vieux malin de Socrate qu'il avait tort. Je pourrais sauter en riant et en criant le temps de la chute : « Tu t'es trompé, vieux fou ! », jusqu'à l'instant où je me briserais et m'écraserais, me privant à jamais de tous les couchers de soleil.

« Attends ! » C'était Don qui me tendait la main. J'hésitai, puis la saisis. Tandis que je le regardais dans les yeux, son visage se mit à changer. Il rétrécit. Ses cheveux foncèrent, son corps diminua. Je me retrouvai en train de me regarder moi-même. Puis l'image reflet disparut. J'étais seul.

Surpris, je reculai d'un pas et glissai. Basculant, je tombai sans fin. Dans mon esprit, je vis le terrible spectre encapuchonné qui m'attendait en bas. J'entendis la voix de Socrate qui criait d'en haut : « Dixième étage, lingerie, draps de lits… huitième étage, fournitures d'intérieur, appareils photo. »

J'étais étendu sur le canapé du bureau. Soc me souriait gentiment.

« Alors ? dit-il. As-tu toujours l'intention de te suicider ? »

« Non. » En prenant cette décision, j'endossai à nouveau le poids et la responsabilité de ma vie. Je lui expliquai ce que je ressentais. Il me prit par les épaules et dit simplement : « Tiens bon, Dan. »

Avant de partir, cette nuit-là, je lui demandai : « Où est Joy ? J'ai envie de la revoir. »

« En temps voulu, elle viendra à toi ; plus tard sans doute. »

« Mais si je pouvais rien que lui parler, tout serait tellement plus facile. »

« Qui t'a dit que ce serait plus facile ? »

« Socrate, insistai-je, je dois la voir ! »

« Tu ne dois *rien* faire, sauf arrêter de voir le monde selon tes désirs personnels. Laisse aller ! Lorsque tu perdras ton mental, tu redeviendras toi-même. En attendant, je veux que tu continues à observer le plus possible ton mental qui s'effrite. »

« Si je pouvais au moins l'appeler… »

« Au travail ! » commanda-t-il.

Dans les semaines qui suivirent, le vacarme de mon esprit régna en maître absolu. Pensées délirantes, désordonnées, stupides ; sentiments de culpabilité, peurs, désirs – du bruit. Même dans le sommeil, la bande sonore assourdissante de mes rêves agressait mes oreilles. Socrate avait eu parfaitement raison. J'*étais* en prison.

Un mardi soir, je courus à la station aux environs de dix heures. Entrant en trombe dans le bureau, je gémis : « Socrate ! Je vais devenir fou si je n'arrive pas à arrêter ce bruit ! Mon mental est fou – exactement ce que tu m'avais dit ! »

« Très bien ! déclara-t-il. Voilà la première réalisation d'un guerrier. »

« Si c'est un progrès, je préfère régresser. »

« Dan, que se passe-t-il lorsqu'on monte un cheval sauvage en le croyant dressé ? »

« Il nous fait tomber… ou nous donne un coup de sabot. »

« À sa manière pleine d'humour, la vie t'a déjà donné bien des coups de sabot. »

Je ne pouvais pas le nier.

« Mais lorsque tu *sais* que le cheval est sauvage, tu peux le traiter comme il convient. »

« Je pense comprendre, Socrate. »

« Ne veux-tu pas plutôt dire que tu comprends que tu penses ? » dit-il en souriant.

Je quittai Socrate avec pour instruction de laisser ma « réalisation se stabiliser » pendant quelques jours. Je fis de mon mieux. J'étais devenu plus conscient au cours des derniers mois et pourtant, je revins dans le bureau avec les mêmes questions : « Socrate, je me suis finalement rendu compte de l'ampleur de mon bruit mental ; mon cheval est sauvage – comment dois-je l'apprivoiser ? Comment baisser le volume ? Que puis-je faire ? »

Il se gratta la tête. « Eh bien, je crois qu'il te faudra simplement développer un excellent sens de l'humour. » Il éclata de rire, puis bâilla et s'étira – pas comme la plupart des gens en écartant les bras, mais comme un chat. Il arrondit le dos et j'entendis sa colonne faire crac-crac-crac-crac.

« Socrate, sais-tu que tu ressembles tout à fait à un chat lorsque tu t'étires ? »

« Oui, répondit-il avec nonchalance. C'est une bonne habitude d'imiter les traits positifs de divers animaux, tout comme nous imitons les qualités positives de certains humains. Il se trouve que j'admire le chat ; il se déplace comme un guerrier. Et il se trouve que toi, tu t'es modelé d'après l'âne. Ne crois-tu pas qu'il est temps d'élargir ton répertoire ? »

« Oui, en effet », répliquai-je calmement. En fait, j'étais en colère. Je m'excusai et rentrai tôt à la maison, peu après minuit. Je dormis cinq heures et, quand mon réveil sonna, je retournai à la station.

J'avais pris une résolution secrète. Plus question de jouer à la victime, d'être celui à qui Socrate pouvait se sentir supérieur. Cette fois, j'allais être le chasseur ; j'avais l'intention de le suivre à son insu.

Il restait encore une heure jusqu'à l'aube et la fin de sa garde. Je me cachai dans les buissons en bordure du campus, près de la station. J'allais le filer et, d'une manière ou d'une autre, retrouver Joy.

L'épiant à travers le feuillage, j'observais chacun de ses gestes. J'étais tellement absorbé par ma surveillance que mes pensées se calmèrent. Mon seul et unique désir était de connaître sa vie en dehors de la station – sujet sur lequel il s'était toujours montré silencieux. J'étais maintenant décidé à trouver les réponses par moi-même.

Je le fixais telle une chouette. Je mesurais mieux que jamais combien ses mouvements étaient gracieux et harmonieux. Il lavait les vitres sans le moindre geste inutile, glissait l'embout de la pompe dans le réservoir comme un artiste.

Socrate entra dans le garage, probablement pour réparer une voiture. Je commençais à me fatiguer. Le ciel était clair lorsque je m'éveillai après un petit somme qui avait sans doute duré quelques minutes. Oh non, l'avais-je manqué ?

Puis je le vis, occupé à ses tâches de dernière minute. Mon cœur se serra lorsqu'il sortit de la station, traversa la rue et se dirigea exactement vers l'endroit où j'étais assis – engourdi, tremblant et courbatu, mais bien caché. J'espérais qu'il n'était pas d'humeur à faire un tour dans les buissons ce matin-là.

Je me dissimulai avec soin dans le feuillage et calmai ma respiration. Une paire de sandales passa à moins d'un mètre cinquante de ma tanière provisoire. J'entendais à peine le bruit léger de ses pas. Il prit un chemin sur la droite.

Rapidement, mais avec prudence, je me mis à trotter derrière lui comme un écureuil. Socrate marchait à une allure surprenante. J'avais du mal à le suivre et faillis le perdre lorsque, loin devant, je vis une tête aux cheveux blancs entrer dans la Bibliothèque Doe. « Que peut-il bien aller faire là-bas ? » pensai-je. Brûlant d'impatience, j'y pénétrai à mon tour.

Après avoir franchi la grande porte en chêne, je me frayai un passage à travers un groupe d'étudiants matinaux qui se retournèrent sur moi en riant. Je les ignorai et continuai à traquer ma proie dans un long couloir. Je le vis tourner à droite et plus rien. Je courus jusqu'à l'endroit où il avait disparu. Pas d'erreur possible. Il avait franchi cette porte. C'étaient les toilettes hommes et il n'y avait pas d'autre sortie.

Je n'osais pas y rentrer. Je me postai dans une cabine téléphonique proche. Dix minutes s'écoulèrent ; puis vingt. L'avais-je manqué ? Ma vessie émettait des signaux d'urgence. Il me fallait entrer – pas seulement pour trouver Socrate, mais pour utiliser les lieux. Et après tout, pourquoi pas ? Il s'agissait de mon domaine au fond, pas du sien. J'allais l'obliger à s'expliquer. La situation n'en demeurait pas moins désagréable.

Pénétrant dans la salle carrelée, je ne vis tout d'abord personne. Après avoir satisfait mes besoins, je commençai à chercher plus attentivement. Puisqu'il n'y avait pas d'autre issue, il devait être encore là. Au moment où je me penchais pour regarder sous une porte, un type sortit d'un urinoir et me surprit. Il se hâta de s'en aller en fronçant les sourcils et en secouant la tête.

Reprenant mon enquête, je me penchai à nouveau pour jeter un coup d'œil rapide dans la dernière cabine. J'aperçus d'abord les talons de deux pieds chaussés de sandales, puis soudain le visage de Soc apparut, à l'envers, avec un sourire de guingois. Le dos à la porte, de toute évidence, il s'inclinait en avant, la tête pendant entre les genoux.

De surprise, je fis un bond en arrière, j'étais complètement dérouté. Je n'avais aucune raison valable pour expliquer mon comportement bizarre dans les toilettes.

Socrate ouvrit sa porte et tira la chasse d'eau avec un geste théâtral. « Ouf, qu'est-ce que ça constipe d'être traqué par un jeune guerrier ! » Je rougis tandis que son rire résonnait entre les murs carrelés. Il m'avait eu à nouveau ! Je sentais presque mes oreilles s'allonger alors que je me transformais une fois de plus en âne. Mon corps se révulsait de honte et de colère.

J'étais écarlate. Je jetai un coup d'œil dans la glace et là je vis, soigneusement noué dans mes cheveux, un joli petit ruban jaune. Je commençai à comprendre les sourires et les rires des gens lorsque j'avais traversé le campus et le regard étrange que m'avait lancé l'autre occupant des toilettes. Socrate me l'avait sans doute mis pendant que je dormais dans les buissons. Soudain très fatigué, je fis demi-tour et sortis.

Alors que la porte allait se refermer derrière moi, j'entendis Socrate déclarer, non sans une touche de commisération dans la voix : « C'était simplement pour te rappeler qui est le maître et qui est l'élève. »

Cet après-midi-là, je m'entraînai comme les furies déchaînées de l'enfer. Je ne parlai à personne et personne n'eut la mauvaise idée de me parler. Je rageais en silence et me jurais de faire le nécessaire pour être reconnu comme un guerrier par Socrate.

Alors que je me préparais à partir, l'un de mes camarades d'équipe me tendit une enveloppe. « Quelqu'un a laissé cela dans le bureau de l'entraîneur. C'est pour toi, Dan. Un de tes supporters ? »

« Je ne sais pas. Merci, Herb. »

Je sortis et déchirai l'enveloppe. Sur un bout de papier non ligné était écrit : « La colère est plus forte que la peur, plus forte que la tristesse. Tu remontes la pente. Tu es prêt pour l'épée – Socrate. »

3

Libération

Le lendemain matin, le brouillard avait recouvert la Baie, dissimulant le soleil d'été et rafraîchissant l'air. Je me réveillai tard, fis du thé et mangeai une pomme.

Pour me détendre un peu avant d'entamer ma journée, j'allumai ma petite télévision et me remplis un bol de biscuits. Je tombai sur un feuilleton et me plongeai dans les problèmes de quelqu'un d'autre. Pris par l'histoire, je tendis la main vers les biscuits et découvris que le bol était vide. Avais-je vraiment tout mangé ?

Plus tard dans la matinée, j'allai courir autour d'Edwards Field. J'y rencontrai Dwight, qui travaillait au Lawrence Hall of Science à Berkeley Hills. Je dus lui redemander son nom, car il m'avait « échappé » ; un signe de plus de la faiblesse de mon attention et du vagabondage de mon mental. Après quelques tours, Dwight parla du ciel bleu, sans nuages. J'étais tellement perdu dans mes pensées que je n'avais même pas remarqué le ciel. Il se dirigea ensuite vers les collines – il était coureur de marathon – et je rentrai à la maison en pensant à mon mental – activité démoralisante s'il en est.

En gymnastique, j'en pris conscience, je fixai mon attention très précisément sur chaque action ; mais dès que je m'arrêtais, les pensées revenaient obscurcir mes perceptions.

Cette nuit-là, je me rendis tôt à la station, espérant arriver au début de la relève de Socrate. J'avais fait de mon mieux pour oublier l'incident de la veille à la bibliothèque et j'étais prêt à recevoir tout ce que Socrate pourrait suggérer comme antidote à mon esprit hyperactif.

J'attendis. Minuit vint et, peu après, Socrate.

À peine étions-nous installés dans le bureau que je commençai à éternuer, il me fallut me moucher. Je souffrais d'un léger refroidissement. Soc mit de l'eau à chauffer dans la bouilloire et, comme à mon habitude, je débutai par une question.

« Socrate, comment puis-je arrêter mes pensées, mon mental ? »

« Tu dois d'abord comprendre d'où viennent tes pensées, comment elles naissent. Par exemple, en ce moment tu as un rhume ; c'est un symptôme physique, il te dit que ton corps a besoin de se rééquilibrer, de rétablir une relation correcte avec la lumière du soleil, l'air frais et de la nourriture simple. »

« Qu'est-ce que cela a à voir avec mon mental ? »

« Tout. Les pensées désordonnées qui te dérangent et te distraient sont aussi les symptômes d'une mauvaise relation avec ton environnement. Les pensées naissent lorsque l'esprit s'oppose à la vie. S'il se produit un événement contredisant une croyance, l'agitation apparaît. La pensée constitue une réaction inconsciente à la vie. »

Une voiture entra dans la station, occupée par un vieux couple en tenue de soirée. Tous deux se tenaient raides comme des bâtons sur leur siège. « Viens avec moi », m'ordonna Soc. Il ôta son coupe-vent et sa chemisette en coton, révélant une poitrine et des épaules nues, aux muscles bien dessinés sous une peau douce et comme translucide.

Il se dirigea du côté du chauffeur et sourit au couple choqué. « Qu'est-ce que je peux faire pour vous, m'sieur-dame ? Un peu d'essence pour enflammer vos esprits ? Peut-être de l'huile pour graisser les moments durs de la journée ? Ou que diriez-vous d'une nouvelle batterie pour recharger vos vies ? » Il leur adressa un gros clin d'œil et resta planté là, souriant, tandis que la voiture démarrait brutalement et quittait la station en trombe.

Soc se gratta la tête. « Ils viennent peut-être de se rappeler qu'ils ont laissé un robinet ouvert chez eux. »

Alors que nous nous reposions dans le bureau en buvant du thé, Socrate m'expliqua sa leçon. « Tu as vu ces gens résister à ce qui leur apparaissait comme une situation anormale. Conditionnés par leurs valeurs et leurs peurs, ils n'ont pas appris à réagir avec spontanéité. J'aurais pu être le clou de leur journée ! Tu vois, Dan quand tu résistes à ce qui arrive, ton mental s'emballe ; en vérité, tu crées précisément les pensées qui te dérangent. »

« Et ton esprit à toi fonctionne différemment ? »

« Mon esprit est semblable à une mare sans rides. Le tien, en revanche, est agité de vagues, parce que tu te sens séparé d'un événement imprévu et inopportun ou menacé par lui. Ton esprit évoque un étang dans lequel quelqu'un vient de lancer un caillou ! »

Pendant que j'écoutais, le regard perdu dans les profondeurs de ma tasse de thé, je sentis quelque chose me toucher juste derrière les oreilles. Mon attention s'intensifia soudainement ; je regardai de plus en plus profondément dans la tasse, toujours plus profondément...

J'étais sous l'eau, en train de regarder vers le haut. C'était ridicule ! Étais-je tombé dans ma tasse de thé ? J'avais des nageoires et des ouïes ; très bizarre ! D'un coup de queue, je plongeai vers le fond, où régnaient le silence et la paix.

Brusquement, une énorme pierre heurta la surface de l'eau. Les ondes de choc me renversèrent. Puis mes nageoires se remirent à fouetter l'eau et je partis à la recherche d'un refuge. Je me cachai jusqu'à l'accalmie. Avec le temps, je finis par m'habituer aux petits cailloux qui tombaient parfois dans l'eau, provoquant quelques rides. En revanche, les grosses masses continuaient à m'effrayer.

Je retrouvai un monde de bruits, un monde sec, j'étais couché sur le canapé, les yeux grands ouverts, levés vers le sourire de Soc.

« C'était incroyable, Socrate ! »

« Je suis content que ce petit bain t'ait plu. Puis-je poursuivre maintenant ? » Il n'attendit pas ma réponse.

« Tu étais un poisson très nerveux, fuyant toutes les grosses vagues. Ensuite tu t'y es accoutumé, mais sans savoir encore leur cause. Tu comprends donc que la conscience du poisson doit accomplir un bond fantastique pour qu'il puisse trouver, à travers l'eau dans laquelle il baigne, l'origine des vagues. »

« Un bond similaire te sera demandé. Lorsque tu percevras clairement l'origine, tu verras que les vagues de ton esprit n'ont aucun rapport avec toi ; tu te contenteras de les observer, sans attachement et sans être contraint à une réaction démesurée chaque fois que tombe un caillou. Tu seras libéré de l'agitation du monde dès que tu auras calmé tes pensées.

« Souviens-toi : dès que tu te sens troublé, abandonne tes pensées pour t'occuper de ton esprit ! »

« Comment, Socrate ? »

« Pas mauvaise cette question ! s'exclama-t-il. Comme te l'a appris ton entraînement physique, les progrès en gymnastique – ou en conscience – n'arrivent pas d'un coup ; ils nécessitent du temps et de la pratique. Et la pratique, pour voir l'origine de tes vagues, se nomme méditation. »

Après cette déclaration solennelle, il s'excusa et alla aux toilettes. C'était l'occasion rêvée pour lui faire la surprise que je lui réservais. Du canapé, je criai pour qu'il m'entende à travers la porte de la salle de bain. « Je t'ai devancé d'un pas, Socrate. Je me suis joint à un groupe de méditation la semaine dernière. J'avais pensé qu'il me fallait prendre ce bon vieux mental en main, expliquai-je. Chaque soir, nous nous asseyons ensemble pendant une demi-heure. Je commence déjà à me relaxer et à contrôler un peu mes pensées. T'es-tu aperçu que je suis plus calme ? Dis voir, Soc, pratiques-tu la méditation ? Sinon, je peux te montrer ce que j'ai appris… »

La porte de la salle de bain s'ouvrit brutalement et Socrate fondit sur moi en poussant un cri qui me glaça le sang. Il brandissait un sabre de samouraï étincelant au-dessus de sa tête. Je n'eus pas le temps d'esquisser un mouvement, le sabre s'abattit sur moi, fendant silencieusement l'air, et s'arrêta quelques centimètres au-dessus de ma tête. Je regardai le sabre menaçant, puis Socrate. Il me sourit.

« Tu possèdes incontestablement le don de faire des entrées remarquées. Tu m'as flanqué une de ces trouilles ! » haletai-je.

La lame remonta doucement. Suspendue au-dessus de ma tête, elle semblait concentrer toute la lumière de la pièce et l'intensifier. Elle m'éblouissait et me fit loucher. Je décidai de me taire.

Socrate s'agenouilla simplement sur le plancher devant moi, posa doucement le sabre entre nous, ferma les yeux, inspira profondément et s'assit, parfaitement immobile. Je l'observai un instant, me demandant si ce « tigre endormi » allait se réveiller et bondir sur moi si je bougeais. Dix minutes s'écoulèrent, puis vingt. Je songeai qu'il voulait peut-être me voir méditer aussi. Je fermai donc les yeux et demeurai ainsi une demi-heure. Lorsque je les rouvris, il était toujours dans sa position de Bouddha. Je commençai à m'impatienter et me levai discrètement pour aller boire de l'eau. Pendant que je remplissais ma tasse, je sentis soudain sa main sur mon épaule. Je sursautai et éclaboussai mes chaussures.

« Socrate, j'aimerais bien que tu cesses de me surprendre ainsi. Ne pourrais-tu pas faire un peu de bruit ? »

Il sourit et me dit : « Le silence est l'art du guerrier... et la méditation est son sabre. C'est l'arme principale que tu utiliseras pour te frayer un chemin à travers tes illusions. Mais comprends bien ceci : l'utilité du sabre dépend de celui qui le manie. Tu ne sais pas encore t'en servir et, entre tes mains, il peut devenir une arme dangereuse, décevante ou inutile. »

« Au début, la méditation peut t'aider à te relaxer. Tu exhibes ton 'sabre'; tu le montres fièrement à tes amis. L'éclat de ce sabre distrait de nombreux méditants et les conduit vers plus d'illusions, jusqu'à ce qu'ils finissent par l'abandonner pour partir encore, en quête d'une autre 'alternative intérieure'.»

«Le guerrier, en revanche, utilise le sabre avec de l'habileté et une profonde compréhension. Grâce à lui, il découpe le mental en lambeaux, pourfendant les pensées afin de révéler leur absence de substance. Écoute ceci et tires-en une leçon.

«Alors qu'il traversait le désert avec ses armées, Alexandre le Grand se retrouva devant deux cordes épaisses nouées en un nœud énorme et complexe : le nœud gordien. Personne n'avait encore réussi à le dénouer et on mit Alexandre au défi d'y parvenir. Sans hésiter un instant, il tira son épée et, d'un seul coup puissant, trancha le nœud. C'était un guerrier !

«Voilà comment tu dois t'attaquer aux nœuds de ton mental : avec le sabre de la méditation. Jusqu'au jour où tu n'auras même plus besoin d'arme.»

Au même instant, un vieux fourgon VW fraîchement repeint en blanc et orné sur le côté d'un arc-en-ciel entra dans la station. Six personnes l'occupaient, difficiles à distinguer les unes des autres. Nous vîmes en nous approchant qu'il y avait deux femmes et quatre hommes, tous vêtus de la tête aux pieds des mêmes habits bleus. Je reconnus des membres de l'un des nombreux nouveaux groupes spirituels de la région. Ils firent vertueusement mine de ne pas remarquer notre présence, comme si notre appartenance au monde risquait de les contaminer.

Socrate releva bien entendu le défi, se transformant instantanément en boiteux zézayant. Il se grattait frénétiquement et incarnait Quasimodo à la perfection. «Hé, Jack, dit-il au conducteur (je n'avais jamais vu une barbe aussi longue que la sienne), vous voulez de l'essence ou quoi ?»

«Oui, nous voulons de l'essence», répliqua l'homme, sa voix glissant comme de l'huile à salade.

Socrate lorgna les deux femmes assises derrière et, passant sa tête par la vitre, chuchota, mais assez fort : «Hé, est-ce que vous *méditez* ?» Il avait usé du même ton que pour se référer à une pratique sexuelle solitaire.

« En effet, oui, répondit le conducteur avec un brin de supériorité cosmique. Allez-vous faire le plein maintenant ? »

D'un signe, Soc m'invita à remplir le réservoir, puis il se mit à tirer sur les boutons du conducteur. « Dites, mon gars, vous savez que vous ressemblez un peu à une fille dans ce costume – ne le prenez pas mal, c'est très joli. Et pourquoi ne vous rasez-vous pas ? Qu'est-ce que vous cachez sous cette fourrure ? »

Tandis que je me faisais tout petit, il continua, de pire en pire. « Hé, demanda-t-il à l'une des femmes, ce type est-il votre petit ami ? Dites-moi, lança-t-il à l'autre homme assis devant : vous vous laissez aller ou bien vous vous retenez comme j'ai lu dans le *National Enquirer* ? »

C'était bien assez. Quand Socrate commença à compter pour leur rendre leur monnaie – avec une lenteur effroyable (il n'arrêtait pas de se tromper et de repartir de zéro) – j'étais sur le point d'éclater de rire et les occupants de la camionnette tremblaient de colère. Le chauffeur s'empara de son argent et quitta la station d'une manière peu religieuse. Alors que le véhicule s'éloignait, Socrate cria : « La méditation vous fait du bien. Continuez ! »

À peine étions-nous de retour dans le bureau qu'une grosse Chevrolet arriva dans la station. Le bruit de la sonnette fut suivi de l'impatient « tutututut » d'un klaxon musical. Je sortis avec Socrate.

Le chauffeur était un adolescent de quarante ans, vêtu d'habits de satin brillant et coiffé d'un grand chapeau de safari orné de plumes. Extrêmement nerveux, il tapotait sur le volant. À son côté, une femme d'âge indéterminé se poudrait le nez devant le rétroviseur tout en battant de ses faux cils.

Sans savoir pourquoi, je m'irritai à leur vue. Ils avaient l'air stupide. J'avais envie de leur dire : « Pourquoi ne vous comportez-vous pas comme des gens de votre âge ? », mais j'observai et attendis.

« Dites donc, avez-vous un distributeur de cigarettes ici ? » demanda le conducteur, agité.

Socrate interrompit sa tâche et répondit avec un large sourire : « Non, monsieur, mais il y a en bas de la rue un magasin ouvert toute la nuit. » Puis il consacra toute son attention à contrôler l'huile. En rendant la monnaie ensuite, il semblait servir le thé à l'empereur.

Après le départ de la voiture, nous sommes restés près de la pompe à respirer l'air de la nuit. « Tu as traité ces gens avec beaucoup de courtoisie, mais tu as été franchement odieux avec les méditants en robes bleues, qui ont pourtant atteint un niveau d'évolution plus élevé. Qu'est-ce que cela signifie ? »

Pour une fois, il me donna une réponse simple et directe. « Les seuls niveaux qui devraient t'intéresser sont le mien – et le tien, déclara-t-il en souriant. Ces gens avaient besoin de gentillesse. Les méditants avaient besoin d'autre chose, comme support de réflexion. »

« De quoi ai-je besoin ? » lançai-je.

« De plus de pratique, répondit-il aussitôt. Ta méditation à elle seule ne t'a pas aidé à rester calme lorsque j'ai foncé sur toi le sabre à la main, pas plus qu'elle n'a aidé nos amis en robes bleues lorsque je les ai taquinés.

« En d'autres termes : un saut périlleux avant n'est qu'une partie de la gymnastique. Une technique de méditation n'est qu'une partie de la voie du guerrier. Si tu ne vois pas tout le tableau, tu peux être induit en erreur et ne pratiquer que des sauts périlleux avant – ou la méditation – durant toute ta vie, ne récoltant ainsi que les bénéfices partiels de ton entraînement.

« Donc pour rester sur la bonne voie, ce qu'il te faut, c'est une carte spéciale couvrant tout le territoire que tu vas explorer. Alors tu te rendras compte de l'utilité – et des limites – de la méditation. Et je te le demande : où trouve-t-on une bonne carte ? »

« Dans une station-service, bien entendu ! »

« Très bien, monsieur, veuillez entrer dans le bureau et je vous donnerai exactement la carte dont vous avez besoin. » Je me jetai sur le canapé ; Socrate s'installa sans un bruit entre les accoudoirs massifs de son beau fauteuil.

Il m'étudia durant une longue minute. « Oh-oh, marmonnai-je nerveusement. Quelque chose se prépare. »

« Le problème, soupira-t-il enfin, c'est que je ne peux pas te décrire le terrain, du moins pas… avec des mots. » Il se leva et se dirigea vers moi avec cette lumière dans le regard qui m'invitait à faire ma valise – je partais en voyage.

En un instant, quelque part dans l'espace, je sentis que je me dilatais à la vitesse de la lumière, gonflant comme un ballon, explosant jusqu'aux confins de l'existence, jusqu'à *être* l'univers. Rien ne subsistait séparément de moi. J'étais tout. J'étais la Conscience, se reconnaissant elle-même ; j'étais la lumière pure que les physiciens considèrent comme la matière et que les poètes définissent comme amour. J'étais un, et j'étais tout, éclipsant tous les mondes. En cet instant, avec une certitude inexprimable, l'éternel, l'inconnaissable, m'était révélé.

Brusquement, je fus de retour dans mon enveloppe mortelle, flottant parmi les étoiles. Je vis un prisme en forme de cœur humain, plus grand que toutes les galaxies. Il diffractait la lumière de la conscience en une explosion de couleurs radieuses, de parcelles étincelantes de toutes les nuances de l'arc-en-ciel, qui se répandaient à travers le cosmos.

Mon propre corps se transforma en un prisme rayonnant, jetant partout des éclats de lumière de toutes les couleurs. Et je compris soudain que le but le plus élevé du corps humain consistait à devenir un canal pour cette lumière – dont l'éclat devait dissoudre toutes les obstructions, tous les nœuds, toutes les résistances.

Je sentis la lumière se répandre dans les différents systèmes de mon corps, puis j'appris que l'être humain fait l'expérience de la lumière de la conscience grâce à une attention en éveil. Je compris la signification de l'attention – c'est la focalisation intentionnelle – de la conscience. Je sentis à nouveau mon corps, semblable à un récipient vide. Je regardai mes jambes : elles se remplirent d'une lumière chaude, intense, et disparurent dans son éclat. Je regardai mes bras : il en fut de même. Je concentrai mon attention sur chaque partie de mon corps jusqu'au moment où je devins entièrement lumière. Et je compris le sens de la méditation – élargir la conscience, diriger l'attention, pour finalement s'abandonner à la Lumière de la Conscience.

Une lumière tremblotait dans l'obscurité. Je m'éveillai et vis Socrate promener le rayon d'une lampe de poche devant mes yeux. « Panne de courant, annonça-t-il en amenant la lumière à la hauteur de son visage. Alors, est-ce un peu plus clair à présent ? » demanda-t-il, comme si je venais simplement d'apprendre le fonctionnement d'une ampoule électrique et non pas de voir l'âme de l'univers. J'eus de la peine à parler.

« Socrate, j'ai envers toi une dette que je ne pourrai jamais rembourser. Je comprends tout maintenant et je sais ce que je dois faire. Je ne pense pas avoir besoin de te revoir. » J'étais triste d'avoir achevé mes études. Il allait me manquer.

Il me regarda, l'air surpris, puis éclata d'un rire plus sonore que jamais. Il le secouait de la tête aux pieds, des larmes coulaient le long de ses joues. Il finit par se calmer et m'expliqua son hilarité. « Tu es loin d'avoir fini, petit ; ton travail a tout juste commencé. Regarde-toi. Tu es fondamentalement le même qu'à ton arrivée ici, il y a plusieurs mois. Ce que tu as vu n'était qu'une vision, pas une expérience concluante. Elle va bientôt perdre de son intensité dans ta mémoire, mais même ainsi, elle te servira de fondement pour ta pratique. Maintenant détends-toi et cesse de te comporter avec autant de sérieux ! »

Il se rassit, l'air aussi malicieux et futé que d'habitude. « Vois-tu, dit-il doucement, ces petits voyages m'épargnent des explications difficiles que je devrais te donner pour t'amener à l'illumination. » Au même instant la lumière revint et nous éclatâmes de rire.

Il sortit quelques oranges du réfrigérateur et se mit à en presser le jus tout en continuant à parler. « Si tu veux tout savoir, tu me rends aussi un service. Je suis aussi coincé quelque part dans le temps et l'espace, et j'ai moi-même une sorte de dette à rembourser. Une bonne partie de moi-même est liée à tes progrès. Pour pouvoir te donner cet enseignement, dit-il en envoyant par-dessus son épaule les pelures d'orange dans la poubelle (chaque fois en plein dans le mille), il a fallu que je mette littéralement une partie de moi en toi. Un sacré investissement, tu peux me croire. Il s'agit donc d'un effort d'équipe, de bout en bout. »

Ayant terminé de presser le jus, il m'en passa un petit verre. « Alors, je propose un toast, dis-je, au succès de notre association ».

« Tope là », fit-il en souriant.

« Parle-moi un peu de cette dette. De qui es-tu débiteur ? »

« Disons que cela fait partie des Règles Intérieures. »

« C'est stupide, ce n'est pas une réponse. »

« Aussi stupide que cela paraisse, je dois néanmoins me conformer à certaines règles dans mon travail. » Il tira de sa poche une petite carte. Elle avait l'air tout à fait normale, mais soudain je remarquai le léger rayonnement qui en émanait. Il était écrit en relief :

Guerrier, S.A.
Socrate, Propr.
Spécialités :
Paradoxe, Humour
et Changement

« Garde-la bien avec toi. Elle peut s'avérer utile. Quand tu auras besoin de moi – il te suffira de tenir la carte entre tes mains et d'appeler. Je serai là, d'une façon ou d'une autre. »

Je rangeai soigneusement la carte dans mon portefeuille. « Je ne la perdrai pas, Socrate. Tu peux en être sûr. Euh, au fait tu n'aurais pas une de ces cartes avec l'adresse de Joy dessus, non ? »

Il m'ignora.

Le silence s'installa alors entre nous tandis que Socrate préparait une de ses salades croustillantes. Puis une question me vint à l'esprit.

« Comment dois-je m'y prendre, Socrate ? Comment faire pour m'ouvrir à cette lumière de conscience ? »

« Eh bien, dit-il, répondant à une question par une autre question, que fais-tu lorsque tu veux voir ? »

Je ris. « Je regarde ! Oh, tu penses à la méditation, n'est-ce pas ? »

« Ouais ! répondit-il. Et voilà le point central, ajouta-t-il en finissant de couper les légumes. Il y a deux processus simultanés : l'un est le regard intérieur – l'intensification de l'attention, la canalisation de la conscience pour te concentrer exactement sur ce que tu veux voir. L'autre processus est *l'abandon* – te libérer de toute pensée naissante. Voilà la vrai méditation : c'est ainsi que tu tranches les liens du mental.

« Et il se trouve que je connais une petite histoire à ce sujet. »

Un élève de méditation était assis dans un profond silence avec un petit groupe de méditants. Terrifié par une vision de sang, de mort et de démons, il se leva, se dirigea vers le maître et lui murmura : « *Roshi*, je viens d'avoir une vision horrible ! »

« Laisse-la partir », dit le maître.

Quelques jours plus tard, sa méditation fut peuplée de merveilleuses scènes érotiques, d'anges, d'éclairs sur le sens de la vie, le tout dans un décor cosmique.

« Laisse partir », cria le maître, venant par-derrière avec un bâton et lui donnant un coup.

L'histoire me fit rire et je dis : « Tu sais, Soc, j'ai pensé… » Socrate me frappa la tête avec une carotte en disant : « Laisse partir ! »

Nous avons mangé. Je poignardais mes légumes avec ma fourchette ; il saisissait chaque petite bouchée avec ses baguettes en bois et respirait doucement tout en mâchant. Il ne prenait jamais de nouvelle bouchée avant d'avoir fini la précédente, comme si chaque bouchée constituait à elle seule un repas miniature. J'admirais assez sa manière de manger, tout en me goinfrant allègrement. Je terminai le premier, me laissai aller en arrière et annonçai : « Je crois être prêt à me lancer dans la vraie méditation. »

« Ah oui ! » Il posa ses baguettes. « La conquête de l'esprit ! Si seulement elle t'intéressait. »

« Je suis intéressé ! Je veux développer ma conscience. Je suis ici dans ce but. »

« Tu peux développer ton image, pas ta conscience. Et tu es ici parce que tu n'as pas de meilleure possibilité. »

« Mais je veux me débarrasser de mon esprit bruyant », assurai-je.

« C'est là ton illusion la plus grande, Dan. Tu es comme l'homme qui refuse de porter des lunettes, en prétendant que l'on n'imprime plus les journaux aussi bien qu'avant. »

« Ce n'est pas vrai », protestai-je en secouant la tête.

« Je ne m'attends pas vraiment à ce que tu me croies déjà aujourd'hui, mais il fallait que je te le dise. » « Où veux-tu en venir ? » demandai-je impatiemment. Mon attention commençait à s'éparpiller.

Socrate la retint en déclarant d'une voix ferme : « Voici le fond du problème : tu t'identifies à tes croyances et à tes pensées insignifiantes, ennuyeuses et surtout perturbantes ; tu crois que tu es tes pensées. »

« C'est absurde ! »

« Tes illusions têtues sont comme un bateau qui coule, petit. Je te recommande de les quitter tant qu'il en est encore temps. »

Je réprimai la colère qui montait en moi. « Comment peux-*tu* savoir que je m'''identifie' à mon mental ? »

« O.K., soupira-t-il. Je vais te le prouver. Que veux-tu dire lorsque tu déclares : Je rentre à la maison ? Ne supposes-tu pas naturellement que tu es séparé de la maison vers laquelle tu vas ? »

« Mais bien sûr ! C'est stupide. »

Ignorant ma réaction, il demanda : « Que veux-tu dire lorsque tu déclares : 'Mon corps est plein de courbatures aujourd'hui' ? Quel est ce je qui est détaché du corps et en parle comme d'une possession ? »

Je ne pus m'empêcher de rire. « Question de séman-tique, Socrate. Il faut bien s'exprimer. »

« C'est vrai, mais les conventions de langage révèlent la manière dont on voit le monde. Tu agis réellement comme si tu étais un esprit ou un je ne sais quoi de sub-til à l'intérieur du corps. »

« Pour quelle raison souhaiterais-je agir de la sorte ? »

« Parce que la mort est ta plus grande peur et la sur-vie ton besoin le plus profond. Tu aspires à l'Éternité. Par cette croyance illusoire que tu es cet esprit, ce men-tal ou cette âme, tu rajoutes une clause de fuite à ton contrat de mortel. En tant que mental tu pourras peut-être t'envoler hors de ton corps lorsqu'il mourra, hein ? »

« C'est une idée », accordai-je avec un sourire.

« Exactement, Dan, une idée, une pensée, pas plus réelle que l'ombre d'une ombre. La vérité, la voici : la conscience n'est pas *dans* le corps ; en fait, c'est le corps qui est *dans* la conscience. Et tu *es* cette conscience, et non pas ce fan-tôme de mental qui te trouble tant. Tu es le corps, mais aussi tout le reste. C'est ce que t'a révélé ta vision. Seul le mental est trahi, menacé par le changement. Si donc tu te détends dans ton corps, l'esprit au repos, tu seras heureux et libre, et tu ne ressentiras aucune séparation. Tu pos-sèdes déjà l'immortalité, mais pas de la manière dont tu l'imagines ou l'espères. Tu étais immortel avant d'être né et tu le seras encore longtemps après la disparition de ton corps. Le corps est la conscience ; il est immortel. Il change, c'est tout. Ce mental – tes croyances, ton histoire, ton identité personnelles – est le seul à être mortel ; alors qui en a besoin ? »

Ayant terminé, Socrate se laissa aller en arrière dans son fauteuil.

« Socrate, dis-je, je ne suis pas sûr d'avoir tout assi-milé. »

« Certainement pas ! s'exclama-t-il en riant. D'ailleurs les mots n'auront pas beaucoup de sens tant que tu n'au-ras pas découvert cette vérité par toi-même. Alors enfin tu seras libre et tu basculeras dans l'éternité. »

« Pas mal. »

Il rit. « Oui, c'est pas mal, en effet. Mais en ce moment, je ne fais qu'établir les bases de ce qui va suivre. »

« Socrate, si je ne suis pas mes pensées, que suis-je ? »

Il me regarda comme s'il venait d'expliquer qu'un plus un égale deux et que j'avais ensuite demandé : « Oui, mais combien font un plus un ? » Il alla vers le réfrigérateur, prit un oignon et me le mit entre les mains. « Pèle-le, couche après couche », ordonna-t-il. Je commençai à peler. « Que trouves-tu ? »

« Une autre couche. »

« Continue. »

Je pelai quelques couches de plus. « Encore d'autres couches, Soc. »

« Continue de peler jusqu'à ce qu'il n'y ait plus de couches. Qu'est-ce que tu trouves ? »

« Il ne reste rien. »

« Mais si, il reste quelque chose. »

« Quoi donc ? »

« L'univers. Penses-y en rentrant chez toi. »

Je regardai par la fenêtre ; l'aube approchait. Je revins la nuit suivante après une session de méditation médiocre et j'étais encore perdu dans mes pensées. En début de soirée, il n'y avait pas beaucoup de travail ; nous étions donc assis dans le bureau avec un thé à la menthe et je lui parlai de ma piètre méditation.

« Oui, ton attention est encore éparpillée. Laisse-moi te raconter une histoire. »

Un étudiant de zen demanda à son roshi quel était l'élément le plus important du zen. Le roshi lui répondit : « L'attention. »

« Oui, merci, répondit l'étudiant. Mais pouvez-vous me dire quel est le second élément le plus important ? » Et le roshi répondit : « L'attention. »

Surpris, je regardai Socrate, attendant la suite. « C'est tout », dit-il.

Je me levai pour aller chercher de l'eau et Socrate me demanda : « Fais-tu attention à la façon dont tu te tiens debout ? » « Euh, oui », répondis-je, sans en être tout à fait sûr. Je marchai jusqu'au lavabo.

« Fais-tu attention à la manière dont tu marches ? » demanda-t-il.

« Oui, oui », répondis-je, rentrant dans le jeu.

« Fais-tu attention à la manière dont tu parles ? »

« Oui, il me semble », dis-je en écoutant ma voix. Je commençais à m'énerver.

« Fais-tu attention à la façon dont tu penses ? » demanda-t-il.

« Tout doux, Socrate... je fais de mon mieux ! »

Il se pencha vers moi. « Ton mieux n'est pas assez bon ! L'intensité de ton attention doit *brûler*. Tourner en rond autour d'un tapis de gymnastique n'a jamais formé un champion ; rester assis les yeux fermés en laissant errer ton attention n'améliorera pas ta capacité d'éveil. Les bienfaits de ta pratique seront proportionnels à son intensité. Voici une petite histoire. »

Dans un monastère, je méditais jour après jour, me débattant avec un *koan*, une de ces énigmes que m'avait données mon maître pour exciter le mental de manière à en voir la vraie nature. Je n'arrivais pas à le résoudre. Chaque fois que j'allais trouver le roshi, je n'avais rien à lui offrir. J'étais un étudiant lent et le découragement me gagnait. Il me dit de continuer à travailler sur mon koan pendant un mois de plus. « D'ici là, tu l'auras certainement résolu », affirma-t-il pour me stimuler.

Un mois s'écoula, durant lequel je fis le maximum d'efforts. Le koan restait un mystère.

« Continue encore une semaine, avec du feu dans ton cœur ! » me dit-il. Jour et nuit le koan brûlait, mais il demeurait toujours aussi opaque à mes yeux.

Mon roshi me dit : « Un jour de plus, avec tout ton mental. » À la fin de la journée j'étais épuisé. Je lui dis : « Maître, c'est inutile – que ce soit en un mois, en une semaine, ou en un jour – je n'arrive pas à percer cette énigme. » Mon maître me regarda longuement. « Médite encore une heure, dit-il. Si à la fin de cette heure, tu n'as pas résolu le koan, tu devras te tuer. »

« Pourquoi un guerrier devrait-il rester assis en méditation ? Je croyais qu'il s'agissait d'une voie d'action. »

« La méditation est l'action de l'inaction ; toutefois tu as tout à fait raison, la voie du guerrier est plus dynamique. Au bout du compte, tu apprendras à méditer chacune de tes actions. Mais au début, méditer assis sert de cérémonie, c'est un moment spécial que l'on se réserve pour intensifier la pratique. Il faut que tu deviennes maître de ce rituel avant de pouvoir l'élargir correctement à toute la vie quotidienne.

« En tant que maître, j'utiliserai toutes les méthodes et les artifices dont je dispose pour t'intéresser et t'aider à persévérer dans le travail qui t'attend. Si je m'étais contenté de venir vers toi et de te dire le secret du bonheur, tu n'aurais même pas entendu. Pour être pris au jeu, tu avais besoin de quelqu'un qui te fascine, te déroute ou saute sur les toits. »

« Eh bien, je suis disposé à jouer, du moins durant un certain temps ; mais vient le moment où chaque guerrier doit poursuivre la route seul. Pour l'instant, je ferai le nécessaire pour te garder ici et t'apprendre cette voie. »

Je me sentis manipulé. J'étais en colère. « Pour que je puisse vieillir en restant assis comme toi dans cette station-service, prêt à fondre sur d'innocents étudiants ? » À peine avais-je parlé que je regrettai mes propos.

Socrate sourit et dit doucement : « Ne te méprends pas sur ce lieu, ni sur ton maître, Dan. Les gens et les choses ne sont pas toujours ce qu'ils paraissent. Je suis défini par l'univers, pas par cette station. Quant à la raison pour laquelle tu devrais rester et ce que tu pourrais y gagner, n'est-ce pas évident ? Je suis totalement heureux, vois-tu. Et toi, l'es-tu ? »

Une voiture arriva, dont le radiateur fumait abondamment. « Viens, dit Soc. Cette voiture souffre et il nous faudra peut-être l'abattre pour la sortir de sa misère. » Nous

nous sommes dirigés tous les deux vers la voiture malade. Son conducteur était de mauvaise humeur.

«Vous en avez mis du temps. Je ne vais pas attendre toute la nuit ici, nom d'une pipe !»

Socrate le regarda avec de la compassion et de l'amour, ni plus ni moins. «Voyons si nous pouvons vous aider, monsieur, et faire en sorte que ce problème ne soit qu'un petit incident vite oublié.» Il demanda à l'homme de mettre sa voiture dans le garage et découvrit la fuite grâce à un manomètre. Au bout de quelques minutes, il avait soudé le trou, mais il invita le conducteur à remplacer assez vite son radiateur. «Tout meurt et change, même les radiateurs», dit-il en m'adressant un clin d'œil.

Tandis que la voiture s'éloignait, je perçus la vérité contenue dans les propos de Socrate. Il était réellement et totalement heureux ! Rien ne semblait affecter ses dispositions joyeuses. Depuis que je le connaissais, je l'avais vu en colère, triste, gentil, dur, drôle et parfois soucieux. Mais le bonheur brillait toujours dans ses yeux, même lorsqu'ils s'emplissaient de larmes.

Je pensais à Socrate en rentrant chez moi, tandis que mon ombre grandissait et rapetissait d'un réverbère à l'autre. Je trébuchai sur une pierre dans l'obscurité alors que je contournais sans bruit la maison pour atteindre le petit garage converti en studio qui m'attendait sous les branches d'un noyer. Il ne restait plus que quelques heures jusqu'à l'aube.

Je me couchai, mais sans parvenir à dormir. Je me demandais si je réussirais un jour à découvrir son secret du bonheur. Il me paraissait alors encore plus important que d'apprendre à sauter sur les toits.

Puis je me souvins de la carte qu'il m'avait donnée. Je me levai aussitôt, allumai la lumière et la cherchai dans mon portefeuille. Mon cœur se mit à battre plus vite. Socrate m'avait dit de tenir la carte entre les mains et d'appeler, tout simplement, si j'avais vraiment besoin de lui. Eh bien, j'allais le tester.

Je commençai à trembler et ce tremblement gagna mes genoux. Je pris délicatement la carte qui luisait dans mes deux mains et appelai : « Socrate, viens Socrate. C'est Dan qui appelle. » Je me sentais complètement idiot, debout dans ma chambre à quatre heures cinquante-cinq, une carte lumineuse entre les doigts et en train de parler tout seul. Rien ne se produisit. Dégoûté, je jetai négligemment la carte sur la commode. À cet instant, la lumière s'éteignit.

« Qu'est-ce qui se passe ? » criai-je en tournant sur moi-même pour savoir s'il était là. Dans le style le plus classique du cinéma, je reculai, tombai sur ma chaise, heurtai le rebord du lit et m'étalai de tout mon long par terre.

La lumière revint. Si quelqu'un m'avait entendu, j'eusse sans doute passé pour un étudiant rencontrant des difficultés dans ses études de grec ancien. Pour quelle autre raison aurais-je pu crier à cinq heures deux du matin : « Que le diable t'emporte, Socrate ! »

Je ne saurai jamais si la panne était une coïncidence. Socrate avait seulement dit qu'il viendrait ; il n'avait pas précisé comment. Tout penaud, je repris la carte pour la remettre dans mon portefeuille et je remarquai alors qu'elle s'était modifiée. Sous les dernières lignes : « Paradoxe, Humour et Changement », apparaissaient deux mots en caractères gras : « Urgences seulement ».

J'éclatai de rire, puis m'endormis en un clin d'œil.

Les entraînements de l'été venaient de commencer. J'avais plaisir à revoir des visages familiers. Herb se laissait pousser la barbe ; Rick et Sid cultivaient leur bronzage et paraissaient plus sveltes et forts que jamais.

J'avais très envie de partager avec eux ma vie et les leçons que j'avais apprises, mais je ne savais toujours pas comment m'y prendre. Puis, je me souvins de la carte de visite de Socrate. Avant le début d'une séance d'échauffement, j'appelai Rick.

« Hé, je voudrais te montrer quelque chose ! » Une fois qu'il aurait vu cette carte lumineuse avec les « spécialités » de Soc, il allait certainement vouloir en savoir plus ; les autres aussi peut-être.

Après avoir laissé s'écouler un instant solennel, je sortis la carte et la lui tendis. «Regarde un peu; assez bizarre, hein? Ce type est mon maître.»

Rick jeta un coup d'œil à la carte, la retourna, puis me regarda, son visage était aussi blanc qu'elle. «C'est une plaisanterie? Je ne comprends pas, Dan.» Je regardai la carte, la retournai. «Euh, marmonnai-je en remettant le bout de papier dans mon portefeuille, c'est une petite erreur, Rick. Allons nous échauffer.» Je soupirai intérieurement. Cet épisode ne pouvait que renforcer ma réputation d'excentrique.

Socrate, pensai-je, utilisait vraiment des trucs minables – de l'encre qui s'efface!

Ce soir-là, j'entrai carte en main dans la station. Je la jetai sur le bureau. «J'aimerais bien que tu arrêtes ce genre de blagues, Socrate. J'en ai assez de passer pour un imbécile.»

Il me regarda avec compassion. «Oh? T'es-tu de nouveau ridiculisé?»

«Socrate, s'il te plaît. Je t'en prie… vas-tu arrêter?»

«Arrêter quoi?»

«Cette astuce avec l'encre qui s'eff…» Du coin de l'œil, j'aperçus une faible lueur sur le bureau.

Guerrier, S.A.

Socrate, Propr.

Spécialités:

Paradoxe, Humour

et Changement

Urgences seulement!

«Je ne comprends pas, murmurai-je. Est-ce que cette carte change?»

«Tout change», répliqua-t-il.

«Oui, je sais, mais est-ce qu'elle disparaît et réapparaît?»

«Tout disparaît et apparaît à nouveau.»

«Socrate, quand je l'ai montrée à Rick, il n'y avait rien dessus.»

«Ce sont les Règles Intérieures», dit-il en haussant les épaules, le sourire aux lèvres.

« Tu ne m'aides pas beaucoup ; je veux savoir comment… »

« Lâche prise, dit-il. Lâche prise. »

L'été passa rapidement entre les entraînements intensifs et les longues nuits avec Socrate. Nous passions la moitié du temps à pratiquer la méditation et l'autre moitié à travailler dans le garage ou à nous détendre autour d'une tasse de thé. Durant ces moments, je demandais des nouvelles de Joy ; j'avais tant envie de la revoir. Socrate ne me disait rien.

À l'approche de la fin des vacances, je songeais aux cours qui allaient reprendre. J'avais décidé de m'envoler pour Los Angeles pour une visite d'une semaine à mes parents. Je comptais laisser ma voiture au garage, m'acheter une moto à L.A., puis remonter la côte avec.

Je descendais Telegraph Avenue pour faire quelques courses et venais de sortir d'une pharmacie avec du dentifrice lorsqu'un adolescent décharné m'aborda. Il sentait l'alcool et la sueur. « T'as pas quelques pièces ? » demanda-t-il sans me regarder.

« Non, je regrette », dis-je. Je ne regrettais rien du tout en fait. En m'éloignant je pensais : « Va travailler. » Puis j'eus des remords ; j'avais dit non à un mendiant sans le sou. Puis vinrent des pensées pleines de colère. « Il ne devrait pas accoster les gens ainsi ! »

J'avais déjà fait un bon bout de chemin avant de m'apercevoir de tout le bruit mental que je captais, de toute la tension qu'il provoquait – et cela simplement parce qu'un type m'avait demandé de la monnaie et que j'avais répondu non. À ce moment précis, je lâchai prise. Me sentant plus léger, j'inspirai profondément, me libérai de la tension et ne m'occupai plus que de la beauté de cette journée.

Le soir même, à la station, j'annonçai mes projets à Socrate.

« Soc, je m'envole pour L.A. dans quelques jours afin de rendre visite à mes parents. Là-bas, j'achèterai une moto. Et je viens d'apprendre cet après-midi que la Fédération américaine de gymnastique m'envoie à Lubiana, en Yougoslavie, avec Sid, pour assister aux Championnats du monde de gymnastique. Ils pensent que nous avons tous les deux nos chances aux Jeux Olympiques et ils veulent que nous nous montrions. Qu'en dis-tu ? »

À mon étonnement, Socrate se contenta de froncer les sourcils et déclara : « Ce qui sera, sera. »

Je décidai d'ignorer cette réponse et me dirigeai vers la porte. « Bon, à bientôt, Soc. Je te reverrai dans quelques semaines. »

« Je te verrai dans quelques heures, répondit-il. Attends-moi à la fontaine de Ludwig à midi. »

« D'accord ! » répliquai-je, piqué par la curiosité. Puis je pris congé.

Je dormis six heures, puis courus à la fontaine qui se trouvait à l'extérieur du local de réunion des étudiants. La fontaine de Ludwig devait son nom à un chien qui avait fréquenté l'endroit. D'autres chiens s'y ébattaient et s'y mouillaient pour se rafraîchir, car la chaleur d'août était intense ; quelques gamins pataugeaient dans l'eau peu profonde.

Au moment où la Campanile, la fameuse tour de Berkeley, se mit à sonner midi, je vis l'ombre de Soc à mes pieds.

J'étais encore un peu endormi.

« Marchons », dit-il. Nous avons fait un tour dans le campus, passant près de Sproul Hall, contournant l'École d'optométrie et l'Hôpital Cowell, puis remontant en direction du stade de football jusqu'aux collines de Strawberry Canyon.

Enfin, il parla.

« Dan, un processus conscient de transformation a commencé pour toi. Il ne peut pas être inversé ; il n'y a pas de retour possible. Si tu essayais de reculer, tu sombrerais dans la folie. Tu ne peux qu'aller de l'avant désormais ; tu es engagé. »

« Comme dans une institution ? » plaisantai-je.

Il sourit. « Il y a peut-être des similitudes. »

Nous avons marché en silence ensuite, à l'ombre des haies bordant le chemin.

« Au-delà d'un certain point, plus personne ne peut t'aider, Dan. Je te guiderai pendant un moment, mais viendra le jour où même moi je devrai rester en arrière, et tu seras seul. Tu seras mis à rude épreuve. Il te faudra développer une grande force intérieure. J'espère simplement qu'elle se manifestera à temps. »

La douce brise de la Baie était tombée et l'air était chaud ; j'avais pourtant des frissons. Tremblant en pleine canicule, je regardai un lézard se faufiler dans les rocailles. Les dernières paroles de Socrate venaient de s'imprimer dans mon esprit. Je me tournai dans sa direction.

Il était parti.

Effrayé, sans savoir pourquoi, je me mis à courir le long du chemin. Je l'ignorais alors, mais ma préparation était terminée. Mon entraînement allait commencer. Et il allait commencer par une épreuve à laquelle je faillis ne pas survivre.

LIVRE II

L'entraînement du guerrier

4

LE SABRE EST AIGUISÉ

Après avoir laissé ma vieille Valiant dans un garage loué, je pris le bus F en direction de San Francisco, pour avoir la correspondance avec la navette de l'aéroport qui resta bloquée dans un embouteillage ; j'allais probablement manquer mon vol. L'inquiétude s'empara de moi ; je sentis mon ventre se contracter – mais, dès que j'en eus conscience, je me relâchai comme je l'avais appris. Je me détendis et appréciai le paysage le long de Bayshore Freeway, tout en réfléchissant à la maîtrise de plus en plus grande des pensées stressantes qui m'avaient accablé dans le passé. Et en fin de compte, j'attrapai mon avion avec même un peu d'avance.

Papa, une version plus vieille de moi-même aux cheveux clairsemés, portant une magnifique chemise de sport bleue sur sa poitrine musclée, m'accueillit à l'aéroport avec une vigoureuse poignée de main et un sourire chaleureux. Le visage de maman s'éclaira lorsqu'elle m'embrassa sur le palier de leur appartement tout en me donnant des nouvelles de ma sœur, ainsi que de mes nièces et neveux.

Le soir même, j'eus droit à l'un des derniers morceaux de piano que travaillait maman : du Bach, je crois. Le lendemain, à l'aube, papa et moi étions sur le terrain de golf. J'étais continuellement tenté de leur parler de mes aventures avec Socrate, mais je préférais garder le silence. Un jour, peut-être, j'écrirais tout. C'était bon d'être en visite chez soi, mais en même temps, ce «chez moi» me semblait très vieux et très lointain.

Lorsque papa et moi fûmes dans le sauna du Jack Lalanne's Health Spa, après notre partie de golf, il me dit : « La vie universitaire a l'air de te convenir, Danny. Tu as changé – tu es plus calme, plus agréable – je ne dis pas que tu étais désagréable auparavant… » Il cherchait les mots justes, mais je comprenais.

Je souris. Si seulement il avait su.

Je passai la majeure partie de mon temps à Los Angeles à la recherche d'une moto et je trouvai finalement une Triumph 500 cm^3. Il me fallut quelques jours pour m'y habituer et je faillis tomber par deux fois, en croyant avoir vu Joy sortir d'un magasin, puis tourner au coin de la rue.

Mon dernier jour à L.A. arriva très vite. Tôt le lendemain, j'allais remonter la côte à toute allure vers Berkeley, retrouver Sid le soir et nous nous envolerions pour la Yougoslavie et les Championnats du monde de gymnastique. Je passai une journée tranquille à la maison. Après le dîner, je pris mon casque et partis pour acheter un sac de voyage. Au moment où je sortis, j'entendis papa dire : « Fais attention, Dan, les motos ne sont pas très visibles la nuit. » Il se montrait toujours prudent.

« Ouais, papa, je ferai attention », lui criai-je. Puis je mis la machine en route et me lançai dans la circulation avec l'impression de faire très macho dans mon tee-shirt de gymnastique, mon jean délavé et mes bottes. Vivifié par l'air frais du soir, je me dirigeai vers le sud dans la direction de Wilshire. Mon avenir s'apprêtait à changer, parce qu'à cet instant, trois pâtés de maisons plus loin, George Wilson se préparait à tourner à gauche sur Western Avenue. Je fonçai dans l'obscurité zébrée par la lumière des lampadaires et approchai de Seventh et Western Avenues. J'allais traverser le carrefour quand je remarquai en face de moi une Buick rouge et blanche qui clignotait à gauche. Je ralentis – cette petite précaution me sauva sans doute la vie.

Au moment où ma moto abordait le carrefour, la Buick accéléra soudain et tourna juste devant moi. Pour quelques précieuses secondes encore, le corps dans lequel j'étais né demeura en un seul morceau.

J'avais encore le temps de penser, mais plus d'agir. « Coupe à gauche ! » hurla mon mental. Mais un flot de voitures venait en sens inverse. « À droite ! » Je ne pourrais pas éviter le pare-chocs. « Couche la moto ! » J'allais passer sous les roues. Et puis je n'eus plus le choix. Je freinai et attendis. Tout me semblait irréel, comme dans un rêve, jusqu'à l'instant où j'entrevis le visage horrifié du conducteur. Avec un choc terrible accompagné d'un tintement musical de verre brisé, ma moto s'écrasa contre le pare-chocs avant de la voiture – et ma jambe droite aussi. Tout se déroula à une vitesse effrayante ensuite, tandis que le monde sombrait dans le noir.

Sans doute ai-je perdu, puis repris conscience juste alors que mon corps culbutait par-dessus la voiture et atterrissait sur le macadam. Après une minute bénie d'engourdissement, la douleur se réveilla pareille à un étau chauffé à blanc qui enserrait et broyait ma jambe de plus en plus fort, jusqu'au moment où, ne pouvant plus la supporter, je me mis à crier. Elle devait cesser, il le fallait ; j'implorais l'inconscience. Des voix indistinctes : « … je ne l'ai pas vu… », « … téléphone des parents… », « … courage, ils seront bientôt là ».

Puis j'entendis une sirène au loin, et je sentis des mains qui retiraient mon casque, puis me plaçaient sur un brancard. Baissant les yeux, je vis un os blanc qui avait percé le cuir déchiré de ma botte. Lorsque la porte de l'ambulance se referma, je me rappelai soudain les paroles de Socrate : « Tu seras mis à rude épreuve. »

Quelques secondes plus tard, me sembla-t-il, j'étais étendu sur la table de radiologie du service d'urgence de l'Hôpital orthopédique de L.A. Le docteur se plaignait d'être fatigué. Mes parents s'engouffrèrent dans la salle, ils étaient très pâles et paraissaient vieillis. C'est alors que je revins à la réalité. Étourdi et sous le choc, je me mis à pleurer.

Le docteur se montra efficace. Il m'anesthésia, remit mes orteils déboîtés en place et recousit mon pied droit. Plus tard, dans la salle d'opération, son scalpel balafra ma peau d'une longue ligne rouge, coupant profondément dans les muscles qui m'avaient si bien servi. Il préleva de l'os de mon pelvis et le greffa sur l'os cassé de ma cuisse droite. Pour finir il enfonça une petite tige de métal qui partait de la hanche au milieu de l'os, comme une sorte de plâtre interne.

Je demeurai à moitié inconscient pendant trois jours, plongé dans un sommeil artificiel qui ne m'épargnait pas vraiment une douleur continuelle terrible. Dans le courant de la soirée du troisième jour, je m'éveillai dans l'obscurité lorsque je perçus une personne assise à côté de moi, silencieuse comme une ombre.

Joy se leva et se pencha sur moi, caressant mon front tandis que je me détournais, plein de honte. Elle me chuchota : « Je suis venue dès que j'ai appris la nouvelle. » Je souhaitais partager avec elle mes victoires et elle me voyait toujours dans mes défaites. Je me mordis les lèvres et sentis un goût de larmes. Joy tourna gentiment mon visage vers le sien et me regarda dans les yeux. « Socrate a un message pour toi, Danny ; il m'a demandé de te raconter une histoire. »

Je fermai les yeux et écoutai avec toute mon attention.

Un vieil homme et son fils s'occupaient d'une petite ferme. Ils n'avaient qu'un seul et unique cheval pour tirer la charrue. Un jour, le cheval s'enfuit.

Les voisins les plaignirent : « C'est affreux. Quelle malchance ! »

« Qui sait s'il s'agit ou non de malchance », répliqua le fermier.

Une semaine plus tard, le cheval revint des montagnes, ramenant avec lui cinq juments dans la grange.

« Quelle chance extraordinaire ! » s'exclamèrent les voisins.

« Chance ? Malchance ? Qui sait ? » répondit le vieil homme.

Le lendemain, alors qu'il essayait de dompter l'un des chevaux, le fils tomba et se cassa la jambe.

« C'est terrible. Quelle malchance ! »

« Malchance ? Chance ? »

Quelque temps après, l'armée passa dans toutes les fermes enrôler de jeunes hommes pour la guerre. Le fils du fermier ne leur était d'aucune utilité, il fut donc épargné.

« Chance ? Malchance ? »

Je souris tristement, puis me mordis les lèvres pour résister à une nouvelle vague de douleur.

Joy me calmait de sa voix. « Toute chose a une raison d'être, Danny ; il t'appartient d'en faire le meilleur usage. »

« Quel usage pourrai-je jamais faire de cet accident ? »

« Il n'y a pas d'accidents, Danny. Il n'y a que des leçons. Tout a une raison d'être, une raison d'être, une *raison d'être* », répéta-t-elle, murmurant à mon oreille.

« Mais ma gymnastique, mon entraînement, c'est terminé ! »

« Ceci est ton entraînement. La douleur peut purifier l'esprit et le corps ; elle brûle ce qui fait obstruction. » Elle vit mon regard interrogateur et ajouta : « Un guerrier ne recherche pas la douleur, mais si elle vient, il l'utilise. Maintenant, repose-toi. Danny, repose-toi. » Elle profita de l'arrivée de l'infirmière pour se glisser hors de la chambre.

« Ne pars pas, Joy », marmonnai-je, puis je tombai dans un profond sommeil, ne me souvenant de rien d'autre.

Des amis me rendirent visite et mes parents passèrent chaque jour ; mais durant la majeure partie de ces vingt et une journées interminables, je restai seul, couché à plat sur le dos. J'observais le plafond blanc et méditais pendant des heures, assailli par la mélancolie, l'apitoiement sur moi-même et de vains espoirs.

Un mardi matin, m'appuyant sur des béquilles, je sortis dans la claire lumière d'un soleil de septembre et boitillai lentement jusqu'à la voiture de mes parents. J'avais perdu près de quinze kilos et mon pantalon pendait, trop grand, de mes hanches saillantes ; ma jambe droite ressemblait à un bâton avec une longue cicatrice violette sur le côté.

Une brise fraîche me caressait le visage en cette journée superbe, sans brouillard. Le vent charriait des parfums de fleurs que j'avais oubliés ; le gazouillement des oiseaux sur un arbre voisin mêlé aux bruits de la circulation formaient une symphonie pour mes sens qui venaient de s'éveiller.

Je restai quelques jours chez mes parents, me reposant à la chaleur et au soleil, nageant doucement du côté peu profond de la piscine, obligeant péniblement les muscles de ma jambe suturée à travailler. Je commençais à retrouver ma vitalité.

Des amis m'invitèrent pour quelques semaines chez eux à Santa Monica, à une centaine de mètres de la plage. J'acceptai, heureux de cette occasion de passer plus de temps en plein air.

Chaque matin je marchais lentement jusqu'au sable chaud et, posant mes béquilles, je m'asseyais près des vagues. J'écoutais les mouettes et le ressac, puis je fermais les yeux et méditais des heures durant, oubliant le monde autour de moi. Berkeley, Socrate, tout mon passé me paraissait évanoui dans une autre dimension.

Je ne tardai pas à entreprendre des exercices, avec précaution au début, puis de plus en plus intensément, au point de passer des heures quotidiennement à transpirer au soleil. Haletant sous l'effort, je poussais chaque muscle jusqu'à ses limites. Ensuite je sautillais sur une jambe dans l'eau peu profonde et je m'asseyais, rêvant de sauts périlleux en attendant que les vagues salées emportent ma sueur et mes rêves de voltige dans l'océan.

Je m'entraînais sans relâche, me sculptant un corps dur, aux lignes nettes de statue de marbre. Je devins l'un des habitués de la plage qui avaient mis le sable et la mer au centre de leur vie. Malcolm, le masseur, s'asseyait sur ma couverture et racontait des blagues ; Doc, le jeune prodige de la Rand Corporation, passait me voir

chaque jour et me parlait de politique et de femmes ;
surtout de femmes.

J'avais du temps – du temps pour réfléchir à tout ce
qui m'était arrivé depuis ma rencontre avec Socrate. Je
pensais à la vie et à son sens, à la mort et à ses mystères.
Et je me rappelais mon mystérieux maître – ses paroles,
ses diverses expressions – et par-dessus tout, je me rappelais son rire.

La chaleur du soleil d'octobre s'évanouit dans les
nuages de novembre. De moins en moins de personnes
venaient à la plage et, durant cette période de solitude, je
jouis d'une paix que je n'avais pas ressentie depuis de
nombreuses années. Je m'imaginais que j'allais passer
toute ma vie sur cette plage ; je savais pourtant que je
retournerais à l'université après Noël.

Le docteur me donna les résultats des radiographies.
« L'état de votre jambe s'améliore d'une manière satis-
faisante, devrais-je dire. Mais je vous mets en garde :
n'en espérez pas trop. Après un tel accident, vous avez
peu de chances de pouvoir recommencer la gymnastique. » Je ne répondis rien.

Bientôt je fis mes adieux à mes parents et repris
l'avion ; il était temps pour moi de rentrer à Berkeley.

Rick vint me chercher à l'aéroport ; j'habitai avec lui
et Sid pendant quelques jours, en attendant de trouver
un studio dans une vieille maison près du campus.

Chaque matin, fermement agrippé à mes béquilles, je
me rendais à la salle de gymnastique et travaillais aux
poids et altères, puis allais m'écrouler de fatigue dans la
piscine. Là, aidé par l'eau qui me portait, je forçais ma
jambe, essayant de marcher – encore et encore, jusqu'au
seuil de la douleur.

Ensuite je m'étendais sur la pelouse derrière le gymnase et j'étirais mes muscles pour maintenir la souplesse
dont j'aurais besoin pour mon entraînement futur. Pour
finir, j'allais me reposer à la bibliothèque et lisais jusqu'au moment où je me mettais à somnoler.

J'avais appelé Socrate pour lui annoncer mon retour.
Il n'aimait pas trop parler au téléphone et me dit de lui

rendre visite dès que je pourrais marcher sans béquilles. Cela me convenait tout à fait ; je n'étais pas encore prêt à le revoir.

Je passais un Noël solitaire cette année-là quand Pat et Dennis, deux de mes coéquipiers, frappèrent à ma porte ; ils s'emparèrent de moi, de ma veste, me portèrent pratiquement jusqu'à leur voiture et nous partîmes vers Reno en nous arrêtant à Donner Summit. Tandis que Pat et Dennis s'ébattaient, se lançaient des boules de neige, je clopinai prudemment sur le sol gelé et allai m'asseoir sur un tronc d'arbre.

Mes pensées se portèrent sur le semestre à venir et la salle de gymnastique. Je me demandais si ma jambe guérirait et redeviendrait solide. De la neige tomba d'une branche et s'écrasa lourdement sur le sol, me tirant de ma rêverie.

Sur le chemin du retour, Pat et Dennis chantèrent des chansons obscènes ; je regardais les cristaux blancs tomber autour de nous, étincelants dans la lumière de nos phares à mesure que le soleil se couchait. Je pensais à mon avenir compromis et souhaitais pouvoir laisser derrière moi mon esprit agité, l'enterrer dans une tombe immaculée au bord de la route dans les montagnes enneigées.

Peu après Noël, je fis une brève visite à Los Angeles pour voir mon docteur qui m'autorisa à échanger mes béquilles contre une canne noire brillante. Puis je revins à l'université et à Socrate.

Un mercredi à vingt-trois heures quarante, j'entrai en boitant dans le bureau et vit le visage radieux de Soc. J'étais à nouveau chez moi. Cependant, j'avais presque oublié ce que c'était de boire le thé avec Socrate dans le calme de la nuit. Il s'agissait d'un plaisir plus subtil, et à bien des égards plus grand, que toutes mes victoires sportives. Considérant cet homme qui était devenu mon maître, je découvris des choses que je n'avais jamais remarquées auparavant.

J'avais été sensible par le passé à une lumière qui semblait l'entourer, mais en supposant simplement que mes yeux étaient fatigués. Cette nuit-là, je n'étais pas fatigué, et il n'y avait aucun doute à ce sujet – c'était une aura à peine perceptible. « Socrate, dis-je, une lumière brille autour de ton corps. D'où vient-elle ? »

« D'une vie propre », répondit-il en souriant. Puis la sonnette retentit et il sortit faire rire quelqu'un, sous prétexte de s'occuper de sa voiture. Socrate ne servait pas que de l'essence. Peut-être était-ce cette aura, cette énergie, en tout cas, les gens repartaient presque toujours plus heureux qu'ils étaient arrivés.

Ce n'était toutefois pas ce rayonnement qui m'impressionnait le plus chez lui ; c'était sa simplicité, son économie de mouvements et d'action. Je n'en avais pas vraiment fait grand cas auparavant. Il me semblait voir plus profondément en Socrate après chaque nouvelle leçon. Plus je me rendais compte de la complexité de mon esprit, plus je comprenais qu'il avait transcendé le sien.

Lorsqu'il revint dans le bureau, je lui demandai : « Socrate, où se trouve Joy en ce moment ? La reverrai-je bientôt ? »

Il sourit comme s'il était heureux d'entendre à nouveau mes questions. « Dan, je ne sais pas où elle est ; cette fille est un mystère pour moi – elle l'a toujours été. »

Je racontai ensuite à Socrate mon accident et ses suites. Il écouta avec une profonde attention, sans dire un mot, en hochant la tête.

« Dan, tu n'es plus le jeune idiot qui pénétra dans ce bureau il y a plus d'un an. »

« Un an ? N'est-ce pas plutôt dix ? plaisantai-je. Es-tu en train de dire que je ne suis plus un idiot ? »

« Non, seulement que tu n'es plus jeune. »

« Ah, c'est vraiment gentil, Soc ! »

« Mais maintenant tu es un idiot spirituel, Dan. Et cela fait une grande différence. Il te reste encore une petite chance de trouver la porte et de la franchir. »

« La porte ? »

« Le royaume du guerrier, Dan, est protégé par une porte. Il est bien caché, comme un monastère dans les montagnes. Beaucoup frappent, mais peu entrent. »

« Bon, alors montre-moi la porte, Socrate. Je suis prêt. Je trouverai bien le moyen de rentrer. »

« Ce n'est pas si simple, espèce de courge ! La porte existe en toi et toi seul peux la trouver ; je ne peux que te guider. Mais tu n'es pas encore prêt, loin de là. Si tu essayais de passer la porte maintenant, tu irais à une mort presque certaine. Il reste beaucoup de travail à faire avant que tu ne sois prêt à frapper à la porte. »

Quand Socrate parlait, il me semblait entendre une sentence. « Dan, nous avons beaucoup discuté ; tu as eu des visions et tu as appris des leçons. J'enseigne un mode de vie, d'action. Il est temps que tu deviennes totalement responsable de ton propre comportement. Pour trouver la porte, tu dois commencer par apprendre à suivre... »

« Les Règles Intérieures ? » proposai-je.

Il rit et la sonnerie retentit alors. Par la fenêtre embuée, je regardai Socrate sortir sous la pluie fine, vêtu de son poncho. Je le vis introduire le bec de la pompe, aller du côté du chauffeur et dire quelque chose à un homme barbu aux cheveux blonds.

La fenêtre s'embua à nouveau. Je l'essuyai avec ma manche juste à temps pour les voir rire. Puis Socrate ouvrit la porte du bureau et une bouffée d'air froid m'assaillit violemment, me faisant prendre conscience que je ne me sentais pas bien du tout.

Socrate allait préparer du thé, quand je dis : « Assieds-toi, Soc, je m'en occupe. » Il s'assit, acquiesçant d'un hochement de tête. Je m'appuyai au bureau, pris de vertige. J'avais la gorge sèche ; le thé me ferait peut-être du bien.

Je remplis la bouilloire et la posai sur la plaque chaude en demandant : « Me faut-il construire une sorte de route jusqu'à cette porte ? »

« Oui – d'une certaine manière, nous devons tous le faire. Tu paves ta route de ton propre travail. »

Devançant ma question suivante, il dit : « Tout être humain, homme ou femme, a en lui la capacité de trouver la porte et de la franchir, mais rares sont ceux qui *ressentent* le besoin de le faire ; peu sont intéressés. Ceci est très important. Je n'ai pas décidé de te prendre comme élève à cause d'une capacité particulière que tu posséderais – d'ailleurs, à côté de tes points forts, tu as d'énormes faiblesses – mais tu possèdes la détermination nécessaire pour entreprendre ce voyage. »

Ces propos trouvèrent écho en moi. « C'est sans doute comparable à la gymnastique, Soc. Même une personne trop lourde, sans forces ou sans souplesse, peut devenir un bon gymnaste, mais la préparation est alors plus longue, plus difficile. »

« Oui, c'est cela. Et je peux te dire une chose : ton chemin sera très raide. »

Je me sentais fiévreux et je commençais à avoir mal partout. Je m'appuyai à nouveau au bureau et, du coin de l'œil, je vis Socrate s'approcher de moi, tendant les mains vers ma tête. « Oh, non, pas maintenant, je ne tiendrai pas le coup ! » pensais-je. Mais il se contenta de toucher mon front brûlant. Puis il contrôla les glandes de mon cou, examina mon visage et mes yeux, et me prit longuement le pouls.

« Dan, tes énergies sont complètement déséquilibrées ; ta rate est sans doute dilatée. Je te conseille d'aller voir un docteur ce soir… tout de suite. »

Je ne me sentais vraiment pas bien lorsque j'arrivai à l'Hôpital Cowell. Je souffrais de la gorge et dans tout mon corps. Le docteur confirma le diagnostic de Socrate ; ma rate était sérieusement dilatée. J'étais atteint d'une forme aiguë de mononucléose et fus admis dans l'établissement. Durant cette première nuit agitée et fiévreuse, je rêvai qu'une de mes jambes était énorme et l'autre toute ratatinée. Quand j'essayais de me balancer à la barre fixe ou de sauter, tout allait de travers et je tombai, tombai, tombai jusqu'à la fin de l'après-midi du jour suivant, lorsque Socrate entra avec un bouquet de fleurs séchées.

« Tu n'aurais pas dû, Socrate », dis-je faiblement, ravi de sa visite inattendue.

« Si », répondit-il.

« Je demanderai à l'infirmière de les mettre dans un vase ; je penserai à toi quand je les regarderai », dis-je en esquissant un sourire.

« Tu n'es pas censé les regarder, mais les manger », déclara-t-il en quittant la pièce. Quelques minutes plus tard, il revint avec un verre d'eau chaude. Il écrasa quelques fleurs, les enveloppa dans un morceau d'étamine qu'il avait apporté et trempa ce sachet dans l'eau. « Ce thé te donnera des forces et aidera ton sang à se purifier. Tiens, bois. » C'était amer, le remède semblait fort.

Il sortit ensuite une petite bouteille remplie d'un liquide jaune dans lequel flottaient d'autres plantes écrasées. Il s'en servit pour masser profondément ma jambe droite, juste sur la cicatrice. Je me demandais ce qu'aurait dit l'infirmière, une très jolie jeune femme efficace, si elle était entrée à ce moment-là.

« Quel est ce liquide jaune dans la bouteille, Soc ? »

« De l'urine avec quelques herbes. »

« De l'urine ! » m'écriai-je. Je retirai ma jambe avec dégoût.

« Ne sois pas stupide, dit-il en la ramenant vers lui. L'urine est un élixir très respecté dans les anciennes traditions de guérison. »

Je fermai mes yeux fatigués et douloureux ; ma tête résonnait comme un tambour de jungle. Je sentis la fièvre monter à nouveau. Socrate me toucha le front, puis me prit le pouls au poignet.

« Bien, les herbes commencent à agir. La crise aura sans doute lieu cette nuit ; demain tu iras mieux. »

Je réussis tout juste à murmurer : « Merci, Doc Soc. »

Il tendit la main et la plaça sur mon plexus solaire. Presque instantanément, tout s'intensifia dans mon corps. Je crus que ma tête allait exploser. La fièvre me consumait ; mes glandes vibraient. Le pire était une terrible sensation de brûlure dans ma jambe droite, à l'endroit de la blessure.

« Arrête, Socrate, arrête ! » criai-je.

Il retira sa main et je m'effondrai dans le lit. « J'ai seulement introduit dans ton corps un peu plus d'énergie que tu en as l'habitude, m'expliqua-t-il. La guérison en sera accélérée. Cela te brûle uniquement où il y a des nœuds. Si tu n'avais aucune obstruction – si ton esprit était clair, ton cœur ouvert, ton corps libre de toute tension – tu ressentirais cette énergie comme un plaisir indescriptible, plus grand que le sexe. Tu croirais être au paradis et, d'une certaine manière, tu aurais raison. »

« Parfois tu m'effrayes, Socrate. »

« Les êtres supérieurs inspirent toujours la crainte et le respect, fit-il avec un sourire. À ta façon, tu es aussi supérieur, Dan, du moins de l'extérieur. Tu as l'air d'un guerrier, élancé, souple et fort grâce à ton entraînement rudimentaire en gymnastique. Mais il te reste beaucoup à faire avant de bénéficier du type de santé dont *je* jouis. » J'étais trop faible pour discuter.

L'infirmière entra. « C'est l'heure de prendre votre température, monsieur Millman. » Socrate s'était poliment levé à son arrivée. J'étais couché, pâle et misérable. Jamais le contraste entre nous deux n'avait été aussi fort. L'infirmière sourit à Socrate, qui lui sourit en retour. « Avec un peu de repos, votre fils se rétablira très bien », assura-t-elle.

« C'est exactement ce que j'étais en train de lui dire », répliqua Soc, le regard malicieux. Elle lui sourit à nouveau – flirtait-elle avec lui ? Dans un frou-frou blanc, elle sortit de la chambre, l'allure franchement aguichante.

Socrate soupira. « Ah, ces femmes en uniforme ! » Puis il mit sa main sur mon front et je tombai dans un profond sommeil.

Le lendemain matin, j'étais un homme neuf. Le docteur fronça les sourcils tandis qu'il examinait ma rate, cherchait mes glandes enflées et recontrôlait ma fiche. Il était totalement désarçonné. « Je ne vous trouve rien d'anormal, monsieur Millman. » Il avait presque l'air de s'excuser. « Vous pourrez rentrer chez vous après le déjeuner – euh, reposez-vous bien. » Il sortit en relisant encore ma fiche.

L'infirmière passa dans le couloir. « S'il vous plaît ! » criai-je.

« Oui ? » dit-elle en entrant dans la chambre.

« Je n'y comprends rien, infirmière. Je crois que j'ai des problèmes cardiaques. Chaque fois que vous passez, mon pouls devient érotique. »

« Erratique, vous voulez dire ? »

« Oh, peu importe ! »

Me souriant, elle déclara : « Vous semblez prêt à rentrer chez vous. »

« On n'arrête pas de me le dire, mais vous vous trompez tous. Je suis sûr que j'aurai besoin des soins d'une infirmière privée. »

Elle m'adressa un sourire engageant, puis se détourna et sortit. « Infirmière, ne m'abandonnez pas ! » criai-je.

Cet après-midi-là, en marchant jusque chez moi, je fus stupéfait des progrès de ma jambe. Je boitais encore beaucoup, en rejetant la hanche de côté à chaque pas, mais je pouvais presque me passer de ma canne. Peut-être était-ce dû au traitement magique à l'urine que m'avait administré Socrate, ou à l'énergie qu'il m'avait donnée.

Les cours ayant repris, j'étais à nouveau entouré d'étudiants, de livres et de devoirs, mais tout cela était maintenant secondaire pour moi. Je pouvais jouer le jeu sans me sentir impliqué. J'avais des choses bien plus importantes à faire dans une petite station d'essence à l'ouest du campus.

Après un long somme, je marchai jusqu'à la station. À peine étais-je assis que Soc me dit : « Nous avons beaucoup de travail. »

« Quoi donc ? », demandai-je tout en bâillant et en m'étirant.

« Une révison totale. »

« Oh, c'est un gros travail ! »

« Plutôt, oui ; c'est toi que nous allons réviser. »

« Ah oui ? » dis-je en pensant : oh lala !

« Comme le phénix, tu vas te jeter dans le feu et renaître de tes cendres. »

« Je suis prêt ! dis-je. Comme résolution de Nouvel An, je renonce aux pâtisseries. »

Socrate me sourit. « Si seulement c'était aussi simple. En ce moment, tu es une masse embrouillée de circuits tordus et d'habitudes démodées. Il te faudra changer ta manière d'agir, de penser, de rêver et de voir le monde. *Tu es* constitué pour la plus grande part de mauvaises habitudes. »

Il commençait à m'agacer. « Nom d'un chien, Socrate, j'ai surmonté des passes difficiles, et je continue à faire de mon mieux. Ne peux-tu pas me témoigner un peu de respect ? »

Socrate rejeta la tête en arrière et éclata de rire. Puis il vint vers moi et se mit à tirer ma chemise de mon pantalon. Alors que je la remettais dedans, il m'ébouriffa les cheveux. « Écoute-moi, ô Grand Bouffon, tout le monde veut du respect. Mais il ne s'agit pas simplement de dire : 'S'il vous plaît, respectez-moi.' Tu dois mériter ton respect en agissant de manière respectable – et le respect d'un guerrier ne se gagne pas facilement. »

Je comptai jusqu'à dix, puis demandai : « Ô Grand et Redoutable Guerrier, comment vais-je donc gagner votre respect ? »

« En modifiant ton numéro. »

« De quel numéro parles-tu ? »

« Ton numéro 'pauvre de moi', bien entendu. Cesse d'être si fier de la médiocrité ; montre un peu d'esprit ! » Le sourire aux lèvres, Socrate fit un petit bond, me tapota la joue, puis me donna quelques coups dans les côtes.

« Arrête ! » criai-je, peu enclin à jouer. J'essayai d'attraper son bras, mais il sauta avec légèreté sur le bureau. Puis il s'élança par-dessus ma tête, pivota sur lui-même et me renversa sur le canapé. Je me relevai en colère et essayai de le repousser, mais à l'instant où je le touchai il sauta *en arrière* sur le bureau. Et moi, je tombai en avant par terre. « Nom de Dieu ! » criai-je. Je commençais à voir rouge. Il se faufila dans le garage. Je le poursuivis en boitant.

Perché sur un pare-chocs, il se grattait la tête. « Oh, mais tu es en colère, Dan ! ».

« Observation pertinente », fulminai-je, tout essoufflé.

« C'est bien, dit-il. Compte tenu de la situation, il est juste que tu sois en colère – mais assure-toi de bien orienter cette colère. » Sur ces mots, Soc se mit à changer avec habileté les bougies d'une VW. « La colère est l'un de tes outils principaux pour modifier de vieilles habitudes – il retira une vieille bougie – et les remplacer par de nouvelles. » Il replaça une nouvelle bougie qu'il serra fermement.

« La colère peut brûler d'anciennes habitudes. La peur et la tristesse freinent l'action, vois-tu ; la colère l'engendre. Lorsque tu auras appris à utiliser correctement la colère, tu pourras transmuter la peur et la tristesse en colère, et la colère en action. C'est le secret de l'alchimie intérieure de ton corps. »

De retour dans le bureau, Socrate fit bouillir de l'eau pour sa spécialité du soir, une tisane de cynorrhodon. « Tu as de nombreuses habitudes qui t'affaiblissent, poursuivit-il. Le secret du changement consiste à concentrer ton énergie pour créer du nouveau, et non pas pour te battre contre l'ancien. »

« Comment puis-je contrôler mes habitudes si je ne peux même pas contrôler mes émotions, Soc ? »

Il retourna s'asseoir dans son fauteuil. « Laisse-moi t'expliquer : lorsque ton esprit crée un problème, lorsqu'il résiste à la vie telle qu'elle se présente dans l'instant, ton corps se crispe et ressent cette tension comme une 'émotion', interprétée selon le cas par les mots 'peur', 'tristesse' ou 'colère'. La vraie émotion, Dan, c'est de l'énergie pure qui circule librement dans le corps. »

« Alors un guerrier ne ressent jamais les émotions troublantes habituelles ? »

« D'une certaine manière, c'est vrai. Pourtant les émotions constituent une aptitude normale de l'homme, un mode d'expression. Parfois, il est approprié d'exprimer la peur, la tristesse ou la colère – mais l'énergie devrait être dirigée totalement vers l'extérieur et non pas retenue. L'expression d'émotions devrait être totale et puissante, puis disparaître ensuite sans laisser de traces.

Contrôler tes émotions consiste donc à les laisser s'exprimer et à les laisser se dissiper. »

Je me levai, pris la bouilloire qui sifflait et servis notre tisane bouillante. « Peux-tu me donner un exemple précis, Socrate ? »

« D'accord, dit-il. Passe un peu de temps avec un bébé. »

Souriant, je soufflais sur ma tisane pour la refroidir « C'est drôle, je n'avais jamais pensé aux bébés comme maîtres du contrôle émotionnel. »

« Lorsqu'un bébé n'est pas content, il pleure. Il ne pose pas la question de savoir s'il *devrait* pleurer. Prends-le dans tes bras ou donne-lui à manger et, en quelques secondes, il cesse de pleurer. Si le bébé est en colère, il te le fait savoir clairement. Mais là aussi, il cesse très vite ; peux-tu imaginer un bébé qui a des remords à cause de sa colère ? Les bébés la laissent se manifester et se dissiper. Ils s'expriment totalement, puis se taisent. Les enfants sont de remarquables maîtres. Et ils montrent l'usage correct de l'énergie. Apprends-le et tu pourras transformer n'importe quelle habitude. »

Une camionnette Ford Ranchero arriva dans la station. Socrate se dirigea du côté du conducteur, tandis que je prenais le tuyau de la pompe et retirais le bouchon du réservoir. Inspiré par ses révélations quant à la manière de contrôler les émotions, je lui criai par-dessus le toit de la voiture : « Dis-moi juste ce que j'ai à faire, Soc, et lâche-moi. Je réduirai ces sales habitudes en lambeaux ! » Je jetai ensuite un coup d'œil aux passagers – trois religieuses choquées. Regrettant mes paroles, je devins rouge comme une tomate et me donnai une contenance en lavant les vitres. Socrate, lui, s'appuya contre la pompe et se couvrit le visage de ses mains.

Après le départ de la Ranchero, à mon grand soulagement, un autre client arriva. Il s'agissait d'un homme blond à la barbe bouclée. Il sauta hors de sa voiture et donna une vigoureuse accolade à Socrate. « Je suis toujours content de te voir, Joseph », dit Socrate.

« Moi aussi… *Socrate*, c'est bien cela ? » Il m'adressa un gentil sourire.

« Joseph, cette jeune machine à questions s'appelle Dan. Tu appuies sur un bouton et elle pose une question. Je suis vraiment heureux de l'avoir quand je n'ai personne à qui parler. »

Joseph me serra la main. « Le vieil homme s'est-il adouci avec l'âge ? » me demanda-t-il, arborant un large sourire.

Alors que j'allais lui donner l'assurance que Socrate était sans doute pire que jamais, le « vieil homme » intervint : « Oh, je suis devenu très paresseux ; Dan a la vie beaucoup plus facile que toi à l'époque. »

« Oh, je vois, dit Joseph, gardant l'air sérieux. Tu ne l'as pas encore embarqué dans des courses de cent cinquante kilomètres, ni travaillé avec des charbons ardents, hein ? »

« Non, rien de ce genre. Nous commençons à peine avec les rudiments de base : comment manger, marcher et respirer. »

Joseph rit de bon cœur ; je me surpris à rire avec lui. « En parlant de manger, dit-il, pourquoi ne viendriez-vous pas tous les deux au café ce matin ? Vous serez mes invités personnels et je vous préparerai quelque chose pour le petit déjeuner. »

J'allais répondre : « Ce serait avec plaisir, mais hélas, je ne peux pas », quand Socrate annonça : « Nous acceptons volontiers. Je finis dans une demi-heure… nous viendrons à pied. »

« Super. À tout à l'heure. » Il tendit à Socrate un billet de cinq dollars pour l'essence et partit.

Ce Joseph m'intriguait. « Est-il un guerrier comme toi, Soc ? »

« Personne n'est un guerrier comme moi, répliqua-t-il en riant. Et personne ne souhaiterait l'être. Chaque homme ou femme a ses qualités propres. Par exemple, alors que tu excelles en gymnastique, Joseph est un expert de la préparation de la nourriture. »

« Oh, tu veux dire cuisiner ? »

« Pas exactement, non. Joseph cuit peu la nourriture ; la cuisson détruit les enzymes naturels nécessaires pour digérer totalement la nourriture. Il prépare des aliments naturels d'une façon que tu découvriras bientôt toi-même. Après avoir goûté aux merveilles culinaires de Joseph, tu ne toléreras plus jamais les fast-foods. »

« Qu'y a-t-il de si spécial dans sa cuisine ? »

« Deux choses seulement, très subtiles. D'abord, il met toute son attention dans ce qu'il fait ; et deuxièmement, l'amour est l'un des ingrédients fondamentaux de tout ce qu'il prépare. Le goût t'en reste encore longtemps après. »

Celui qui prenait la relève de Soc, un jeune type dégingandé, arriva et nous salua de son grognement habituel. Quittant la station, nous avons traversé le carrefour et pris la direction du sud. J'accélérai le pas malgré ma boiterie pour suivre Soc le long des routes latérales pittoresques qui nous évitaient la circulation des heures de pointe.

Les feuilles mortes crissaient sous nos pieds tandis que nous dépassions toutes sortes de maisons où alternaient, selon la caractéristique de Berkeley, les styles victorien, colonial espagnol, funk néo-alpin et un genre de boîtes abritant quelques trente mille étudiants.

Tout en marchant, nous avons parlé. Socrate commença : « Dan, une énorme quantité d'énergie est nécessaire pour traverser les brumes de ton esprit et trouver la porte. C'est pourquoi des techniques de purification et de régénération sont essentielles. »

« Peux-tu répéter ? »

« Nous allons te démonter, te nettoyer et te remonter. »

« Pourquoi ne l'as-tu pas dit tout de suite ? » plaisantai-je.

« Tu vas devoir réadapter toutes tes fonctions, marcher, dormir, respirer, penser, sentir et manger. De toutes les activités humaines, manger est l'une de celles qu'il faut stabiliser en premier. »

« Mais enfin, Socrate, manger n'est vraiment pas un problème pour moi. Je suis mince, je me sens en général très bien et mes performances en gymnastique prouvent que j'ai assez d'énergie. Quelles différences pourront apporter quelques changements dans mon alimentation ? »

« Ton régime actuel, dit-il, le regard levé vers les branches nimbées de soleil d'un arbre magnifique, te donne peut-être une quantité 'normale' d'énergie, mais une bonne partie de ce que tu manges influe aussi sur ton humeur, t'assomme, diminue ton attention et interfère sur le fonctionnement optimum de ton corps. Ton régime impulsif crée des résidus toxiques qui ont un effet sur ta longévité. La plupart de tes problèmes émotionnels et mentaux pourraient être réduits par un régime correct. »

« Comment un changement de régime peut-il influencer mon énergie ? insistai-je. Après tout, j'absorbe des calories qui représentent une certaine quantité d'énergie. »

« C'est la façon traditionnelle de voir les choses, mais elle est superficielle ; le guerrier est attentif à des influences plus subtiles. Notre source première d'énergie dans ce système solaire, c'est le soleil. Mais en général, l'être humain – c'est-à-dire toi… »

« Merci de cette concession. »

« …à son niveau d'évolution actuel, n'a pas développé la capacité d'utiliser directement l'énergie du soleil ; tu ne peux pas 'manger de la lumière', si ce n'est de manière très limitée. Lorsque l'humanité aura développé cette capacité, les organes digestifs deviendront des vestiges et les compagnies de laxatifs feront faillite. Pour l'instant, la nourriture est le soleil en stock dont tu as besoin.

« Un régime correct te permet d'utiliser le plus directement possible l'énergie du soleil. L'énergie que tu auras ainsi emmagasinée ouvrira tes sens, élargira ta conscience et aiguisera ta concentration comme un sabre tranchant. »

« Et tout cela se produira si j'élimine les gâteaux ? »

« Oui… les gâteaux et deux ou trois autres petites choses. »

« Un des gymnastes olympiques japonais m'a dit que ce ne sont pas nos mauvaises habitudes qui comptent, mais les bonnes. »

« Cela signifie que tes bonnes habitudes doivent devenir si fortes qu'elles dissolvent celles qui ne sont pas utiles. » Socrate m'indiqua du doigt un petit café sur Shattuck Avenue, près d'Ashby. J'étais souvent passé devant, mais sans l'avoir vraiment remarqué.

« Alors, tu crois à l'alimentation naturelle, Soc ? » dis-je tandis que nous traversions la rue.

« Il ne s'agit pas de croire, mais de faire. Je peux te dire ceci : je mange seulement ce qui est complet et je ne mange jamais au-delà de mes besoins. Pour apprécier ce que tu appelles des aliments naturels, il te faudra aiguiser tes instincts ; il te faudra devenir un homme naturel. »

« Tout cela me semble plutôt ascétique. Ne t'accordes-tu même pas une petite glace de temps à autre ? »

« Mon régime peut paraître spartiate au premier abord, si on le compare à l'indulgence que tu nommes 'modération', Dan ; mais la manière dont je mange est en fait une grande source de plaisir, parce que j'ai développé la capacité d'apprécier les aliments les plus simples. Et il en sera ainsi pour toi. »

Nous avons frappé à la porte et Joseph nous ouvrit. « Entrez, entrez », dit-il, plein d'enthousiasme, comme s'il nous recevait chez lui. On avait d'ailleurs tout à fait l'impression d'entrer chez quelqu'un. D'épais tapis recouvraient le sol de la petite salle. Les lourdes tables de bois poli et les chaises droites confortables semblaient être des meubles anciens. Des tentures étaient accrochées aux murs, à l'exception d'un pan qui était caché par un immense aquarium rempli de poissons aux couleurs vives. Une ouverture dans le plafond laissait passer la lumière matinale. Nous nous sommes assis juste en-dessous, dans la chaleur des rayons de soleil que cachaient parfois quelques nuages.

Joseph vint vers nous avec deux assiettes qu'il portait au-dessus de sa tête. D'un geste élégant, il les plaça devant nous, servant d'abord Socrate, puis moi. « Ah, ça m'a l'air délicieux ! » lança Socrate en glissant sa serviette dans sa chemise. Je baissai les yeux et là, devant moi, sur une assiette blanche, il y avait une carotte coupée en tranches et une feuille de salade.

Voyant ma mine consternée, Socrate faillit tomber de sa chaise tant il riait et Joseph dut s'appuyer contre une table. « Ah, m'exclamai-je avec un soupir de soulagement, c'était donc une farce ! »

Sans un mot, Joseph reprit les assiettes et revint avec deux splendides bols en bois. Chacun contenait une réplique miniature d'une montagne, parfaitement sculptée. La montagne était en melon. Des petits morceaux de noix et d'amandes, taillés un à un, devenaient des rochers bruns. Les parois escarpées étaient constituées de pommes et de fines tranches de fromage. De nombreuses tiges de persil formaient les arbres, leur perfection évoquant des bonzaï. Un nappage de yaourt coiffait le sommet. Autour de la base étaient disposés des grains de raisin coupés en deux et un cercle de fraises fraîches.

Je contemplais, ébahi. « C'est trop beau, Joseph ! Je ne peux pas manger ; j'ai envie de prendre une photo. » Socrate, remarquai-je, avait déjà entamé son bol, en grignotant lentement selon son habitude. J'attaquai la montagne avec délectation, et j'avais presque fini lorsqu'il se mit soudain à s'empiffrer. Je compris qu'il m'imitait.

Je fis de mon mieux pour prendre de petites bouchées, respirant profondément entre chacune d'elles comme lui, mais cette lenteur me frustrait.

« Ton plaisir, Dan, se limite au goût de la nourriture et à la sensation d'avoir le ventre plein. Il te faut apprendre à apprécier tout le processus – la faim d'abord, la préparation soigneuse, l'arrangement d'une jolie table, puis le fait de mâcher, de respirer, d'avaler les odeurs, la saveur et le sentiment de légèreté et d'énergie après le repas. Et pour finir, tu peux apprécier l'élimination complète et aisée de la nourriture après la digestion. Lorsque tu feras attention à tout cela, tu commenceras à aimer les repas simples et tu n'auras plus besoin de manger autant.

« L'ironie de tes habitudes actuelles consiste à avoir peur de rater un repas tout en n'étant pas pleinement conscient des repas que tu prends. »

« Je n'ai pas peur de sauter un repas », objectai-je.

« Je suis content de l'apprendre. La semaine qui vient te sera donc moins pénible. Ce repas est ton dernier pour sept jours. » Soc m'expliqua ensuite les principes d'un jeûne de purification que je devais commencer immédiatement. Il me fallait me contenter de jus de fruits dilués et de tisanes.

« Mais Socrate, j'ai besoin de protéines et de fer pour que ma jambe guérisse ! Et j'ai besoin d'énergie pour la gymnastique. » Je protestai en vain. Socrate pouvait se montrer très déraisonnable.

Après avoir donné un coup de main à Joseph et discuté un moment, nous l'avons remercié et nous sommes partis. J'avais déjà faim. Durant le trajet de retour, Socrate résuma les règles que je devais observer jusqu'à ce que mon corps retrouve ses instincts naturels.

« D'ici quelques années, tu n'auras plus besoin de règles. Mais pour l'instant, il faut que tu élimines tous les aliments qui contiennent du sucre raffiné, de la farine blanche, de la viande et des œufs, ainsi que toutes les drogues y compris le café, l'alcool, le tabac ou toute autre nourriture inutile. Ne mange que des aliments frais, non raffinés, sans additifs chimiques. De manière générale, fais un repas de fruits frais au petit déjeuner, avec éventuellement un peu de fromage blanc ou de yaourt. Le déjeuner, ton repas principal, doit se composer d'une salade, de pommes de terre cuites ou à la vapeur, d'un peu de fromage à l'occasion et de pain complet. Au dîner, une salade et parfois des légumes légèrement cuits à la vapeur. Utilise abondamment des oléagineux et des graines non salées à chaque repas. »

Nous sommes passés devant une épicerie et je m'apprêtais à y rentrer pour m'acheter des biscuits lorsque je me rappelai que ces produits industriels m'étaient interdits pour le restant de mes jours ! Et durant six jours et vingt-trois heures, tout m'était interdit.

« Socrate, j'ai faim. »

« Je n'ai jamais dit que l'entraînement du guerrier serait de la tarte. »

Nous avons traversé le campus entre deux cours. Sproul Plaza grouillait de monde. Je regardai avec envie les jolies étudiantes. Socrate me prit par le bras. « Pendant que j'y pense, Dan, les douceurs culinaires ne sont pas les seuls plaisirs auxquels tu devras renoncer pour un temps. »

« Oh-oh. » Je m'arrêtai net. « Je veux être sûr de bien comprendre. Peux-tu être plus précis ? »

« Certainement. Tu as naturellement le droit de cultiver des relations intimes et affectueuses mais, jusqu'à ce que tu sois suffisamment mûr, tu devras t'abstenir de tout soulagement sexuel. Dit plus crûment : garde-le dans ton pantalon. »

« Mais enfin, Socrate, protestai-je comme si je défendais ma vie, c'est démodé, puritain, insensé et malsain. Réduire la nourriture est une chose, mais l'abstinence sexuelle en est une autre ! » Je me mis à citer la « Philosophie Playboy », Albert Ellis, Robert Rimmer, Jacqueline Susann et le marquis de Sade. Même le *Reader's Digest* et « Dear Abby » y passèrent, mais rien n'y fit.

« Il est inutile que j'essaye de t'expliquer mes raisons, dit-il, il te faudra simplement trouver à l'avenir tes sensations fortes dans l'air frais, la nourriture fraîche, l'eau fraîche, la conscience fraîche et le soleil. »

« Comment veux-tu que j'arrive à faire tout ce que tu exiges de moi ? »

« Songe au dernier conseil donné par Bouddha à ses disciples. »

« Qu'a-t-il dit ? » J'espérais recevoir de l'inspiration.

« Faites de votre mieux. » Sur ces mots, il disparut dans la foule.

Dans la semaine qui suivit, j'entamai mes rites d'initiation. Alors que mon estomac gargouillait, Soc remplissait mes nuits d'exercices de base, m'enseignant comment respirer plus profondément et plus lentement, la bouche un peu fermée et la langue contre le palais. Je m'accrochais, faisant de mon mieux, me sentant léthargique, attendant avec impatience mes jus de fruits dilués et mes tisanes (pouah !), rêvant de steaks et de pâtisseries. Et pourtant, je n'aimais pas particulièrement les steaks, ni les pâtisseries !

Un jour, il me dit de respirer avec mon ventre et un autre, avec mon cœur. Il se mit à critiquer ma façon de marcher, de parler, la manière dont mes yeux faisaient le tour de la pièce tandis que mon « esprit divaguait dans l'univers ». Rien de ce que je faisais ne semblait le satisfaire.

Il me corrigeait et me corrigeait encore, parfois gentiment, d'autres fois avec rudesse. « Avoir une bonne posture signifie se fondre avec la gravité, Dan. De même, avoir une attitude correcte signifie se fondre avec la vie. » Et ainsi de suite.

Le troisième jour de jeûne fut le plus dur. J'étais faible et détraqué ; j'avais mal à la tête et l'haleine fétide. « Tout cela fait partie du processus de purification, Dan. Ton corps se nettoie, il se débarrasse des toxines emmagasinées. » À l'entraînement, je me contentai de m'étendre et de m'étirer.

En fait, au septième jour de jeûne, je me sentais bien – et même plein d'allant. Il me semblait pouvoir tenir plus longtemps. Ma faim avait disparu ; je n'éprouvais à la place qu'une agréable lassitude et un sentiment de légèreté. De réels progrès marquèrent mon entraînement. Limité exclusivement par ma jambe faible, je m'entraînais à fond ; je n'avais jamais été aussi détendu ni aussi souple.

Lorsque je recommençai à manger, le huitième jour, en n'absorbant d'abord que de toutes petites quantités de fruits, il me fallut faire plein usage de ma volonté pour ne pas me gaver de tout ce qu'il m'était permis de manger.

Socrate ne tolérait aucune plainte, aucune protestation. D'ailleurs, il ne voulait pas que je parle *du tout*, sauf en cas d'absolue nécessité. « Plus de bla-bla inutile, décréta-t-il. Ce qui sort de ta bouche est aussi important que ce qui y entre. » Je fus ainsi capable de censurer les réflexions stupides qui m'avaient fait passer pour un idiot. Une fois l'habitude prise, je gagnai plutôt à parler moins. Je me sentais plus calme. Mais après quelques semaines, je commençai à en avoir assez.

« Socrate, je te parie un dollar que je peux te faire dire plus de deux mots. »

Il leva la main, paume tournée vers le haut, et répondit : « Tu perdras. »

Le premier mois, je débordai d'esprit et de confiance en moi, sans doute à cause des succès de gymnastique que j'avais remportés par le passé. Mais bien vite, je me rendis compte, comme Socrate l'avait dit, que ce ne serait pas de la tarte.

Mon plus grand problème se situait au niveau social. Rick, Sid et moi sortions avec des amies chez La Val pour manger des pizzas. Tout le monde, y compris ma cavalière, se partageait une grande pizza à la saucisse ; moi je commandais une petite galette de blé végétarienne spéciale. Ils buvaient des milk-shakes ou de la bière ; je sirotais mon jus de pomme. Ils souhaitaient ensuite aller à Fenton's Ice Cream Parlor. Pendant qu'ils mangeaient leurs glaces, je suçais un glaçon. Je les regardais avec envie, tandis qu'eux semblaient m'en vouloir. Ils se sentaient sans doute coupables à cause de moi. Ma vie sociale s'effondrait sous le poids des règles que je m'imposais.

Je faisais d'énormes détours pour éviter les pâtisseries, épiceries et terrasses de restaurants à proximité du campus. Mes envies et impulsions se manifestaient avec force, mais je résistais. Si j'avais cédé, je n'aurais plus osé revoir Socrate.

À mesure que le temps passait, je rencontrai une opposition grandissante. Je me plaignis à Socrate, bravant sa mine intimidante. « Soc, tu n'es plus drôle. Tu es devenu un vieil homme grincheux ordinaire ; tu ne rayonnes même plus. »

Il me regarda d'un air fâché. « Plus de tours de magie. » C'était tout à fait cela – plus de tours, plus de sexe, plus de chips, plus de hamburgers, plus de sucreries, plus de pâtisseries, plus d'amusement et plus de repos ; la discipline à la station et en dehors.

Janvier passa, puis février, et mars touchait à sa fin. L'équipe terminait la saison sans moi.

Je m'ouvris encore une fois de mes sentiments à Socrate, qui ne m'offrit aucune consolation, aucun soutien. « Socrate, je suis un vrai boy-scout spirituel. Mes amis ne veulent plus sortir avec moi. Tu me gâches ma vie ! J'ai peur de me dessécher, de devenir un vieux… »

Son rire m'interrompit. « Dan, si tu redoutes la déshydratation, je peux t'assurer que ma défunte épouse me trouvait plutôt juteux. »

« Ton *épouse* ? »

Mon expression stupéfaite provoqua à nouveau son hilarité. Puis il me regarda et je crus qu'il voulait ajouter quelque chose. Mais il se contenta de rassembler ses papiers et dit : « Fais de ton mieux. »

« Bien, merci pour cette conversation passionnante. » Au fond de moi, je m'indignais qu'un autre – fût-ce Socrate – dirige ma vie.

Je continuai pourtant à suivre toutes les règles avec une détermination farouche jusqu'au jour où, durant l'entraînement, je vis entrer l'éblouissante infirmière qui habitait mes fantasmes érotiques depuis mon séjour à l'hôpital. Presque instantanément, tout le monde se mit à travailler avec plus d'énergie, et moi de même.

Tout en faisant semblant d'être plongé dans mon entraînement, je la regardais de temps à autre du coin de l'œil. Son pantalon de soie moulant et son corsage troublaient ma concentration ; mon esprit s'égarait sans cesse vers des formes de gymnastique plus exotiques. Durant le reste de la séance, j'eus une conscience aiguë de l'attention qu'elle me portait. Elle disparut peu avant la fin. Je me douchai, m'habillai et montai l'escalier. Elle était là, en haut, appuyée avec grâce contre la rampe. Je ne me souviens même pas d'avoir gravi les dernières marches.

« Bonjour, Dan Millman. Je suis Valérie. Vous avez bien meilleure mine que lorsque je me suis occupée de vous à l'hôpital. »

« En effet, je vais mieux, infirmière Valérie », répondis-je en souriant.

« Dan, pourriez-vous me rendre un grand service ? M'accompagner chez moi ? Il commence à faire noir et il y a un type bizarre qui me suit. »

J'allais faire remarquer que nous étions début avril et que le soleil ne se coucherait pas avant une heure, puis je songeai : « Qu'importe... c'est un détail ! »

Nous avons bavardé en marchant et je me suis retrouvé chez elle pour dîner. Elle ouvrit une bouteille de son « vin spécial pour occasions spéciales ». Je n'en pris qu'une gorgée ; mais ce fut le début de la fin. Je grésillais, plus chaud que le steak sur le grill. À un moment, une petite voix en moi demanda : « Es-tu un homme ou une chiffe molle ? » Cette nuit-là, j'enfreignis toutes les règles de Socrate. Je mangeai tout ce qu'elle me donna : d'abord une soupe de poisson, puis de la salade, puis un steak. Et pour le dessert, je me resservis plusieurs fois de Valérie.

Durant les trois jours qui suivirent, je ne dormis pas très bien, la façon dont j'allais présenter ma confession à Socrate me préoccupait. Je m'attendais au pire.

La quatrième nuit, j'entrai dans le bureau et lui racontai tout, sans essayer de me justifier, puis j'épiai sa réaction en retenant mon souffle. Socrate resta silencieux pendant de longs instants. Finalement, il me dit : « Je constate que tu n'as pas encore appris à respirer. » Sans me laisser le temps de répondre, il leva la main. « Dan, *je* peux comprendre que tu préfères une glace ou un flirt avec une jolie femme à la Voie que je t'ai montrée – mais *toi* peux-tu le comprendre ? » Il fit une pause. « Il n'y a ni louanges ni blâmes. Maintenant, tu connais les appétits qui te tenaillent le ventre et les reins. C'est bien. Mais pense à ceci : je t'ai demandé de faire de ton mieux. Est-ce vraiment le mieux dont tu es capable ? »

Les yeux de Socrate se mirent à étinceler et leur éclat me transperça. « Reviens dans un mois, mais seulement si tu as appliqué strictement les règles. Revois la jeune femme si tu le souhaites : honore-la de ton attention et de sentiments réels, mais quelque besoin que tu puisses éprouver, sois toujours guidé par une discipline supérieure ! »

« Je le ferai, Socrate, je le jure ! Je comprends maintenant. »

« Ni les résolutions ni la compréhension ne te rendront fort. Les résolutions comportent de la sincérité, la logique, de la clarté ; mais aucune d'elles n'a l'énergie dont tu auras besoin. Que la colère te tienne lieu de résolution et de logique. Je te reverrai le mois prochain. »

Je savais que si j'oubliais à nouveau les règles, ce serait fini entre Socrate et moi. Plein d'une détermination intérieure croissante, j'assurai : « Aucune femme séduisante, aucune pâtisserie, aucun morceau de viande ne paralysera à nouveau ma volonté. Je maîtriserai mes pulsions ou je mourrai. »

Valérie m'appela le lendemain. Au son de sa voix, qui avait gémi contre mon oreille peu de temps auparavant, je ressentis en moi tout le cortège des émotions familières. « Danny, j'aimerais beaucoup te voir ce soir. Es-tu libre ?.... Oh, bien. Je quitte mon travail à sept heures. Est-ce que je te retrouve au gymnase ?.... D'accord, à tout à l'heure... salut ! »

Le soir, je l'emmenai au café de Joseph pour une salade surprise. Je remarquai les tentatives de Valérie pour aguicher Joseph. Il était aussi chaleureux que d'habitude, mais ne parut pas répondre à ses avances.

Ensuite, nous sommes rentrés chez elle. Nous nous sommes assis, nous avons bavardé. Elle me proposa du vin ; je demandai un jus de fruits. Elle me caressa les cheveux et m'embrassa doucement tout en murmurant des choses. Je l'embrassai moi aussi, avec ardeur. Puis ma voix intérieure se fit entendre, haut et clair : « Ressaisis-toi. Rappelle-toi ton devoir. » Je me redressai et pris une profonde inspiration : la situation n'allait pas être facile. Elle se redressa aussi et rectifia sa coiffure. « Valérie, tu sais que je te trouve très attirante et excitante – mais je suis engagé dans, euh, des disciplines personnelles qui ne m'autorisent plus à continuer ainsi. J'ai plaisir à être avec toi et souhaite te revoir. Mais à partir d'aujourd'hui, je te propose de me considérer comme un ami intime, un p-p-prêtre affectueux. » J'avais eu du mal à le dire.

Elle respira à fond et lissa à nouveau ses cheveux. « Dan, je suis vraiment contente d'être avec quelqu'un qui ne s'intéresse pas seulement au sexe. »

Encouragé, je déclarai : « Bien, je suis heureux que tu réagisses de cette façon, car je suis persuadé que nous pouvons partager beaucoup d'autres choses qu'un lit. »

Elle regarda sa montre. « Oh, tu as vu l'heure... et moi qui travaille tôt demain ! Alors... je crois que je vais te dire au revoir, Dan. Merci pour le dîner, c'était très bien. »

Je l'appelai le jour suivant, mais sa ligne était occupée. J'essayai encore le lendemain et finis par la joindre. « J'aurai beaucoup à faire les semaines à venir avec mes examens d'infirmière. »

Je la vis une semaine plus tard, à la fin de l'entraînement, lorsqu'elle vint retrouver Scott, un autre membre de l'équipe. Ils passèrent juste devant moi dans l'escalier – si près que je sentis son parfum. Elle m'adressa un petit signe de tête et me dit bonjour.

Scott se retourna et me décocha un clin d'œil éloquent. Je ne savais pas qu'un clin d'œil pouvait faire aussi mal.

Tenaillé par un appétit d'ogre, qu'il n'était pas question d'apaiser avec une salade, j'atterris devant le Charbroiler. Je reniflai les hamburgers tout grésillants, préparés avec une sauce spéciale. Je me souvenais de tant de bons moments où j'avais mangé des hamburgers avec de la salade et de la tomate – et des amis. Comme étourdi, j'entrai sans réfléchir, me dirigeai droit vers la femme derrière le comptoir et m'entendis commander : « Un double cheeseburger, s'il vous plaît. »

Elle me le donna. Je m'assis, le portai à la bouche et pris un énorme morceau. Soudain, j'eus conscience de ce que je faisais ; j'étais en train de choisir entre Socrate et un cheeseburger. Je recrachai, plein de colère, jetai tout dans la poubelle et sortis. C'était fini ; je n'étais plus l'esclave d'impulsions désordonnées.

Cette nuit marqua le début d'un nouveau respect pour moi-même et d'un sentiment de puissance personnelle.

Le chemin serait dorénavant plus facile, je le savais.

De petits changements se succédèrent dans ma vie. Depuis que j'étais tout petit, j'avais toujours souffert d'ennuis bénins : nez qui coule lorsque l'air est frais, maux de tête et d'estomac, sautes d'humeurs. Je les avais toujours considérés comme normaux et inévitables. Ils avaient maintenant tous disparu.

J'éprouvais un sentiment constant de légèreté et d'énergie qui irradiait autour de moi. Peut-être était-ce pour cette raison que tant de femmes me recherchaient et que les enfants et les chiens venaient à moi pour jouer. Quelques-uns de mes coéquipiers commencèrent à me demander des conseils sur des problèmes personnels. Je n'étais plus comme un petit bateau sur une mer agitée, mais plutôt le Rocher de Gibraltar.

Je racontai mon expérience à Socrate. Il hocha la tête. « Ton niveau d'énergie augmente. Les gens, les animaux et même les choses sont attirés et fascinés par la présence d'un champ d'énergie. C'est ainsi. »

« En vertu des Règles Intérieures ? » demandai-je.

« Oui. Il serait cependant prématuré que tu te félicites, ajouta-t-il. Pour rester dans la bonne perpective, compare-toi à moi. Il te sera alors évident que tu viens de sortir du jardin d'enfants. »

C'est à peine si je m'aperçus que l'année universitaire s'achevait. Les examens se déroulèrent sans problèmes ; les études, qui représentaient autrefois pour moi un combat majeur, étaient devenues une simple bagatelle à liquider. L'équipe prit de courtes vacances, puis revint pour l'entraînement de l'été. Je commençais à marcher sans ma canne et essayais même, plusieurs fois par semaine, de courir lentement. Je continuais à me pousser aux limites de la douleur, de la discipline et de l'endurance et, bien sûr, je faisais de mon mieux pour manger, marcher et respirer correctement – mais mon mieux n'était pas encore très bien.

Socrate se mit à augmenter ses exigences. « Puisque ton énergie se mobilise, tu peux commencer à travailler pour de bon. »

Je m'entraînai à respirer si lentement qu'il me fallait une minute pour chaque respiration. Combiné à une concentration intense et au contrôle de certains groupes de muscles, cet exercice de respiration élevait la température de mon corps comme un sauna et me permettait d'être à l'aise dehors, par n'importe quelle température. J'étais enthousiasmé à l'idée de développer le pouvoir dont Socrate avait usé la nuit de notre rencontre. Pour la première fois, j'osai croire que peut-être, seulement peut-être, je pourrais devenir un jour un guerrier de son envergure. À cette époque, je ne me sentais plus laissé pour compte, mais supérieur à mes amis. Lorsque l'un d'eux se plaignait d'une maladie ou d'un problème dont je savais qu'il pouvait être délivré par le seul fait de manger correctement, je lui racontais ce que j'avais appris sur la responsabilité et la discipline.

Paré de cette nouvelle confiance, je me rendis une nuit à la station-service, certain que j'allais être instruit de l'un des vieux secrets de l'Inde, du Tibet ou de la Chine. En réalité, Soc me tendit une serpillière dès que je franchis la porte et me demanda de nettoyer la salle de bain. «Que ça brille!» Des semaines durant, j'accomplis tant de basses besognes à la station qu'il ne me restait plus de temps pour mes exercices importants. Je gonflais des pneus, sortais les poubelles. Je balayais le garage et rangeais les outils. Je ne l'aurais jamais cru possible et pourtant, je commençais à m'ennuyer auprès de Socrate.

Et en même temps, il m'en demandait trop. Il me donnait cinq minutes pour m'acquitter d'un travail d'une demi-heure, puis me critiquait sans pitié s'il n'était pas fait à fond. Il se montrait injuste, déraisonnable et même insultant. Alors que je réfléchissais, écœuré, à la situation, Socrate entra dans le garage pour me dire que j'avais laissé de la saleté sur le carrelage de la salle de bain.

«Mais quelqu'un a utilisé les toilettes depuis que j'ai nettoyé», objectai-je.

«Pas d'excuses, dit-il, puis, il ajouta: Vide la poubelle.»

J'étais tellement fâché que j'empoignai mon balai comme un sabre. Je ressentais un calme glacial. « Mais j'ai sorti la poubelle il y a cinq minutes, Socrate. T'en souviens-tu, vieux bonhomme, ou deviens-tu sénile ? »

Il sourit. « Je parle de cette poubelle-là, babouin ! » Il se frappa la tête en m'adressant un clin d'œil. Le balai tomba avec bruit sur le sol.

Un autre soir, alors que je lavais le garage, Socrate m'appela dans le bureau. Je m'assis, l'air maussade, attendant d'autres ordres. « Dan, tu n'as toujours pas appris à respirer naturellement. Tu as été paresseux et tu as besoin de te concentrer davantage. »

C'en était trop. Je lui criai : « C'est toi le paresseux ici… je fais tout ton travail ! »

Il demeura silencieux un instant et je pense avoir vu de la douleur dans ses yeux. Doucement, il me dit : « Tu ne dois pas t'emporter contre ton maître, Dan. »

Je me rappelai alors à nouveau que le but de ses insultes avait toujours été de me révéler ma propre agitation mentale et émotionnelle, de déclencher ma colère et de m'aider à persévérer. Avant même que je puisse m'excuser, il poursuivit : « Dan, il vaut mieux que tu partes. Ne reviens pas avant d'avoir appris à être courtois… et à respirer correctement ! Cette séparation te permettra peut-être d'améliorer ton humeur. »

Je sortis tristement la tête basse. En rentrant chez moi, je songeais à sa grande patience face à mes colères, mes plaintes et mes questions. Tout ce qu'il exigeait de moi avait pour but de me rendre service. Je me jurai de ne plus jamais m'emporter contre lui sous l'emprise de la colère.

Seul, j'essayai avec le plus de détermination que jamais de corriger mes mauvaises habitudes respiratoires, mais elles semblaient plutôt empirer. Si je respirais profondément, j'oubliais de coller ma langue contre mon palais ; et si j'y pensais, je négligeais le reste. Je devenais fou.

En désespoir de cause, je retournai à la station pour voir Soc et lui demander conseil. Je le trouvai à l'œuvre au garage. Il me jeta un coup d'œil et me dit : « Va-t'en. »

147

Blessé et en colère, je sortis sans un mot dans la nuit. J'entendis sa voix derrière moi : « Quand tu auras appris à respirer, tu t'occuperas de ton sens de l'humour. » Son rire sembla me poursuivre presque jusque chez moi.

Arrivé sur le perron de mon logement, je m'assis et regardai sans la voir l'église de l'autre côté de la rue. Je me disais : « Je vais arrêter cet entraînement impossible. » Mais je ne me croyais pas moi-même. Je continuai à manger mes salades et à éviter les tentations les unes après les autres ; je me battais résolument avec ma respiration.

L'été était déjà bien avancé lorsque je me souvins du café de Joseph. J'avais été tellement pris par mon entraînement dans la journée et par Soc la nuit, que je n'avais jamais trouvé le temps de lui rendre visite. Maintenant, pensai-je tristement, mes nuits étaient tout à fait libres. J'arrivai à son café à l'heure de la fermeture. L'endroit était désert ; je découvris Joseph dans la cuisine où il lavait amoureusement de la vaisselle en porcelaine fine.

Nous différions tellement l'un de l'autre, Joseph et moi. J'étais petit, musclé, athlétique, avec des cheveux courts et un visage bien rasé ; Joseph était grand, mince, voire même d'allure fragile, avec une barbe blonde soyeuse et bouclée. Je parlais vite, j'avais des gestes brusques ; il apportait à tout un soin tranquille. Malgré nos différences, ou peut-être à cause d'elles, il m'attirait.

Nous avons discuté tandis que je l'aidais à ranger les chaises et à nettoyer par terre. Tout en parlant, je me concentrai de mon mieux sur ma respiration, ce qui eut pour effet de me faire lâcher un plat et me prendre les pieds dans le tapis.

« Joseph, demandai-je, Socrate t'a-t-il réellement fait courir cent cinquante kilomètres ? »

« Non, Dan, répondit-il en riant. Mon tempérament ne me prédispose pas aux exploits sportifs. Socrate ne te l'a-t-il pas raconté ? J'ai été cuisinier à son service pendant des années. »

« Non, il ne me l'a jamais dit. Mais que veux-tu dire par 'des années' ? Tu n'as pas plus de vingt-huit… vingt-neuf ans. »

Joseph rayonnait. « Je suis un petit peu plus vieux… j'ai cinquante-deux ans. »

« Sérieusement ? »

Il hocha la tête. Toutes ces règles n'étaient donc pas ineptes.

« Mais si tu ne travaillais pas beaucoup physiquement, que faisais-tu ? En quoi consistait ton entraînement ? »

« J'étais un jeune homme très coléreux et très égoïste, Dan. En se montrant extrêmement exigeant sur mon service, il m'a appris comment m'abandonner, avec amour et un réel bonheur. »

« Et où peut-on mieux apprendre à servir, dis-je, que dans une station-service ! »

Souriant, Joseph déclara : « Tu sais, il ne s'est pas toujours occupé d'une station-service. Il a mené une vie très inhabituelle et variée. »

« Ah oui ! Raconte-moi », lui demandai-je d'un ton pressant.

« Socrate ne t'a-t-il rien dit de son passé ? »

« Non, il tient à entretenir le mystère. Je ne sais même pas où il habite. »

« Pas étonnant. Eh bien, je ferais mieux de laisser le mystère entier jusqu'à ce qu'il souhaite que tu saches. »

Masquant ma déception, je demandai encore :

« L'appelais-tu aussi Socrate ? Une telle coïncidence me surprendrait. »

« Non, mais son nouveau nom, comme son nouvel élève, ne manque pas d'esprit », assura-t-il avec un sourire.

« Tu as dit qu'il était très exigeant avec toi. »

« Oui, très. Je ne faisais jamais rien assez bien… et si j'avais la moindre pensée négative, il la détectait infailliblement et me renvoyait durant des semaines. »

« À ce sujet, il se peut que je ne le revoie jamais. »

« Oh ? Et pourquoi ? »

« Il m'a dit de ne pas revenir avant de savoir respirer correctement… de manière relaxée et naturelle. J'essaye, mais je n'y arrive pas. » « Ah, c'est ça ! » dit-il en posant son balai. Il vint vers moi et mit une main sur mon ventre, l'autre sur ma poitrine. « Maintenant, respire. »

Je me mis à respirer profondément, comme Socrate me l'avait montré. « Non, ne force pas tant. » Après quelques minutes, je commençai à éprouver de drôles de sensations dans le ventre et la poitrine. Ils étaient chauds à l'intérieur, détendus et ouverts. Soudain, je me mis à pleurer comme un bébé, en proie à un bonheur fou et ne sachant pas pourquoi. En cet instant, je respirais totalement sans effort ; j'avais l'impression d'*être respiré*. C'était tellement agréable que je pensai : « Pourquoi aller au cinéma pour se distraire ? » J'étais tellement enthousiasmé que j'avais de la peine à me contenir ! Puis je sentis la respiration se crisper à nouveau.

« Joseph, je l'ai perdue ! »

« Ne t'inquiète pas, Dan. Il te suffit de te relaxer un peu. Je t'ai aidé. Maintenant tu connais la respiration naturelle. Pour la stabiliser, il faudra que tu te *laisses* respirer naturellement, de plus en plus, jusqu'à ce que cela devienne normal pour toi. En contrôlant ta respiration, tu dénoues tous tes nœuds émotionnels et tu découvres alors un nouveau bonheur corporel. »

« Joseph, dis-je en le prenant dans mes bras, je ne sais pas comment tu as fait et ce que tu as fait, mais je te remercie – je te remercie beaucoup. »

Il m'adressa de nouveau ce sourire qui me donnait l'impression d'une chaleur enveloppante et me dit : « Salue pour moi… Socrate. »

Ma respiration ne s'améliora pas sur-le-champ. J'eus encore à lutter. Mais un après-midi, après un entraînement au gymnase, je remarquai en rentrant chez moi que, sans intervention de ma part, ma respiration était tout à fait naturelle – proche de ce que j'avais ressenti au café.

La nuit même, j'entrai en trombe dans le bureau, prêt à voir Socrate se réjouir de mon succès et à m'excuser de mon comportement. Il avait l'air de m'attendre. Tandis que je freinais mon élan pour m'arrêter devant lui, il me dit calmement : « Bien, continuons », comme si je sortais des toilettes et non pas de six semaines d'entraînement intensif !

« Tu n'as rien d'autre à dire. Soc ? Pas de 'bravo', ni de 'tu as bonne mine ?»

« Sur le chemin que tu as choisi, il n'y a ni louange ni blâme. Les louanges et les blâmes sont des formes de manipulation dont tu n'as plus besoin. »

Exaspéré, je secouai la tête, puis je souris, au prix d'un effort. Je comptais faire de mon mieux pour lui témoigner plus de respect, mais son indifférence me blessait. Du moins, j'étais de retour.

Lorsque je ne nettoyais pas les toilettes, j'apprenais de nouveaux exercices encore plus frustrants, par exemple méditer sur des sons internes jusqu'à ce que je puisse en entendre plusieurs à la fois. Une nuit, alors que je pratiquais cet exercice, je me retrouvai plongé dans un état de paix et de relaxation que je n'avais jamais connu auparavant. Durant un certain temps – je ne saurais dire combien – j'eus l'impression d'être hors de mon corps. C'était la première fois que, par mes propres efforts et ma propre énergie, j'arrivais à vivre une expérience paranormale ; Soc n'avait pas eu besoin de mettre ses mains sur mes tempes.

Enthousiasmé, je lui racontai tout. Au lieu de me féliciter, il me dit : « Dan, ne te laisse pas distraire par tes expériences. Traverse les visions et les sons pour voir les leçons qu'ils dissimulent. Ce sont des signes de transformation, mais si tu ne les dépasses pas, tu n'iras jamais nulle part. »

« Si tu veux des expériences, va au cinéma ; c'est plus facile que le yoga. Médite toute la journée, si tu en as envie ; écoute des sons, vois des lumières ou même écoute des lumières et vois des sons. Tu seras toujours un âne si tu restes enfermé dans l'expérience. Libère-t'en ! Je t'ai suggéré de devenir végétarien, pas de végéter ! »

Mécontent, je répondis : « Si je *fais des expériences*, comme tu les appelles, c'est parce que tu m'as dit d'en faire ! »

Sur le point de me mettre en colère, je me retrouvai soudain à rire. Il rit lui aussi, en me montrant du doigt. « Tu as transmuté la colère en rire. Cela signifie que ton niveau d'énergie est bien plus haut qu'avant. Les barrières s'effondrent. Après tout, tu fais peut-être un peu de progrès. » Nous étions encore en train de rire lorsqu'il me passa la serpillière.

La nuit suivante, pour la première fois, Socrate s'abstint de tout commentaire sur mon comportement. Je compris le message ; il m'appartenait désormais de me surveiller moi-même. Je pris alors conscience de la bonté que contenaient toutes ses critiques. Je les regrettais presque.

Je ne m'en rendis pas compte sur le moment, il me fallut des mois pour cela, mais cette nuit-là, Socrate cessa d'être mon « parent » et commença à être mon ami.

Je décidai d'aller voir Joseph et de lui raconter ce qui s'était passé. Tandis que je marchais le long de Shattuck, je croisai deux voitures de pompiers. Je n'y pris pas garde avant d'arriver à proximité du café et de remarquer le ciel orange. Je me mis alors à courir.

La foule se dispersait déjà lorsque j'arrivai sur les lieux. Joseph arrivait lui aussi à la minute même et contemplait les cendres ruisselantes de son café. J'étais encore à vingt mètres de lui lorsque j'entendis son cri de désespoir et le vis tomber à genoux et pleurer. Puis il se releva d'un bond et poussa un hurlement de fureur ; il se détendit ensuite, puis m'aperçut. « Dan ! Je suis content de te revoir ! » Son visage était serein.

Le chef des sapeurs vint lui dire que le feu avait sans doute commencé dans la teinturerie voisine. « Merci », dit Joseph.

« Oh, Joseph, je suis désolé », déclarai-je. Puis ma curiosité l'emporta. « Joseph, je t'ai vu il y a une minute. Tu étais bouleversé. »

Il sourit. « Oui, j'étais très bouleversé, alors j'ai tout sorti. » Je me souvins des paroles de Socrate, « Laisse se manifester et laisse se dissiper. » Il ne s'agissait, jusqu'à ce soir-là, que d'une idée séduisante, mais ici, devant les restes carbonisés de son beau café, ce fragile guerrier avait démontré sa parfaite maîtrise de ses émotions.

« C'était un endroit merveilleux, Joseph, » soupirai-je en secouant la tête.

« Oui, n'est-ce pas ? » répondit-il pensivement.

Je ne sais pourquoi, son calme commençait à me gêner. « Tu n'es plus du tout bouleversé maintenant ? »

Il me regarda tranquillement, puis déclara : « Je connais une histoire qui devrait te plaire, Dan. As-tu envie de l'entendre ? »

« Oui… d'accord. »

Dans un petit village de pêcheurs au Japon vivait une jeune femme qui donna naissance à un enfant sans être mariée. Ses parents se sentirent humiliés et demandèrent qui était le père. Apeurée, elle refusa de le leur dire. Le pêcheur qu'elle aimait lui avait confié en secret qu'il allait faire fortune et reviendrait l'épouser. Ses parents insistèrent. Désespérée, elle désigna comme père Hakuin, un moine qui vivait dans les montagnes.

Les parents outragés partirent avec la petite fille chez le moine. Ils tambourinèrent à la porte jusqu'au moment où il ouvrit, et lui tendirent le bébé. « Cet enfant est à toi ; à toi donc d'en prendre soin ! »

« S'il en est ainsi », dit Hakuin. Il prit l'enfant dans ses bras et salua les parents qui s'en allaient.

Une année s'écoula et le vrai père revint pour épouser la jeune femme. Ils se rendirent aussitôt chez Hakuin pour lui demander l'enfant.

« Donne-nous notre fille », dirent-ils.

« S'il en est ainsi », dit Hakuin en leur rendant l'enfant.

Joseph sourit et attendit ma réaction.

« C'est une histoire intéressante, Joseph, mais je ne comprends pas pourquoi tu me la racontes maintenant. Enfin, ton café vient de brûler ! »

« S'il en est ainsi », dit-il. Nous avons tous deux éclaté de rire et je secouai la tête d'un air résigné.

« Joseph, tu es aussi fou que Socrate. »

« Oh, merci, Dan… et toi tu es assez bouleversé pour deux. Mais ne te fais pas de souci pour moi ; j'étais prêt au changement. J'irai probablement au sud… ou au nord. Cela n'a pas d'importance. »

« Ne pars pas sans dire au revoir. »

« Alors, au revoir », dit-il en me donnant une de ces accolades qui me laissaient rayonnant. « Je pars demain. »

« Vas-tu dire au revoir à Socrate ? »

Il rit et répondit : « Socrate et moi, nous nous disons rarement bonjour ou au revoir. Tu comprendras plus tard. » Sur ces mots, il s'en alla. Je ne devais jamais revoir Joseph.

À environ trois heures le vendredi matin, en me dirigeant vers la station, je passai devant l'horloge au carrefour entre Shattuck et Center. Je mesurais plus que jamais tout ce qu'il me restait encore à apprendre.

Je parlais déjà en entrant dans le bureau : « Le café de Joseph a brûlé cette nuit, Socrate. »

« Des blessés ? » demanda-t-il sans avoir l'air affecté.

« Pas que je sache. M'as-tu entendu ? N'es-tu pas un tout petit peu bouleversé ? »

« Joseph était-il bouleversé lorsque tu as parlé avec lui ? »

« Euh… non. »

« Ça va alors. » Et le sujet fut clos.

Puis, à mon grand étonnement, Socrate prit un paquet de cigarettes et en alluma une. « En parlant de fumée, dit-il, t'ai-je jamais dit qu'il n'existe pas de 'mauvaises habitudes' ? »

Je n'en croyais ni mes yeux ni mes oreilles. Ce n'est pas possible, pensai-je.

« Non, tu ne me l'as jamais dit. Et j'ai fait d'énormes efforts pour modifier mes mauvaises habitudes, selon tes recommandations. »

« C'était pour développer ta volonté, vois-tu, et pour rafraîchir tes instincts. Toute habitude en elle-même – tout rituel automatique et inconscient – est négative. Mais une activité spécifique – fumer, boire, prendre des drogues, manger des sucreries ou poser des questions stupides – n'est ni bonne ni mauvaise ; chaque action a son prix, et ses plaisirs. En étant conscient des deux aspects, tu deviens réaliste et responsable de tes actions. Alors seulement tu disposes du libre choix du guerrier – faire ou ne pas faire.

« Tu connais le proverbe : 'Lorsque tu es assis, sois assis ; lorsque tu es debout, sois debout ; quoi que tu fasses, n'hésite pas.' Une fois que tu as fait ton choix, agis totalement. Ne sois pas comme l'évangéliste qui songeait à prier lorsqu'il faisait l'amour à sa femme, et pensait à faire l'amour à sa femme lorsqu'il priait. »

Pendant que je riais de cette comparaison, Socrate exhalait de magnifiques ronds de fumée.

« Mieux vaut commettre une erreur avec toute la force de ton être que d'éviter soigneusement les erreurs avec un esprit tremblant. Être responsable signifie reconnaître aussi bien le plaisir que son prix, faire un choix fondé sur cette reconnaissance, puis vivre ce choix sans inquiétude. »

« Cela m'a l'air trop catégorique. Et la modération ? »

« La modération ? » Il sauta sur le bureau, comme un évangéliste. « La modération ? C'est la médiocrité, la peur et la confusion déguisées. C'est la tromperie raisonnable du diable. C'est le compromis qui ne satisfait personne. La modération est pour les faibles et les peureux, pour ceux qui sont incapables de prendre une position. Elle est pour ceux qui ont peur de rire ou de pleurer, pour ceux qui ont peur de vivre ou de mourir. *La modération*, il inspira profondément, se préparant pour la condamnation finale, c'est du *thé tiède*, la boisson du diable ! »

Je lui dis en riant : « Tu commences tes sermons comme un lion et les termines comme un agneau, Soc. Il faudra que tu t'entraînes. »

Il haussa les épaules en redescendant du bureau. « Ils me le disaient toujours au séminaire. »

Je ne savais pas s'il plaisantait ou non. « Je pense quand même que fumer est malsain, Soc. »

« N'aurais-tu pas encore compris ? Ce n'est pas fumer qui est malsain, mais l'habitude de fumer. Je peux fumer un jour, puis ne plus toucher une cigarette pendant six mois ; je peux apprécier une cigarette un jour, ou une semaine, sans ressentir le besoin irrépressible de continuer. Et lorsque je fume, je ne prétends pas que mes poumons n'en payeront pas le prix ; je fais ce qu'il faut après pour contrecarrer les effets négatifs. »

« Je n'aurais pas imaginé qu'un guerrier fume, c'est tout. »

Socrate me souffla la fumée dans le nez. « Je ne t'ai jamais dit qu'un guerrier se comportait d'une façon parfaite selon tes critères, ni que tous les guerriers se comportent comme moi. Mais nous respectons tous les Règles Intérieures, vois-tu.

« Alors, que mon comportement corresponde à tes nouveaux critères ou non, tu dois savoir que je maîtrise tous mes besoins, tous mes actes. Je n'ai pas d'habitudes ; mes actions sont conscientes, intentionnelles et totales. »

Socrate éteignit sa cigarette et me sourit. « Tu es devenu trop sérieux, avec toute ta fierté et ta discipline supérieure. C'est le moment de faire une petite fête. »

Socrate sortit alors une bouteille de gin de son bureau. Je n'en croyais pas mes yeux. Il fit un mélange de gin et de soda.

Et il m'en offrit un verre, tandis qu'il buvait le sien d'un trait.

« Bien, lança-t-il, amusons-nous ! Que rien ne nous retienne ! »

« J'apprécie ton enthousiasme, Soc, mais j'ai un entraînement important lundi. »

« Mets ton manteau, fiston, et suis-moi. »

Je lui obéis.

Il ne me resta qu'un seul souvenir net ensuite : c'était samedi à San Francisco ; nous avons fait le tour des bars. La soirée fut un mélange de lumière, de tintements de verres et de rires.

Je me rappelle aussi le dimanche matin. Il était environ cinq heures. J'avais la tête lourde. Nous longions Mission, près du carrefour de la Quatrième Avenue. Je voyais à peine les signaux lumineux à travers l'épais brouillard de ce début de journée. Soudain Soc s'arrêta et son regard perça le brouillard. Je le bousculai, me mis à ricaner, puis me réveillai rapidement ; quelque chose n'allait pas. Une large silhouette noire émergea de la brume. Mon rêve à demi oublié me revint à l'esprit, puis disparut lorsque je vis une deuxième silhouette, puis une troisième ; trois hommes. Deux d'entre eux – grands, minces, musclés – nous barraient le chemin. Le troisième s'approcha de nous et sortit un petit poignard de son blouson de cuir usé. Le sang battait dans mes tempes.

« Ton fric ! » m'ordonna-t-il.

Les idées confuses, je fis un pas dans sa direction, cherchant mon portefeuille, puis trébuchai en avant.

Surpris, il fonça sur moi avec son poignard. Socrate, se déplaçant plus vite que jamais, attrapa l'homme par le poignet, le fit tournoyer et le projeta dans la rue, à l'instant où un autre bandit s'élançait vers moi. Il n'eut pas le temps de me toucher ; foudroyant comme l'éclair, Socrate lui faucha les deux jambes d'un coup de pied. Ne laissant pas au troisième larron l'occasion d'esquisser un geste, Soc fut sur lui, le jeta à terre et s'assit sur son ventre en lui demandant : « N'avez-vous jamais songé à la non-violence ? »

Un des hommes était en train de se relever et Socrate poussa alors un cri si puissant qu'il retomba en arrière. Entre-temps, le chef du groupe s'était remis debout, avait retrouvé son poignard et se ruait dans la direction de Socrate. Socrate se leva, empoigna l'homme sur lequel il s'était assis et le propulsa sur celui qui avait le poignard en criant : « Attrape ! » Ils s'affalèrent sur le bitume ; puis, fous de rage, tous trois nous lancèrent un ultime assaut en hurlant.

Les minutes suivantes se déroulèrent dans la confusion. Je me rappelle avoir été poussé par Socrate et être tombé. Puis tout redevint silencieux, à l'exception d'un gémissement. Socrate était debout, les bras le long du corps et il inspira profondément. Il jeta le poignard dans le caniveau, puis se tourna vers moi : « Ça va ? »

« Sauf la tête. »

« As-tu reçu un coup ? »

« Seulement par l'alcool. Où en sommes-nous ? »

Il alla vers les trois hommes étendus au sol, s'agenouilla et leur prit le pouls. Ensuite il les retourna, avec une sorte de tendresse, et les tâta doucement pour évaluer leurs blessures. Je compris alors seulement qu'il voulait les soigner ! « Appelle une ambulance », me dit-il. Je courus jusqu'à la cabine téléphonique la plus proche et appelai. Ensuite nous sommes partis et avons gagné rapidement l'arrêt de bus. Je regardai Socrate. Il y avait des larmes dans ses yeux et, pour la première fois depuis que je le connaissais, il était pâle et paraissait très fatigué.

Nous avons peu parlé durant le trajet du retour. Je ne demandais pas mieux ; parler faisait trop mal. Lorsque le bus s'arrêta au carrefour de Shattuck et University, Socrate descendit et lança : « Tu es invité dans mon bureau mercredi prochain, pour boire quelques verres... » Souriant devant mon expression chagrinée, il ajouta : « ... de tisane. »

Je descendis du bus à cent mètres de chez moi. Ma tête semblait prête à exploser, comme si nous avions perdu la bataille et qu'ils continuaient à me frapper. J'essayai de garder autant que possible mes yeux fermés pendant que je marchais. « Voilà donc ce que l'on ressent lorsqu'on est un vampire, pensai-je. La lumière du soleil peut tuer. »

Notre petite fête, noyée dans une brume d'alcool, m'avait appris deux choses : tout d'abord à lâcher prise par rapport à mes règles de vie ; deuxièmement à faire un choix en connaissance de cause – plus de boisson ! Cela n'en valait pas le prix ! De plus, ce plaisir était insignifiant comparé à ce que je commençais à apprécier.

L'entraînement du lundi, le meilleur depuis des mois, me convainquit encore plus que je recouvrerais toute ma santé physique et spirituelle. Ma jambe guérissait mieux que je n'étais en droit de l'attendre ; j'avais été pris en charge par un homme extraordinaire.

En rentrant chez moi, je me sentis envahi d'une telle gratitude que je m'agenouillai dehors près de la maison et touchai la terre de mon front. J'en ramassai une poignée et regardai les feuilles émeraude chatoyer dans le vent. Durant quelques précieuses secondes, j'eus l'impression de me fondre lentement à la terre. Puis, pour la première fois depuis mon enfance, je perçus une présence source de vie, sans nom.

Mon esprit analytique fit alors irruption : « Ah, voilà donc ce qu'on appelle expérience mystique spontanée ! » Le charme fut rompu. Je revins à ma condition terrestre, j'étais à nouveau un homme ordinaire, debout sous un orme, avec de la terre dans la main. Détendu, j'entrai dans mon appartement, lus un moment, puis m'endormis.

Le mardi fut un jour de calme – de ce calme précédant la tempête.

Le mercredi matin, je me plongeai dans le flot des cours. Mon sentiment de sérénité, que je croyais permanent, s'effaça bientôt devant de subtiles angoisses et de vieux besoins. Et soudain, quelque chose de nouveau se produisit. Je sentis s'éveiller en moi une puissante sagesse intuitive qui me disait : « Les vieux besoins vont continuer à ressurgir, peut-être durant des années. C'est l'action qui compte ; pas les besoins. Persiste à être un guerrier. »

Au début, je crus que mon mental me jouait des tours. Mais ce n'était ni une pensée ni une voix ; c'était un *sentiment-certitude*. J'avais l'impression que Socrate était en moi, tel un guerrier à l'intérieur de moi-même. Cette impression allait demeurer.

Le soir, j'allai à la station pour parler à Socrate de l'hyperactivité récente de mon intellect, et aussi de cette impression. Il était en train de changer le générateur d'une vieille Mercury. Il me regarda, me salua et déclara sur un ton très naturel : « Joseph est mort ce matin. » Je m'affalai contre la camionnette derrière moi, choqué par la nouvelle de la mort de Joseph et par la dureté de Soc.

Quand je fus capable de parler, je demandai : « Comment est-il mort ? »

« Oh, très bien, je suppose, dit Socrate en souriant. Il avait une leucémie, vois-tu. Il était malade depuis plusieurs années ; il a tenu longtemps. C'était un bon guerrier, celui-là. » Il avait parlé avec affection, mais sans la moindre trace de tristesse.

« Socrate, n'es-tu pas affecté, pas même un peu ? » posa sa clé par terre.

« Ça me rappelle une histoire que j'ai entendue il y a bien longtemps, au sujet d'une mère accablée de douleur à cause de la mort de son fils.

« 'Je ne peux pas supporter la douleur et la tristesse', disait-elle à sa sœur.

« 'Ma sœur, as-tu pleuré ton fils avant sa naissance ?'

« 'Non, bien sûr que non', répondit la mère abattue.

« 'Alors tu n'as pas besoin de le pleurer maintenant. Il est simplement retourné au même endroit, dans la demeure originelle qu'il occupait avant de naître.'»

« Cette histoire te réconforte-t-elle, Socrate ? » demandai-je, la mine grave.

« C'est une bonne histoire, je trouve. Peut-être l'apprécieras-tu un jour », répliqua-t-il gaiement.

« Je croyais bien te connaître, Socrate, mais je ne savais pas que tu manquais de cœur à ce point. »

« Il n'y a aucune raison d'être malheureux. »

« Mais enfin, Socrate, il est parti ! »

Socrate rit doucement. « Peut-être est-il parti, peut-être pas. Peut-être n'a-t-il jamais été ici ! » Son rire résonna dans le garage.

« J'aimerais te comprendre, mais je n'y arrive pas. Comment peux-tu te montrer aussi désinvolte à propos de la mort ? Ressentiras-tu la même chose lorsque je mourrai ? »

« Bien sûr ! affirma-t-il en riant. Dan, il y a des choses que tu ne comprends pas encore. Pour l'instant, je peux seulement te dire que la mort est une transformation… sans doute un peu plus radicale que la puberté. » Il sourit. « Mais il n'y a pas de quoi être particulièrement bouleversé. Il ne s'agit que de l'un des changements du corps. Lorsqu'il se produit, il se produit. Le guerrier ne recherche ni ne fuit la mort. »

Son visage s'assombrit tandis qu'il ajoutait : « La mort n'est pas triste ; ce qui est triste, c'est que les gens ne vivent pas vraiment. » Ses yeux se remplirent de larmes. Nous nous sommes assis en silence, comme deux amis, puis je rentrai chez moi. À peine avais-je passé le coin de la rue que l'Impression revint. La tragédie est très différente pour le guerrier et pour le fou. Socrate n'était pas triste parce qu'il ne considérait pas la mort de Joseph comme une tragédie. Je ne devais comprendre pourquoi que plusieurs mois plus tard, à l'intérieur d'une grotte de montagne.

Et pourtant, je ne pouvais me défaire de l'idée que je devais – et donc Socrate aussi – me sentir malheureux lorsque la mort frappait. Dans cet état de confusion, je finis tout de même par m'endormir.

Le matin, j'avais ma réponse : Socrate n'avait pas correspondu à mes attentes. Au contraire, il avait démontré la supériorité du bonheur. Une nouvelle résolution m'envahit : j'avais constaté la futilité de vouloir vivre en fonction des attentes conditionnées par les autres ou par mon propre intellect. Dorénavant je choisirais en guerrier quand, où et comment penser et agir. Ayant pris cette décision, je sentis que j'avais commencé à comprendre la vie d'un guerrier.

Cette nuit-là, j'entrai dans le bureau de la station et dis à Socrate : « Je suis prêt. Plus rien ne peut m'arrêter maintenant. »

Son regard terrible anéantit mes mois d'entraînement. Je frissonnai. Il chuchota, mais la voix me parut perçante : « Ne t'emballe pas ! Peut-être es-tu prêt, peut-être pas. Une chose est certaine : il ne te reste pas beaucoup de temps ! Chaque jour qui passe te rapproche de ta mort. Nous ne sommes pas en train de jouer, comprends-tu ? »

Le vent sembla se mettre à hurler dehors. Alors que je ne m'y attendais pas, je sentis la chaleur de ses doigts sur mes tempes.

J'étais accroupi dans les buissons. À cinq mètres de moi, face à ma cachette, se tenait un escrimeur qui mesurait plus de deux mètres. Son corps massif et musclé empestait le soufre. Sa tête et même son front étaient recouverts de vilains cheveux sales ; ses sourcils étaient deux balâfres sur un visage tordu par la haine.

Il regardait avec malveillance un jeune escrimeur qui se tenait devant lui. Cinq images identiques du géant se matérialisèrent et encerclèrent le jeune escrimeur. Toutes les six éclatèrent de rire en même temps – c'était un grognement menaçant qui sortait des entrailles du géant. Je me sentis mal.

Le jeune guerrier tournait la tête à droite et à gauche, brandissant son épée frénétiquement dans tous les sens, la faisant tourbillonner dans l'air. Il n'avait aucune chance.

Avec un rugissement, toutes les images foncèrent sur lui. L'épée du géant s'abattit, lui coupant un bras. Il hurla de douleur tandis que le sang jaillissait. Il fendit l'air aveuglément dans un ultime effort. L'immense lame trancha à nouveau, et la tête du jeune escrimeur se détacha de ses épaules et roula par terre, le visage marqué par la terreur.

« Ohhh ! » Je gémis malgré moi, pris de nausée. L'odeur de soufre m'étouffait. Une main brutale se saisit de mon bras, me tira hors des buissons et me projeta sur le sol. Lorsque j'ouvris les yeux, je vis à quelques centimètres de moi les yeux morts de la tête tranchée du jeune guerrier qui m'avertissaient silencieusement de mon propre destin imminent. Puis j'entendis la voix gutturale du géant.

Soudain ils étaient à nouveau six. Tout en me relevant, j'essayai de garder les yeux sur l'original, mais je n'étais plus sûr de moi.

Ils commencèrent à chanter du fond de leurs entrailles ; à mesure qu'ils avançaient lentement vers moi, le chant devint une horrible marche de mort.

Puis l'Impression me vint et je sus ce que je devais faire. « *Le géant représente la source de tous tes maux ; il est ton mental. Il est le démon que tu dois abattre. Ne te laisse pas tromper comme le jeune guerrier qui est tombé : maintiens ta concentration !* » Mon intellect glissa un commentaire stupide : « C'est bien le moment pour une leçon. » Ensuite je revins à la situation. J'éprouvais un calme glacé.

J'étais couché sur le dos, les yeux fermés, comme si je me soumettais au destin ? Je tenais l'épée, sa lame en travers de ma poitrine et de ma joie. Les images pouvaient tromper mes yeux, mais pas mes oreilles. Seul le vrai escrimeur ferait du bruit en marchant. Je l'entendis derrière moi. Il avait le choix : ou partir ou tuer. Il décida de tuer. J'écoutai intensément. À l'instant où je sentis son épée sur le point de me frapper, je relevai ma lame de toutes mes forces, et je la sentis transpercer et déchirer vêtement, chair et muscles. J'entendis un cri terrible, puis le bruit de son corps s'effondrant sur le sol. Le démon était empalé, face contre terre, sur mon épée.

« Tu as failli ne pas revenir cette fois », dit Socrate, les sourcils froncés.

Je courus dans la salle de bain où je vomis tout de suite. Lorsque je ressortis, il avait préparé de la camomille avec de la réglisse, « pour les nerfs et l'estomac ».

Je commençai à raconter mon aventure à Socrate. « J'étais caché dans les buissons derrière toi, j'ai tout vu, m'interrompit-il. J'ai failli éternuer ; je suis content de ne pas l'avoir fait. Je n'avais aucune envie de me frotter à ce personnage. À un moment j'ai bien cru que j'y serais obligé, mais tu ne t'es pas mal débrouillé, Dan. »

« Merci, Soc. » Je rayonnais. « Je… »

« En revanche, il semble que tu aies manqué le point qui, un peu plus, te coûtait la vie. »

Ce fut à mon tour de l'interrompre. « J'étais surtout préoccupé par la pointe de l'épée du géant ! plaisantai-je. Et je ne l'ai pas manquée. »

« Ah oui ! »

« Soc, j'ai lutté contre des illusions toute ma vie, chacun de mes petits problèmes personnels me tourmentait. J'ai voué ma vie à mon évolution, sans percevoir le problème qui fut mon point de départ. Alors que j'essayais de faire en sorte que tout dans le monde se conforme à mes désirs, je succombais toujours à mon propre mental ; je ne pensais toujours qu'à moi, moi, moi. Le géant est mon seul problème dans la vie – c'est mon mental. Et, dis-je avec enthousiasme, comprenant soudain ce que j'avais accompli, je l'ai tué, Soc ! »

« Sans aucun doute », dit-il.

« Que se serait-il passé si le géant avait gagné ? »

« N'en parlons pas », dit-il sombrement.

« Je veux savoir. Serais-je réellement mort ? »

« Très probablement, dit-il. Ou alors tu serais devenu fou. »

La bouilloire se mit à siffler.

5

LE CHEMIN VERS LA MONTAGNE

Socrate versa du thé bouillant dans nos tasses jumelles et prononça les premières paroles encourageantes depuis des mois. « Le fait que tu aies survécu au duel est une preuve tangible que tu es prêt à poursuivre en direction du But Unique. »

« Qu'est-ce donc ? »

« Lorsque tu le découvriras, tu y seras déjà. En attendant, ton entraînement peut maintenant changer de secteur. »

« Un changement ! » Un signe de progrès. Je m'exaltai. Nous allions de nouveau bouger. « Socrate, demandai-je, de quel secteur parles-tu ? »

« Eh bien, pour commencer, je ne serai plus ta machine à réponses. Il te faudra trouver les réponses à l'intérieur. Et tu commences tout de suite. Va derrière la station, derrière la poubelle. Là, dans le coin, contre le mur, il y a une grande pierre plate. Reste assis dessus jusqu'à ce que tu aies quelque chose de valable à me dire. »

Après un silence, je lançai : « C'est tout ? »

« C'est tout. Assieds-toi et ouvre ton esprit à ta propre sagesse intérieure. »

Je sortis, trouvai la pierre et m'assis dans l'obscurité. Au début, toutes sortes de pensées me traversèrent l'esprit. Puis j'évoquai les concepts importants que j'avais appris durant mes années d'études. Une heure passa, puis deux, puis trois. Encore quelques-unes et le soleil allait se lever. Je commençais à avoir froid. Je ralentis ma respiration et imaginai intensément que mon ventre était chaud. En peu de temps, je me sentis à nouveau à l'aise.

Vint l'aurore. Je n'avais rien trouvé d'autre à dire à Soc qu'une prise de conscience datant d'un cours de psychologie. Je me levai tout engourdi, les jambes endolories, et rentrai. Socrate, assis l'air détendu à son bureau, lança : « Ah, déjà ? Alors, dis ! »

J'étais presque gêné de parler, mais j'espérais qu'il serait satisfait. « Bon. Derrière nos différences apparentes, nous partageons tous les mêmes peurs et les mêmes besoins humains ; nous sommes tous ensemble sur le même chemin, à nous guider mutuellement. Et c'est cette compréhension qui peut nous donner de la compassion. »

« Pas mal ; retourne à la pierre. »

« Mais le jour se lève... tu vas partir. »

« Ce n'est pas un problème, dit-il en souriant. Je suis sûr que tu auras trouvé quelque chose d'ici ce soir. »

« Ce soir, je... » Il m'indiqua la porte.

Assis sur la pierre, le corps tout meurtri, je repensai à mon enfance, à mon passé, cherchant l'inspiration afin de condenser tout mon vécu avec Socrate durant des mois en un aphorisme spirituel.

Je pensai au cours que je manquais et à l'entraînement de gymnastique qu'il me faudrait sauter – et à l'excuse que je donnerais à l'entraîneur ; peut-être allais-je lui dire que j'étais assis sur une pierre derrière une station d'essence. L'histoire était assez absurde pour le faire rire.

Le soleil traversa le ciel avec une lenteur agonisante. J'étais toujours assis, affamé, irrité, puis déprimé lorsque la nuit tomba. Je n'avais rien pour Socrate. Puis, peu avant son arrivée, je compris. Il voulait quelque chose de profond, quelque chose de cosmique. Je le vis entrer dans le bureau, me saluant au passage. Je redoublai mes efforts. Le déclic se produisit vers minuit. Je ne réussissais même plus à marcher. Il me fallut d'abord m'étirer quelques minutes avant de pénétrer dans le bureau.

« De voir les peurs et les esprits troublés des gens derrière leurs masques sociaux m'a rendu cynique, car je n'ai pas encore pu aller au-delà de tout cela pour voir la lumière en eux. » Je croyais tenir une révélation majeure.

« Excellent », déclara Socrate. Je me laissai aller à pousser un soupir lorsqu'il ajouta : « Mais ce n'est pas tout à fait ce que je voulais. Ne peux-tu pas m'apporter quelque chose de plus dynamique ? » Je bouillonnais d'une rage qui n'était dirigée vers rien ni personne en particulier et retournai à ma pierre de philosophe.

« Quelque chose de plus dynamique », avait-il dit. S'agissait-il d'une indication ? Je repensai tout naturellement à mes derniers entraînements au gymnase. Mes coéquipiers s'occupaient maintenant de moi comme de vraies mères poules. Récemment, alors que je tournais comme un fou à la barre fixe, je manquai un changement de mains et dus sauter. Je savais que j'allais atterrir très brutalement sur mes pieds, mais je n'eus pas le temps de toucher le sol ; Sid et Herb m'attrapèrent au vol et me posèrent par terre en douceur. « Fais attention, Dan ! gronda Sid. Est-ce que tu veux te recasser la jambe avant qu'elle soit guérie ? »

Tout cela ne semblait pas avoir grand rapport avec ma situation présente, mais je laissai mon attention se relâcher, espérant que l'Impression me conseillerait peut-être. Rien. J'étais tellement engourdi et endolori que je ne pouvais même plus me concentrer. Je me dis que ce ne serait pas tricher que de me mettre debout sur la pierre pour exécuter quelques mouvements de tai-chi, les exercices chinois au ralenti que m'avait montrés Socrate.

Je pliai les genoux et me balançai gracieusement d'avant en arrière, les hanches pivotant et les bras flottant dans l'air, et je laissai ma respiration contrôler le déplacement du poids. Mon esprit se vida, puis se remplit de la scène suivante.

Quelques jours auparavant, j'étais allé courir lentement et prudemment du côté de Provo Square, au milieu de Berkeley, en face de City Hall, juste à côté du lycée de Berkeley. Pour m'aider à me détendre, je commençai des mouvements de tai chi. Je me concentrai sur la douceur et l'équilibre et me sentis comme une algue flottant dans l'océan.

Quelques garçons et filles du lycée s'arrêtèrent et m'observèrent, mais je ne leur accordai aucune attention. Ma concentration accompagnait mes mouvements. Lorsque j'eus terminé et allai enfiler mon training par-dessus mon short, ma conscience ordinaire revint : « Je me demande si j'avais l'air bien. » Je me mis à considérer deux jolies adolescentes qui me regardaient en gloussant. « Je crois avoir impressionné ces filles », pensai-je et, enfilant les deux pieds dans la même jambe du pantalon, je perdis l'équilibre et tombai sur le derrière.

D'autres étudiants joignirent leurs rires à ceux des filles. L'espace d'un instant, je me sentis embarrassé, puis je m'étendis sur le dos et ris avec eux.

Toujours debout sur ma pierre, je me demandai en quoi cet incident pouvait être important. Et tout à coup je compris ; je savais que j'avais quelque chose de valable à dire à Socrate.

J'entrai dans le bureau, me tint devant lui et déclarai : « Il n'y a pas de moments ordinaires ! »

Soc sourit. « Heureux de te revoir. » Je m'effondrai sur le canapé et il fit du thé.

À partir de là, je considérai chaque instant de gym – au sol ou en l'air – comme spécial et digne de toute mon attention. Mais d'autres leçons étaient nécessaires car, comme Socrate me l'avait expliqué plus d'une fois, la capacité d'appliquer une attention parfaite à chaque instant de la vie quotidienne demandait beaucoup plus d'entraînement.

Le lendemain en début d'après-midi, avant la gymnastique, je profitai du ciel bleu et du soleil pour aller méditer torse nu dans la forêt de séquoias. Je n'étais pas assis depuis dix minutes que quelqu'un m'empoigna et se mit à me secouer. Je roulai de côté, surpris, et me levai d'un bond. Puis je vis qui c'était.

« Tu manques totalement de manières parfois, Socrate ! »

« Réveille-toi ! dit-il. Fini de dormir. Il y a du pain sur la planche. »

« Je ne suis pas de service à cette heure, plaisantai-je. Allez voir l'autre employé. »

« C'est le moment de bouger, Chef Bison Assis. Va chercher tes baskets et retrouve-moi ici dans dix minutes. »

Je rentrai chez moi et enfilai mes vieux souliers Adidas, puis je me dépêchai de revenir à la forêt. Socrate n'était pas en vue. Soudain, je la découvris, elle.

« Joy ! » Elle portait un short en satin bleu, des chaussures Tiger jaunes et un tee-shirt noué à la taille. Je courus vers elle et la pris dans mes bras. Je ris, puis essayai de la pousser, de l'inciter à un peu de lutte au sol, mais elle n'entra pas dans le jeu. Je voulais lui parler, lui avouer mes sentiments, mes plans, mais elle posa ses doigts sur mes lèvres et dit : « Nous aurons l'occasion de parler plus tard, Danny. Maintenant suis-moi. »

Elle me fit la démonstration d'un exercice d'échauffement assez compliqué : un mélange de tai chi, de visualisation, de gymnastique suédoise et de techniques de coordination, pour « chauffer l'esprit en même temps que le corps ». En quelques minutes, je me sentis léger, détendu et plein d'énergie.

Tout à coup, Joy lança : « À vos marques, prêts, partez ! » Elle partit, courant à travers le campus, en direction des collines de Strawberry Canyon. Je la suivis, soufflant et haletant. N'ayant pas encore retrouvé ma forme à la course, j'étais à la traîne. Furieux, je forçai l'allure, les poumons en feu. Devant moi, Joy s'était arrêtée au sommet de la butte qui surplombait le stade de football. Quand je la rejoignis, je pouvais à peine respirer.

« Tu en as mis du temps, chéri », dit-elle, les mains sur les hanches. Puis elle repartit vers le haut du canyon, pour atteindre les sentiers de terre battue qui zigzaguaient dans les collines. Je la poursuivis opiniâtrement. J'avais mal comme je n'avais pas eu mal depuis longtemps, mais j'étais déterminé à ne pas me laisser battre.

Lorsqu'elle approcha des sentiers, elle ralentit et commença à courir à un rythme humain. Puis, à mon désarroi, elle arriva au début des sentiers inférieurs et, au lieu de rebrousser chemin, elle me conduisit un degré plus haut dans les collines.

J'offris une prière silencieuse de remerciements lorsqu'elle changea de direction à la fin des sentiers inférieurs au lieu d'entamer l'ascension du « raccord » atrocement raide qui les reliait aux supérieurs. Tandis que nous descendions facilement une douce pente, Joy se mit à parler. « Danny, Socrate m'a demandé de t'initier à une nouvelle phase de ton entraînement. La méditation est un exercice valable. Mais en fin de compte, il te faudra bien ouvrir les yeux et regarder autour de toi. La vie du guerrier, continua-t-elle, ne se déroule pas seulement assis ; c'est une expérience mobile. Comme Socrate te l'a dit, déclara-t-elle alors que nous entamions une descente plus raide, cette voie est une voie d'action – et de l'action, tu en auras ! »

Pendant ce temps, j'avais écouté pensivement, en regardant le sol. Je répondis : « Oui, je comprends cela, Joy, c'est la raison pour laquelle je m'entraîne à la gym… » Je relevai la tête juste à temps pour voir sa charmante silhouette disparaître au loin.

J'étais totalement épuisé lorsque, en fin d'après-midi, je pénétrai dans le gymnase. Je m'étendis sur le tapis et m'étirai, m'étirai et m'étirai, jusqu'au moment où l'entraîneur vint et demanda : « Est-ce que tu vas t'étirer toute la journée ou accepterais-tu d'essayer l'une des autres activités agréables que nous te proposons – on les regroupe sous le nom d'exercices de gymnastique ? »

« C'est bon, Hal », dis-je en souriant. Pour la première fois, j'essayai quelques culbutes simples pour tester mes jambes. Courir était une chose, la culbute en était une autre. Certaines figures avancées pouvaient exercer sur les jambes retombant au sol une pression de huit cents kilos. Je testai aussi mes jambes au trampoline pour la première fois depuis un an. Rebondissant en rythme, j'exécutai sauts périlleux sur sauts périlleux. « Youpie, ya-hou ! »

Pat et Dennis, mes équipiers de trampoline, me crièrent : « Doucement, Millman ! Tu sais que ta jambe n'est pas encore guérie ! » Je me demandais ce qu'ils auraient dit en apprenant que je venais de courir des kilomètres dans les collines.

Marchant jusqu'à la station cette nuit-là, j'étais tellement fatigué que je pouvais à peine garder les yeux ouverts. Je quittai la fraîcheur d'octobre pour entrer dans le bureau, m'attendant à une bonne infusion et à une conversation paisible. J'aurais dû me méfier.

« Viens ici, face à moi. Tiens-toi de cette façon. » Socrate me montrait la position : genoux à moitié fléchis, hanches en avant, épaules en arrière. Puis il étendit les mains devant lui, comme s'il avait un ballon de plage invisible. « Reste ainsi sans bouger et respire lentement, pendant que je t'explique deux ou trois choses que tu dois savoir concernant un entraînement adéquat. »

Il s'assit derrière son bureau et m'observa. Immédiatement mes jambes commencèrent à me faire mal et à trembler « Combien de temps faut-il que je reste ainsi ? » protestai-je.

Ignorant ma question, il déclara : « Tu bouges bien, Dan, comparé à l'homme moyen, mais ton corps est néanmoins plein de nœuds. Tes muscles sont trop tendus et des muscles tendus requièrent plus d'énergie pour bouger. Donc en premier lieu, tu dois apprendre comment libérer les tensions accumulées. »

Mes jambes tremblaient de fatigue et de douleur. « Ça fait mal ! »

« Seulement parce que tes muscles sont durs comme le roc. »

« Bon, j'ai compris ! »

Socrate se contenta de sourire et quitta brusquement le bureau, me laissant debout, les genoux fléchis, tremblant et transpirant. Il revint avec un chat de gouttière gris qui avait visiblement pas mal roulé sa bosse.

« Il te faut développer des muscles comme ce chat, pour pouvoir te mouvoir comme nous », dit-il en caressant derrière les oreilles le félin qui ronronnait.

Mon front était trempé de sueur. La douleur dans mes épaules et dans mes jambes était intense. Finalement Socrate décréta : « Repos ». Je me redressai immédiatement, m'essuyai le front et m'étirai. « Viens ici et présente-toi à ce chat. » Il ronronnait toujours de plaisir sous les caresses de Socrate. « Nous allons tous deux être tes entraîneurs, n'est-ce pas, minou ? » Le chat miaula fort et je le cajolai. « Maintenant, serre les muscles de ses pattes, lentement, jusqu'à l'os. »

« Je risque de lui faire mal. »

« Serre ! » Je pressai le muscle du chat de plus en plus profondément jusqu'à sentir l'os. Le chat m'observait avec curiosité et continuait à ronronner.

« Maintenant serre le muscle de mon mollet », dit Socrate.

« Oh, je n'oserais pas, Soc ! Nous ne nous connaissons pas assez bien. » « Fais ce que je te dis, idiot ! » Je serrai et fus surpris de constater que ses muscles étaient comme ceux du chat, cédant comme de la gelée ferme.

« À ton tour », dit-il, en pressant le muscle de mon mollet.

« Aïe ! criai-je. J'ai toujours cru que des muscles durs étaient normaux », expliquai-je en me massant le mollet.

« Ils sont normaux, Dan, mais tu dois aller bien au-delà du normal, au-delà du commun, du raisonnable, pour entrer dans le royaume du guerrier. Tu as toujours essayé de devenir supérieur dans un royaume ordinaire. Maintenant, tu vas devenir ordinaire dans un royaume supérieur. »

Socrate caressa une dernière fois le chat, puis le laissa sortir. Il entama ensuite mon introduction aux éléments subtils de l'entraînement physique. « Tu te rends compte maintenant de la façon dont l'esprit impose des tensions au corps. Tu as accumulé des craintes, des soucis et autres débris mentaux pendant des années. L'heure est venue pour toi de te libérer de ces vieilles tensions emprisonnées dans tes muscles. »

Socrate me tendit un short et me dit de le mettre. Lorsque je revins, il était lui-même en caleçon et avait étendu un drap blanc sur le tapis. « Que feras-tu s'il arrive un client ? » Il me montra sa salopette suspendue près de la porte.

« Maintenant fais exactement comme moi. » Il se mit à frotter son pied gauche avec une huile au parfum agréable. J'imitai chacun de ses gestes, à mesure qu'il serrait, pressait et plongeait profondément dans le bas du pied, le haut, les bords, entre les orteils, étirant, appuyant, tirant. »

« Masse les os, pas seulement la chair et le muscle – *plus profond* », dit-il. Une demi-heure plus tard, nous avions terminé le pied gauche. Le même processus se répéta avec le pied droit. Il se poursuivit pendant des heures, s'adressant à chaque partie du corps. Je découvris à propos de mes muscles des choses que je n'avais jamais soupçonnées. Je sentais où ils étaient attachés ; je sentais la forme des os. Je m'étonnai que mon corps me fut si étranger, à moi, un athlète.

Socrate avait réenfilé prestement sa salopette une ou deux fois en entendant la sonnette, mais dans l'ensemble, on ne nous dérangea pas. En me rhabillant cinq heures plus tard, j'eus l'impression d'avoir aussi revêtu un nouveau corps. Revenant après avoir servi un client, Socrate me dit : « Tu as débarrassé ton corps de beaucoup de vieilles peurs. Trouve le temps de refaire tout le processus au moins une fois par semaine durant les six prochains mois. Fais attention à tes jambes ; travaille l'endroit de la fracture chaque jour pendant deux semaines. »

« Encore des devoirs », pensai-je. Le ciel commençait à s'éclairer. Je bâillai. Il était temps de rentrer. À l'instant où je passais la porte, Socrate me dit de me trouver au bas des sentiers dans l'après-midi, à 13 heures précises.

J'arrivai en avance. Je m'étirai et m'échauffai doucement ; suite au massage « osseux », mon corps était léger et détendu, mais je me sentais quand même fatigué à cause du peu de sommeil. Une petite pluie se mit à tomber ; en fin de compte, je n'éprouvais aucune envie de courir avec quiconque. J'entendis soudain un bruissement dans les buissons tout proches. Je m'immobilisai et observai, m'attendant à voir sortir une biche. Mais ce fut Joy qui émergea du feuillage, ressemblant à une princesse elfe, vêtue d'un short vert foncé et d'un T-shirt tilleul portant les mots : « Le bonheur est un réservoir plein. » Sans doute un cadeau de Socrate.

« Joy, avant de courir, asseyons-nous et parlons un peu ; j'ai tant de choses à te dire. » Elle sourit et démarra.

Tandis que je la poursuivais le long de la première courbe, manquant de glisser sur le sol humide, je sentis la faiblesse de mes jambes après l'entraînement de la veille. Je fus bien vite essoufflé et boitai de la jambe droite, mais je ne me plaignis pas. J'étais reconnaissant à Joy de courir plus lentement que le jour précédent. Nous avons atteint sans échanger une parole le bas des sentiers inférieurs. Je respirais difficilement et je n'avais plus d'énergie. J'allais rebrousser chemin lorsque Joy dit : « Toujours plus haut », et se lança dans le « raccord ». « Non ! » hurla mon intellect. « Hors de question », déclarèrent mes muscles épuisés. Puis je regardai Joy, grimpant légèrement la colline comme si elle était plate.

Je poussai un cri de rébellion et me lançai dans l'ascension. J'avais l'air d'un gorille ivre, voûté, soufflant, haletant, escaladant aveuglément, faisant un pas en arrière pour deux en avant.

Au sommet, le sol s'aplanissait. Joy se tenait là, debout, humant les aiguilles de pins humides, paraissant aussi calme et heureuse que Bambi. Mes poumons aspiraient à plus d'air. « J'ai une idée, haletai-je. Marchons… ou plutôt rampons le reste du parcours ; nous aurons ainsi plus de temps pour parler. Qu'en penses-tu, chouette, non ? »

« Allons-y », dit-elle joyeusement.

Ma tristesse vira à la colère. J'allais la faire courir jusqu'aux confins de la terre! Je marchai dans une flaque d'eau, glissai dans la boue et me cognai à une petite branche d'arbre, manquant de peu de dégringoler au bas de la colline. «Bordel de merde de nom d'un chien!» grommelai-je d'une voix rauque. Je n'avais même plus l'énergie de parler.

J'escaladai péniblement une petite butte qui me fit l'effet des montagnes Rocheuses et vis Joy accroupie, jouant avec des lapins sauvages qui traversaient le sentier en bondissant. Lorsque j'arrivai à elle, les lapins s'enfuirent dans les buissons. Joy me regarda, souriante, et dit: «Ah, tu es là!» Par un effort héroïque, je réussis à accélérer suffisamment pour la dépasser, mais elle reprit du poil de la bête et disparut à nouveau.

Nous nous étions élevés de trois cents mètres. Je surplombais maintenant la Baie et pouvais voir l'université en dessous de moi. Je n'étais toutefois ni en état ni d'humeur à apprécier le spectacle. Je me sentais au bord de l'évanouissement. J'eus une vision de moi-même, enterré sur la colline sous la terre humide, avec une épitaphe: «Ci-gît Dan. Brave type, courageux.»

La pluie tombait plus fort, mais je courais comme si j'étais en transe, penché en avant, traînant une jambe après l'autre. Mes souliers me semblaient des bottes d'acier. Puis à la sortie d'un virage, je vis une dernière colline qui paraissait presque verticale. À nouveau mon intellect se rebella; mon corps s'arrêta, mais là-haut, au sommet de la colline, se tenait Joy, les mains sur les hanches comme par défi. Je réussis, je ne sais comment, à remettre mes jambes en mouvement. Je grognai, soufflai, persévérant jusqu'aux derniers pas interminables qui me conduisirent à elle.

«Oh lala, rit-elle, tu es achevé, fini!» M'appuyant contre elle, je marmonnai en cherchant mon souffle: «Tu peux… le dire!»

Nous sommes redescendus en marchant, ce qui me donna amplement le temps de récupérer et de parler. «Joy, il me semble que de s'entraîner si fort et si vite n'est pas naturel. Je n'étais pas préparé correctement pour courir autant ; je ne crois pas que cela soit très bon pour le corps. »

« Tu as raison, dit-elle. Ce n'est pas un test pour ton corps, mais pour ton esprit – un test pour savoir si tu allais poursuivre – pas seulement la course, mais ton entraînement. Si tu t'étais arrêté, il se serait terminé là. Mais tu as réussi, Danny, tu as réussi haut la main. »

Le vent se mit à souffler et la pluie tombait toujours. Nous étions trempés. Puis Joy s'arrêta et prit ma tête entre ses mains. L'eau dégoulinait de nos cheveux mouillés sur nos joues. Je la saisis à la taille et subis l'attraction de ses yeux brillants. Nous nous sommes embrassés.

Une nouvelle énergie m'emplit. Notre allure me fit rire, nous ressemblions à deux éponges qui avaient besoin d'être essorées. « Le premier en bas ! » lançai-je en démarrant, prenant d'emblée une bonne avance. « Un jeu d'enfant, ces sentiers ! » me dis-je. Elle gagna, bien entendu.

Plus tard dans l'après-midi, sec et réchauffé, je m'étirai tranquillement dans la salle de gym avec Sid, Gary, Scott et Herb. La température dans le gymnase nous offrait un refuge agréable contre la pluie au-dehors. Malgré ma course éreintante, il me restait encore une réserve d'énergie.

Mais lorsque j'arrivai ce soir-là dans le bureau et enlevai mes chaussures, le réservoir s'était vidé. Je ne songeais qu'à allonger mon corps endolori sur le canapé et à dormir dix à douze heures. Résistant à ce besoin, je m'assis le plus élégamment possible en face de Socrate.

Je constatai avec amusement qu'il avait modifié le décor. Des photos de joueurs de golf, de tennis, de skieurs et de gymnastes ornaient les murs ; sur son bureau se trouvaient un gant de baseball et un ballon de foot. Tous semblaient indiquer que nous avions entamé la phase sportive de mon entraînement.

Pendant que Socrate nous préparait son thé spécial vitalisant qu'il nommait « Boisson du Tonnerre », je lui parlai de mes progrès en gymnastique. Il écouta, approuvant de la tête. Ce qu'il dit ensuite m'intrigua.

« Tu n'as pas encore compris tout ce que représente la gymnastique. Pour y arriver, il faut que tu découvres exactement pourquoi tu aimes cet art acrobatique. »

« Peux-tu t'expliquer ? »

Il plongea la main dans le tiroir de son bureau et en sortit trois poignards à l'aspect meurtrier « C'est égal, Soc, dis-je, inutile d'expliquer. »

« Lève-toi », m'ordonna-t-il. À peine étais-je debout qu'il lança l'un des couteaux d'un geste désinvolte en direction de ma poitrine. Je fis un bond de côté et m'affalai sur le canapé, tandis que le couteau tombait sans bruit sur le tapis. Je restai couché là, sous le choc, le cœur battant à tout rompre.

« Bien, dit-il. Ta réaction a été un peu trop forte, mais c'est bien. Maintenant relève-toi et attrape le suivant. »

Au même instant la bouilloire se mit à siffler ; une aubaine. « C'est l'heure du thé », dis-je en frottant mes paumes moites l'une contre l'autre.

« Il attendra, déclara-t-il. Observe-moi attentivement. » Soc jeta l'une des lames étincelantes en l'air. Je la regardai se retourner et retomber. Pendant sa chute, il ajusta la vitesse de sa main à celle de la lame et saisit la garde entre le pouce et les doigts, comme une pince, s'en emparant fermement.

« À toi d'essayer. Tu as vu que, de la façon dont j'ai attrapé ce poignard, même si je l'avais pris par la lame, elle ne m'aurait pas coupé. » Il me lança le troisième poignard. Plus détendu, je fis un pas de côté et esquissai une faible tentative pour l'attraper.

« Si tu laisses tomber le suivant, je vais les lancer moins gentiment », m'annonça-t-il.

Cette fois, je ne détachai pas les yeux de l'arme. Lorsqu'elle arriva sur moi, je tendis la main. « Hé, j'ai réussi ! »

« N'est-ce pas merveilleux, le sport ? » dit-il. Pendant quelques instants, nous n'avons plus cessé de lancer et d'attraper. Puis il s'arrêta.

« Je vais maintenant te parler du *satori*, un concept zen. Le *satori* est l'état de conscience du guerrier ; il se produit lorsque l'esprit est libre de toute pensée : conscience pure.

Le corps est actif, sensible, relaxé, et les émotions sont ouvertes et libres ; le *satori* est ce dont tu as fait l'expérience lorsque le couteau volait dans ta direction. »

« Tu sais, Soc, j'ai déjà connu ce sentiment souvent, surtout lors de compétitions. Souvent, je me concentre tellement que je n'entends même pas les applaudissements. »

« Oui, c'est bien l'expérience du satori. Et maintenant, si tu comprends ce que je vais dire, tu comprendras la vraie finalité des sports – ou de la peinture, ou de la musique – ou de tout autre accès actif ou créatif au satori. Tu t'imagines que tu aimes la gymnastique, mais elle n'est que l'emballage du cadeau qui est à l'intérieur : le satori. La pratique correcte de la gymnastique consiste à concentrer toute ton attention et tes sentiments sur tes actions ; et c'est ainsi que tu atteindras le satori. La gymnastique t'entraîne dans un instant de vérité, où ta vie est en jeu, comme un samouraï en duel. Elle requiert toute ton attention : le satori ou la mort ! »

« Comme au milieu d'un double saut périlleux. »

« Oui, c'est pourquoi la gymnastique est un art de guerrier, une façon d'entraîner l'esprit et les émotions autant que le corps ; une porte vers le satori. Le dernier pas, pour le guerrier, consiste à étendre cette clarté à toute sa vie. Alors le satori sera ta réalité, ta clarté pour la porte ; alors seulement, nous deviendrons égaux. »

Je soupirai. « Cette possibilité me semble tellement lointaine, Socrate. »

« Lorsque tu es monté en haut de la colline derrière Joy, dit-il en souriant, tu n'as pas regardé avec envie le sommet de la montagne, tu as regardé droit devant toi et fait un pas après l'autre. Cela fonctionne ainsi. »

« Ce sont les Règles Intérieures, n'est-ce pas ? » Il sourit en guise de réponse.

Je bâillai et m'étirai. « Tu ferais mieux de dormir un peu, me conseilla Socrate. Tu commences un entraînement spécial demain matin à sept heures au stade du lycée de Berkeley. »

Lorsque mon réveil sonna six heures et quart, je dus me tirer hors du lit, me mettre la tête sous l'eau froide, faire quelques respirations profondes devant la fenêtre ouverte, puis crier dans mon coussin pour me secouer. J'étais bien réveillé lorsque je sortis dans la rue. Je courus tranquillement, traversant Shattuck, puis coupant Allston Way, passant devant la poste et traversant Milvia pour arriver sur le terrain du lycée où Socrate m'attendait.

Je ne tardai pas à découvrir qu'il m'avait établi un programme. Il commençait par une demi-heure dans cette position fléchie impossible qu'il m'avait montrée à la station. Ensuite nous avons travaillé des principes de base des arts martiaux. « Les vrais arts martiaux enseignent l'harmonie, ou non-résistance – la manière dont les branches des arbres ploient sous le vent, par exemple. Cette attitude compte beaucoup plus que la technique physique. » En utilisant les principes de l'aïkido, Socrate réussissait à me faire tomber sans effort apparent, en dépit de mes tentatives pour le pousser, le frapper ou l'empoigner. « Ne lutte jamais contre qui ou quoi que ce soit. Lorsqu'on te pousse, tire! Lorsqu'on te tire, pousse! Trouve la voie naturelle et suis-la; ainsi, tu t'unis à la puissance de la nature. » Ses actes venaient à l'appui de ses paroles.

Ce fut bientôt l'heure de partir. « À demain, même heure, même endroit. Reste chez toi cette nuit et pratique tes exercices. Rappelle-toi, respirer si lentement qu'une plume placée devant ton nez ne bougerait pas. » Il s'en alla comme s'il avait des patins à roulettes et je rentrai au pas de course chez moi, tellement détendu qu'il me semblait être poussé par le vent.

Ce jour-là, en gymnastique, je tentai de mon mieux de mettre en pratique ce que j'avais appris. Je « laissais les mouvements se faire » au lieu d'essayer de les faire. Mes pirouettes autour de la barre fixe paraissaient s'effectuer toutes seules; je me balançai, je sautai, virevoltai et fis le poirier sur les barres parallèles. Sur le cheval d'arçons, j'étais sans poids, comme maintenu par des fils accrochés au plafond. Et mes deux jambes fonctionnaient à nouveau!

Nous nous sommes retrouvés, Soc et moi, chaque matin juste après le lever du soleil. Soc courait comme une gazelle et je le suivais tant bien que mal. Je devins plus détendu de jour en jour et j'acquis des réflexes rapides comme l'éclair. Un jour, au milieu de notre course d'échauffement, il s'arrêta brutalement; je ne l'avais jamais vu aussi pâle.

« Je ferais mieux de m'asseoir », dit-il.

« Socrate... puis-je t'aider ? »

« Oui. » Il avait de la peine à parler. « Continue à courir, Dan. Je vais rester tranquillement assis. » Je lui obéis, mais ne quittai pas des yeux sa silhouette immobile. Les paupières closes, il avait une allure fière et composée, mais paraissait soudain vieilli. Conformément à notre accord, je ne vins pas le voir le soir à la station, mais j'appelai pour prendre de ses nouvelles. Je fus soulagé de l'entendre.

« Comment ça va, Entraîneur ? » demandai-je.

« Très bien, dit-il mais j'ai engagé un assistant pour me remplacer pendant quelques semaines. »

« Bien. Prends soin de toi, Soc. »

Le lendemain, je vis arriver l'entraîneur remplaçant et bondis littéralement de joie en découvrant Joy. Je la serrai dans mes bras avec tendresse et elle me repoussa tout aussi doucement, si bien que je tombai à la renverse sur la pelouse ! Comme si cette humiliation ne suffisait pas, elle me battit à tous les jeux que nous avons entrepris. Ne commettant pas la moindre faute, elle me fit moi, le champion du monde, rougir de honte... et de colère.

Je doublai le nombre d'exercices que Socrate m'avait donnés. Je m'entraînai avec encore plus de concentration qu'avant. Chaque jour, je me réveillais à quatre heures du matin et faisais du tai-chi jusqu'à l'aube, puis j'allais courir dans les collines avant de retrouver Joy. Je ne lui parlai pas de cet entraînement supplémentaire.

J'emportai son image avec moi aux cours et à la gymnastique. Je souhaitais la voir, la serrer dans mes bras;

mais tout d'abord, il me fallait l'attraper. Pour commencer, je devais me contenter d'espérer la battre à ses propres jeux.

Quelques semaines plus tard, je courais, sautais et bondissais à nouveau sur la piste avec Socrate qui était de retour. Je sentais mes jambes pleines de puissance et de ressort.

« Socrate, dis-je, le dépassant, puis me laissant rattraper, jusqu'ici tu as été plutôt silencieux sur ta vie quotidienne. Je ne sais absolument pas qui tu es lorsque nous ne sommes pas ensemble. Alors ? »

Il me sourit, puis fit un bond en avant de plusieurs mètres et piqua un sprint. Je m'élançai à sa suite pour pouvoir à nouveau lui parler.

« Vas-tu me répondre ? »

« Non », dit-il. Le sujet était clos.

Une fois nos étirements et nos exercices de méditation terminés, Socrate vint vers moi, passa son bras autour de mes épaules et déclara : « Dan, tu as été un élève capable et plein de bonne volonté. Dorénavant, tu établiras toi-même ton programme. Fais les exercices selon tes besoins. Je vais te donner un petit extra, parce que tu l'as mérité. Je vais t'entraîner à la gymnastique. »

J'éclatai de rire. Je ne pus m'en empêcher. « Tu vas m'entraîner, *moi*... à la gymnastique ? Cette fois, je crois que tu te surestimes, Soc. » Je me précipitai sur la pelouse et entamai une démonstration avec saut en arrière avec réception sur les mains, puis saut périlleux en extension avec double vrille.

Socrate me rejoignit et admit : « Tu sais, je suis incapable d'en faire autant. »

« Ça y est ! criai-je. J'ai enfin trouvé quelque chose que je peux faire et toi pas. »

« Toutefois, ajouta-t-il, j'ai remarqué que tes bras devraient s'allonger plus lorsque tu te prépares pour la vrille... et ta tête est beaucoup trop en arrière au départ. »

« Soc, vieux bluffeur... tu as raison », dis-je, prenant en effet conscience de tenir la tête trop en arrière et de ne pas assez allonger les bras.

« Quand nous aurons un peu amélioré ta technique, nous pourrons nous occuper de tes positions, conclut-il avec une vrille à sa façon. Je te reverrai au gymnase. »

« Mais enfin, Soc, j'ai déjà un entraîneur et je ne sais pas si Hal ou les autres gymnastes apprécieront que tu te promènes dans la salle. »

« Oh, je suis sûr que tu trouveras les mots pour leur parler. » Je n'allais pas y manquer.

Cet après-midi-là, au cours de la réunion qui précédait la séance, j'expliquai à l'entraîneur et à l'équipe que mon grand-père excentrique de Chicago, ex-membre du Turners Gymnastics Club, me rendait visite pour quelques semaines et souhaitait venir me regarder travailler. « C'est un brave vieux, encore très vif. Il se prend pour un entraîneur. Si aucun d'entre vous n'y voit d'inconvénient et si vous voulez bien lui témoigner un peu d'indulgence – il a une case de vide, vous me suivez – je suis sûr qu'il ne troublera pas trop l'entraînement. »

J'obtins leur accord unanime. « Oh, pendant que j'y pense, ajoutai-je, il aime se faire appeler Marylin. » J'eus du mal à garder mon sérieux.

« Marylin ? » s'écrièrent-ils tous en écho.

« Ouais. Je sais, c'est un peu bizarre, mais vous comprendrez quand vous le rencontrerez. »

« Peut-être qu'en voyant « Marylin », nous te comprendrons mieux *toi*, Millman. Il paraît que c'est héréditaire ! » Cette fois Socrate entrait dans mon domaine et j'allais lui en montrer. Je me demandais s'il apprécierait son nouveau surnom.

J'avais une petite surprise pour toute l'équipe. Jusque là, je n'avais pas trop forcé à la gym et ils n'avaient pas idée à quel point j'avais récupéré. Un jour, j'arrivai en avance et entrai dans le bureau de l'entraîneur. Il était en train de trier des papiers lorsque je m'adressai à lui.

« Hal. » Je l'obligeai à se détourner de son bureau et lui chuchotai : « Je suis prêt aujourd'hui, maintenant ! J'ai travaillé en dehors du gymnase. Donne-moi une chance ! »

Il hésita. « Bon, d'accord. Une chose après l'autre et on verra. »

Nous nous sommes échauffés tous ensemble, en faisant le tour de la petite salle de gymnastique en nous balançant, en sautant, en exécutant des roulades, en nous tenant sur les mains. Je commençai par accomplir certaines figures dont je m'étais abstenu depuis plus d'un an. Je gardais les vraies surprises pour plus tard.

Puis vint la première épreuve – l'exercice au sol. Tout le monde attendait, les yeux fixés sur moi qui étais prêt à entamer mon entraînement, se demandant si ma jambe allait tenir le coup.

Tout se passa parfaitement; le double saut arrière, l'arrivée en douceur sur les mains, le maintien d'un rythme léger pour les éléments de danse que j'avais inventés, une autre culbute audacieuse, puis pour finir, une séquence acrobatique. J'atterris avec une élégance et une maîtrise totale et pris conscience des applaudissements et des sifflements. Sid et Josh se regardaient avec étonnement. « D'où vient ce nouveau ? » « Hé, faudrait que nous l'engagions dans l'équipe ! »

Pour l'épreuve suivante, Josh fut le premier aux anneaux, Sid lui succéda, puis Chuck, puis Gary. Finalement vint mon tour. J'ajustai mes protège-mains, vérifiai que la bande tenait bien sur mes poignets, puis sautai aux anneaux. Josh stoppa mon balancement et recula. Mes muscles me démangeaient d'impatience. Je pris une inspiration profonde et commençai. Bientôt, des exclamations étouffées accompagnèrent mes évolutions. « Que je sois damné ! » marmonna Hal qui surveillait d'ordinaire son langage. Après un double saut périlleux, j'atterris avec un tout petit pas. Ce n'était pas si mal !

Et la suite fut du même ordre. Après avoir terminé mon dernier enchaînement, à nouveau salué par des cris et des applaudissements, je remarquai Socrate, assis tranquillement dans un coin, souriant. Il avait sans doute tout vu. Je lui fis signe d'approcher.

« Les gars, je voudrais vous présenter mon grand-père, dis-je. Voici Sid, Tom, Herb, Gary, Joel, Josh. Les gars, je vous présente... »

« Heureux de vous connaître, Marylin », déclarèrent-ils en chœur. L'espace d'une seconde, Soc parut surpris, puis il dit : « Bonjour, je suis heureux de vous connaître moi aussi. J'avais envie de voir l'entourage de Dan. » Ils sourirent, le jugeant probablement sympathique.

« J'espère que vous ne trouvez pas trop bizarre que je m'appelle Marylin, ajouta-t-il sur un ton dégagé. Mon vrai nom est Merrill, mais le surnom m'est resté. Dan vous a-t-il raconté comment on l'appelait à la maison ? » gloussa-t-il.

« Non, répondirent-ils, curieux. Comment ? »

« Je préfère me taire. Je ne veux pas l'embarrasser. Il peut toujours vous le dire s'il le souhaite. » Socrate, le rusé renard, me regarda et déclara solennellement : « Il n'y a pas de quoi avoir honte, Dan. »

En partant, les copains me lancèrent des « Au revoir, Suzette », « Au revoir, Joséphine », « À bientôt, Géraldine. »

« Ah, c'est malin, regarde ce que tu as déclenché, Marylin ! » m'écriai-je avant de gagner les douches.

Durant le reste de la semaine, Socrate ne me quitta pas des yeux. Occasionnellement, il se tournait vers un autre gymnaste et lui offrait un conseil qui tombait toujours à propos. Son savoir m'étonnait. Alors qu'il se montrait d'une patience inlassable avec les autres, il m'en témoignait beaucoup moins. Une fois, après avoir terminé la meilleure série d'exercices que j'eus jamais exécutée au cheval d'arçons, je me dirigeai vers lui, tout content, en enlevant les bandes de mes poignets.

Soc me dit : « Les exercices étaient bons, mais la manière dont tu viens d'enlever tes bandes est lamentable. Souviens-toi, satori à *chaque instant*. »

Après la barre fixe, il déclara : « Dan, il te reste à apprendre à méditer tes actions. »

« Qu'entends-tu par là ? »

« Méditer ou faire une action sont deux choses différentes. Pour faire, il faut quelqu'un qui fasse, une personne consciente d'elle-même qui agisse. Mais lorsque tu médites une action, tu t'es déjà débarrassé de toutes pensées, même de la pensée « je ». Il n'y a plus de « toi » pour la faire. En t'oubliant, tu deviens ce que tu fais et ton action est libre, spontanée, dénuée d'ambition, d'inhibition ou de peur. »

Et ainsi de suite. Il regardait chaque expression de mon visage, écoutait chacun de mes commentaires. Il me répétait sans cesse de faire plus attention à ma forme mentale et émotionnelle.

Plusieurs personnes eurent vent de mon rétablissement. Susie vint me voir et amena deux nouvelles amies, Linda et Michelle. Linda me plut immédiatement. Elle était rousse, mince, avec un joli visage derrière ses lunettes à monture d'écaille. Elle portait une robe simple qui laissait deviner des formes agréables. J'espérais la revoir.

Le jour suivant, après un entraînement décevant, durant lequel tout alla de travers, Socrate me fit asseoir auprès de lui sur un tapis. « Dan, dit-il, tu as atteint un haut niveau. Tu es maintenant un gymnaste expert. »

« Oh, merci, Soc. »

« Il ne s'agit absolument pas d'un grand compliment. » Il se tourna pour me faire face. « Un expert entraîne son corps dans le but de gagner des compétitions. Un jour, tu deviendras peut-être un maître gymnaste. Le maître dédie son entraînement à la vie ; en conséquence, il met constamment l'emphase sur l'esprit et les émotions. »

« Je comprends, Soc. Tu m'as déjà dit… »

« Je sais que tu comprends. Mais si je te le dis, c'est que tu ne l'as pas encore réalisé ; tu ne le vis pas encore. Tu persistes à jubiler de tes nouvelles capacité physiques, puis tu déprimes le jour où l'entraînement physique n'est pas réussi. Mais lorsque tu prendras comme but la forme mentale et émotionnelle – la pratique du guerrier – les hauts et bas physiques n'auront plus d'importance. Tiens, que se passe-t-il si un jour tu as mal à une cheville ? »

« Je travaille avec une autre partie du corps. »

« Il en va de même avec tes trois centres. Si tu as des problèmes avec l'un, il te reste la possibilité de travailler les autres. Tes jours les plus faibles sur le plan physique sont l'occasion d'en apprendre le plus au sujet de ton esprit. » Il ajouta : « Je ne reviendrai plus au gymnase. Je t'en ai assez dit. Je veux que tu me sentes en toi, t'observant et corrigeant chacune de tes erreurs, même la plus insignifiante. »

Les semaines suivantes furent intenses. Je me levais à six heures, m'étirais, puis méditais avant les cours. Je n'en manquais presque aucun et m'acquittais rapidement et facilement de mes devoirs. Puis je m'asseyais et ne faisais rien pendant une demi-heure avant l'entraînement. Durant cette période, je me mis à voir Linda, l'amie de Susie. Elle m'attirait beaucoup, mais je n'avais ni le temps ni l'énergie pour autre chose que parler avec elle pendant quelques minutes avant et après l'entraînement. Mais déjà à cette époque, je pensais beaucoup à elle, à Joy, et de nouveau à elle.

Avec chaque nouvelle victoire, la confiance de l'équipe en mes capacités croissait. J'étais plus que rétabli, plus personne n'en doutait. N'étant plus au centre de ma vie, la gymnastique n'en constituait pas moins encore une part importante, aussi donnai-je le meilleur de moi-même.

Je sortis plusieurs fois avec Linda et nous nous entendions très bien. Un soir, elle vint me parler d'un problème personnel et elle finit par passer la nuit chez moi, une nuit d'intimité, mais dans les limites imposées par mon entraînement. Nos liens qui se développaient si vite m'effrayaient. Elle ne faisait pas partie de mes plans. Pourtant mon attirance pour elle continua à augmenter.

Je me sentais « infidèle » envers Joy, mais je ne savais jamais à quel moment cette jeune femme énigmatique allait réapparaître. Joy était l'idéal qui entrait et sortait de ma vie. Linda était réelle, chaleureuse, aimante – et elle était là.

L'entraîneur devenait de plus en plus enthousiaste, plus soucieux et plus nerveux à mesure que les semaines passaient, nous rapprochant du Championnat Universitaire National de 1968 à Tucson, Arizona. Gagner cette année-là signifiait une première pour l'université et la réalisation d'un rêve vieux de vingt ans pour Hal.

Et bien vite, nous nous sommes retrouvés avec le Southern Illinois University pour une rencontre de trois jours. Au soir du dernier jour du championnat d'équipes, la lutte était serrée. Les deux universités s'affrontaient avec un acharnement jamais vu dans l'histoire de la gymnastique. Il ne restait que trois épreuves et Southern menait par trois points.

C'était un moment critique. Nous en étions conscients et nous pouvions nous résigner à une deuxième place respectable, ou alors nous devions tenter l'impossible.

Pour ma part, je choisis l'impossible; j'avais le moral au plus haut. Je me tournai vers Hal et l'équipe: « Mes amis, nous allons gagner, je ne vous dis que ça. Cette fois rien ne nous arrêtera. Allons-y! »

Mes paroles n'avaient rien d'exceptionnel, mais ce que je ressentais, cette électricité – appelez-la détermination absolue – réveilla une puissance chez tous les membres de l'équipe.

Comme un raz-de-marée, nous nous sommes mis à accélérer le mouvement. Les spectateurs, presque léthargiques jusque-là, commencèrent à se manifester. Excités, ils se penchaient en avant sur leurs sièges. Quelque chose était en train de se produire; chacun le sentait. Apparemment, les concurrents de Southern perçurent aussi notre puissance et perdirent de l'assurance. Mais quand arriva la dernière épreuve, ils conservaient encore un bon point d'avance et ils excellaient à la barre fixe.

Finalement, il ne resta plus que deux gymnastes californiens – Sid et moi-même. Le silence s'installa dans la foule. Sid se dirigea vers la barre, s'élança et accomplit un enchaînement qui nous coupa le souffle. Il termina avec un double de sortie comme personne n'en avait jamais vu. La foule était en plein délire. J'étais le dernier de l'équipe à passer – j'avais le rôle capital et décisif.

Le dernier gymnaste de Southern fit une belle presta-
tion. Ils étaient presque hors d'atteinte ; mais ce « presque »
me suffisait. Il me fallait obtenir une note de 9.8 pour mon
enchaînement, rien que pour égaliser, et je n'avais jamais
eu un score aussi haut.

Il était là mon test ultime. Mon esprit débordait de souvenirs : cette nuit de douleur où l'os de ma cuisse s'était
brisé, mon serment de guérir, le docteur me conseillant
de renoncer à la gymnastique, Socrate et mon entraînement sans relâche, ma course interminable dans les collines, sous la pluie… Je sentis en moi une puissance qui
grandissait, une vague de rage à l'encontre de tous ceux
qui disaient que je ne pourrais plus jamais travailler. Ma
passion se transforma en un calme de glace. Là, en cet
instant, mon destin et mon futur semblaient coïncider.
Mon intellect se clarifia. Mes émotions vinrent en force.
Réussis ou meurs.

Avec le courage et la détermination que j'avais appris
durant les mois précédents dans une petite station-service, je m'approchai de la barre fixe. Il n'y avait pas un
bruit dans le gymnase. C'était le moment de silence,
l'instant de vérité.

Je me frottai lentement les mains avec la craie, ajustai
mes protège-mains, vérifiai mes bandes aux poignets. Je
m'avançai et saluai les juges. Alors que j'étais face au juge
principal, un seul et unique message brillait dans mes
yeux : « Préparez-vous à voir le meilleur foutu enchaînement de votre vie ! »

Je m'élançai à la barre et relevai les jambes. Une fois
en position d'appui, je me mis à pivoter. Le seul bruit
audible dans la salle était celui de mes mains qui tour-
naient autour de la barre au rythme de ma voltige.

C'était du mouvement à l'état pur. Plus rien d'autre
n'existait, ni océans, ni univers, ni étoiles. Il ne restait
qu'une barre fixe et un gymnaste à l'esprit vide – et
bien vite, eux-mêmes se fondirent dans l'unité de l'action.

Je rajoutai une figure que je n'avais encore jamais exécutée en compétition et je continuai, au-delà de mes

limites. Je tournais et tournais, de plus en plus vite, préparant une sortie spectaculaire.

J'allais lâcher la barre et m'envoler dans l'espace, flottant et tournoyant entre les mains du destin que je m'étais choisi. L'instant de vérité était arrivé.

J'exécutai un atterrissage parfait dont le bruit résonna dans la salle. Silence – puis les applaudissements se déchaînèrent. Un 9.85, nous étions les champions !

Semblant surgir de nulle part, mon entraîneur se saisit de ma main qu'il serra frénétiquement. Il était si heureux qu'il ne me lâchait plus. Mes coéquipiers, qui sautaient et criaient, vinrent m'entourer et me serrer dans leurs bras ; certains avaient les larmes aux yeux. Les applaudissements s'intensifiaient, se répandant dans l'espace comme des roulements de tonnerre. Notre joie débordait durant la remise des prix. Nous avons fêté notre victoire toute la nuit, parlant, sans nous en lasser, du championnat.

Puis l'événement fut classé. Un but de longue haleine avait été atteint. Je m'aperçus seulement alors que les applaudissements, les notes et les victoires n'étaient plus les mêmes pour moi. J'avais tant changé. Ma quête de succès se terminait enfin.

Nous étions au début du printemps 1968. Mes études universitaires s'achevaient. Je n'avais aucune idée de ce qui allait suivre.

Je me sentais comme engourdi lorsque je pris congé de mon équipe en Arizona et montai à bord d'un jet à destination de Berkeley, pour revenir vers Socrate… et Linda. Je regardais sans pensée particulière les nuages au-dessous de moi, j'étais vidé de toute ambition. Pendant des années, j'avais vécu pour une illusion – le bonheur par la victoire – et maintenant cette illusion était réduite en cendres. Malgré tous mes succès, je n'étais pas plus heureux ni plus comblé.

Finalement, je vis au travers des nuages. Je vis que je n'avais jamais appris à jouir de la vie. Je ne savais qu'accomplir. Durant toute mon existence, je m'étais appliqué à rechercher le bonheur, mais sans jamais le trouver.

Alors que le jet amorçait sa descente, je laissai aller ma tête en arrière contre le dossier. Des larmes brouillaient mon regard. J'étais arrivé à une impasse ; je ne savais pas où aller.

6

UN PLAISIR AU-DELÀ DU MENTAL

Ma valise à la main, je me rendis directement à l'appartement de Linda. Entre deux baisers, je lui parlai du championnat, mais ne lui dis rien de mes pensées déprimantes.

Linda m'informa ensuite d'une décision personnelle qu'elle avait prise, me tirant ainsi, pour un instant, de mes propres soucis. « Danny, j'arrête les études. J'ai bien réfléchi, naturellement. Je trouverai du travail, mais je ne veux pas retourner vivre chez mes parents. Aurais-tu une idée pour moi ? » Je pensai immédiatement aux amis chez qui j'avais séjourné après l'accident de moto. « Linda, je pourrais appeler Charlotte et Lou à Santa Monica. Ce sont des gens merveilleux – rappelle-toi, je t'ai parlé d'eux – et ils seraient ravis de t'accueillir, j'en suis sûr. »

« Oh, ce serait formidable ! Je pourrais les aider dans la maison et trouver un travail pour participer aux frais. » Après une conversation téléphonique de cinq minutes, Linda avait un futur. Les choses n'étaient, hélas, pas aussi simples pour moi.

Songeant à Socrate, j'annonçai brusquement à une Linda tout étonnée que je devais sortir.

« Après minuit ? »

« Oui. J'ai… des amis assez particuliers qui veillent la plus grande partie de la nuit. Il faut vraiment que j'y aille. » Je l'embrassai encore une fois et partis.

Ma valise toujours à la main, j'entrai dans le bureau.

« Tu emménages ? » plaisanta Socrate.

« Je ne sais pas ce que je fais, Socrate. »

« En tout cas, tu le savais apparemment au championnat. J'ai lu un article. Félicitations. Tu dois être très heureux. »

« Tu sais très bien ce que je ressens, Soc. »

« Je le sais, en effet, dit-il en se dirigeant vers le garage pour aller y ressusciter une vieille VW. Tu fais des progrès… tu respectes l'horaire. »

« Enchanté de l'entendre, répondis-je sans enthousiasme. Mais l'horaire pour quoi ? »

« Pour la porte ! Pour le vrai plaisir, la liberté, la joie, le bonheur au-delà de la raison ! Tu te diriges vers le seul et unique but que tu aies jamais eu. Et pour commencer, il est temps d'éveiller à nouveau tes sens. »

Je marquai une pause pour digérer ce qu'il avait dit. « À nouveau », demandai-je.

« Oui, oui. Tu as déjà baigné dans la lumière et pris plaisir aux choses les plus simples. »

« Pas récemment, je suppose. »

« Non, pas récemment », répliqua-t-il et, prenant ma tête entre ses mains, il me renvoya dans mon enfance.

Les yeux grands ouverts, je regarde intensément les formes et les couleurs sous mes mains tout en avançant à plat ventre sur le carrelage. Je touche un tapis et il me touche en retour. Tout est lumineux et vivant.

Je saisis une petite cuillère dans ma main et la frappe contre une tasse. Le tintement ravit mes oreilles. Je crie à pleins poumons ! Puis je lève les yeux et vois une jupe onduler au-dessus de moi. On me soulève et je roucoule. Baignant dans l'odeur de ma mère, mon corps se relaxe et se fond au sien, c'est la béatitude.

Un peu plus tard, de l'air frais me caresse le visage tandis que je rampe dans le jardin. Des fleurs aux couleurs variées se dressent autour de moi et je suis entouré de nouveaux parfums. J'en arrache une et la mords ; ma bouche s'emplit d'un message amer. Je la recrache.

Ma mère vient. Je tends la main pour lui montrer une chose noire qui remue et me chatouille la main. Elle se penche et la chasse. « Sale araignée ! » dit-elle. Puis elle me met quelque chose de doux sous le nez ; la chose parle à mon nez. « Rose », dit ma mère. Puis elle refait le même bruit : « rose ». Je la regarde, puis autour de moi, et replonge dans le monde de couleurs parfumées.

Je regarde le vieux bureau de Soc, et le tapis jaune. Je secoue la tête. Tout cela me semble brumeux ; je n'y trouve aucun éclat. « Socrate, je me sens à moitié endormi, comme si je devais m'asperger d'eau froide et me réveiller. Es-tu sûr que ce dernier voyage ne m'a pas fait de mal ? »

« Non, Dan, le mal a été fait au fil des années. Tu découvriras bientôt comment. »

« Cet endroit… c'était le jardin de mon grand-père, je crois. Je me souviens : c'était comme le jardin d'Eden. »

« C'est tout à fait exact, Dan. C'*était* le jardin d'Eden. Chaque enfant vit dans un jardin lumineux où tout est perçu directement, sans l'interférence de la pensée. »

« La 'chute de l'état de grâce' nous arrive à tous lorsque nous commençons à penser, lorsque nous nous mettons à nommer les choses et à savoir. Il ne s'agit pas seulement d'Adam et Eve, vois-tu, mais de chacun d'entre nous. La naissance de l'intellect est la mort des sens – la question n'est pas de manger une pomme et de devenir un peu sexy ! »

« Si seulement je pouvais retrouver cet état ! soupirai-je. C'était tellement lumineux, clair, agréable. »

« Revenir à ce dont tu jouissais enfant est possible. Jésus de Nazareth, l'un des Grands Guerriers, a dit qu'il nous faut être semblable à de petits enfants pour entrer dans le Royaume des Cieux. Tu comprends maintenant. »

« Avant de partir, Dan, voudrais-tu un peu de thé ? » me demanda-t-il en remplissant sa tasse au robinet.

« Non, merci, Soc. Mon réservoir est plein pour la nuit. »

« Bien. Alors, je te retrouverai demain à huit heures au Jardin Botanique. Il est temps de faire un petit tour dans la nature. »

Je m'en allai ravi à cette perspective. Je me réveillai après quelques heures de sommeil, frais et impatient. Ce jour-là peut-être, ou peut-être le lendemain, j'allais découvrir le secret du bonheur.

Je courus jusqu'à Strawberry Canyon et attendis Socrate à l'entrée du Jardin. Il est arrivé et nous avons arpenté des hectares de verdure recelant toutes les sortes d'arbres, de plantes, de buissons et de fleurs imaginables.

Nous avons pénétré dans une serre géante. L'air était chaud et humide, contrastant avec le froid du matin au dehors. Soc me montra le feuillage tropical qui se dressait au-dessus de nous. « Enfant, tout cela serait apparu à tes yeux, tes oreilles et ton toucher comme si c'était la première fois. Mais maintenant, tu as appris les noms et les catégories de chaque chose. Ceci est bien, cela est mal, c'est une table, c'est une chaise, c'est un chat, une voiture, une maison, un chien, une poule, un homme, une femme, un océan, un coucher de soleil, une étoile. Les choses t'ennuient parce qu'elles n'existent plus que par leurs noms pour toi. Les concepts desséchés de l'intellect obscurcissent ta vision. »

Socrate décrivit de son bras un large cercle englobant les palmes si hautes au-dessus de nos têtes qu'elles touchaient presque le toit en plexiglas. « Maintenant, tu vois chaque chose à travers un voile d'associations *au sujet* des choses, que tu projettes sur ta perception simple, directe. Tu as *déjà tout vu* ; c'est comme si tu revoyais un film pour la vingtième fois. Tu ne vois que les souvenirs des choses, aussi t'ennuies-tu. L'ennui, vois-tu, est fondamentalement une incapacité de percevoir la vie ; l'ennui, c'est la perception prisonnière de l'intellect. Il te faudra perdre ton mental avant de retrouver tes sens. »

La nuit suivante, Socrate était déjà en train de mettre la bouilloire sur le feu lorsque j'entrai dans le bureau, enlevai mes chaussures avec précaution et les glissai sous le bord du canapé. Me tournant toujours le dos, il dit : « Que penserais-tu d'un petit concours ? Tu fais une acrobatie, ensuite c'est mon tour, puis nous verrons qui a gagné. »

« Bon d'accord, si tu y tiens. » Ne voulant pas l'embarrasser, je me contentai de rester quelques secondes sur un bras sur le bureau, puis je me mis debout dessus et en descendis avec un saut périlleux arrière, atterrissant légèrement sur le tapis.

Socrate secoua la tête avec toute l'apparence du découragement. « Je croyais à une compétition serrée, mais ce ne sera pas le cas, je vois. »

« Je regrette, Soc. mais après tout, tu ne rajeunis pas et ceci est ma spécialité. »

« Ce que je voulais dire, il sourit, c'est que tu n'as aucune chance. »

« Quoi ? »

« Regarde », lança-t-il. Je l'observai tandis qu'il pivotait lentement sur lui-même et allait d'un pas déterminé dans la salle de bain. Je me plaçai près de la porte d'entrée au cas où il ressortirait à nouveau avec un sabre. Mais il réapparut seulement avec sa tasse. Il la remplit d'eau, me sourit, la leva comme pour un toast et but en prenant son temps.

« Alors ? » dis-je.

« C'est tout. »

« Quoi ? Tu n'as rien fait, rien de rien ! »

« Ah, mais si. Tu n'as simplement pas les yeux pour apprécier ma prouesse. Je sentais une légère toxicité dans mes reins ; dans quelques jours, elle aurait commencé à avoir des conséquences sur tout mon corps. Aussi, avant que se manifeste le moindre symptôme, j'ai localisé le problème et j'ai nettoyé mes reins. »

Il me fallut rire. « Soc, tu es le plus grand escroc, et le plus éloquent, que j'aie jamais rencontré. Reconnais que tu as perdu – et que tu bluffes. »

« Je suis absolument sérieux. Ce que je viens de te décrire s'est réellement produit. Il est nécessaire d'être réceptif aux énergies intérieures et d'avoir le contrôle volontaire de certains mécanismes subtils. »

« Toi, en revanche, dit-il, retournant le couteau dans la plaie, tu n'es que vaguement conscient de ce qui se passe dans ce sac de peau. Comme un jeune équilibriste qui vient d'apprendre à se tenir sur une corde, tu n'es pas encore assez sensible pour remarquer quand tu es en déséquilibre, et tu peux encore 'tomber' malade. »

« En fait, Soc, j'ai développé un sens très aigu de l'équilibre en gymnastique. Pour faire certaines figures avancées, vois-tu, il faut… »

« Ridicule. Tu n'as développé qu'une conscience grossière, suffisante pour accomplir quelques mouvements élémentaires, mais pas de quoi faire un roman. »

« Tu n'as pas ton pareil pour banaliser un triple saut périlleux, Soc. »

« C'est banal. Il s'agit d'une acrobatie n'exigeant que des qualités ordinaires. Lorsque tu sentiras le flot des énergies dans ton corps et feras de petits ajustements – alors seulement, tu auras quelque chose de pas banal. Continue donc à t'entraîner, Dan. Affine tes sens un peu plus chaque jour ; étire-les, comme si tu étais à la gym. Finalement, ta conscience plongera profondément dans ton corps et dans le monde. Alors tu penseras moins à la vie et tu la sentiras plus – tu ne dépendras plus d'accomplissements ou d'amusements coûteux. La prochaine fois – il rit – nous aurons peut-être une vraie compétition. »

Je remis l'eau à chauffer. Nous sommes restés assis en silence quelques instants, puis sommes allés au garage où j'aidai Soc à sortir le moteur d'une VW et à démonter une transmission défectueuse.

À notre retour dans le bureau, je demandai à Soc si, selon lui, les gens riches étaient plus heureux que de « pauvres bougres » comme nous.

Comme d'habitude, sa réponse me surprit. « Je ne suis pas pauvre, Dan, je suis extrêmement riche. Et d'ailleurs, il faut que tu deviennes riche pour être heureux. » Il sourit de mon expression ébahie, puis prit un stylo sur son bureau et écrivit sur une feuille blanche :

$$\text{Bonheur} = \frac{\text{Satisfaction}}{\text{Désirs}}$$

« Si tu as assez d'argent pour satisfaire tes désirs, Dan, tu es riche. Mais il y a deux manières d'être riche : tu peux gagner, hériter, emprunter, mendier ou voler assez d'argent pour assouvir des désirs coûteux, ou bien tu peux vivre une vie simple avec peu de désirs. De cette manière, tu as toujours plus d'argent qu'il ne t'en faut.

« Seul le guerrier a la sagesse et la discipline pour employer la seconde manière. Donner toute mon attention à chaque instant est mon désir et mon plaisir. L'attention ne coûte rien : le seul investissement est l'entraînement. Voilà un autre avantage de la vie de guerrier, Dan... elle est meilleur marché ! Le secret du bonheur, vois-tu, ne consiste pas à rechercher toujours plus, mais à développer la capacité d'apprécier avec moins. »

Je me sentais bien en l'écoutant, j'étais sous l'effet d'une sorte de charme. Il n'y avait pas de complications, pas de quêtes pressantes, pas d'entreprises désespérées à accomplir. Socrate me montrait la richesse du trésor qui se trouve dans le corps.

Il remarqua sans doute que je rêvassais, parce qu'il me saisit soudain sous les bras, me souleva et me propulsa en l'air, si haut que ma tête faillit toucher le plafond ! Il freina ma descente ensuite et m'aida à me mettre sur mes pieds.

« Je voulais juste être sûr que tu seras attentif à ce qui va suivre. Quelle heure est-il ? »

Encore sous le coup de mon petit envol, je répondis : « Hmm, c'est marqué sur l'horloge du garage... Deux heures trente-cinq. »

« Faux : il était, il est et il sera toujours *maintenant ! Il est l'heure de maintenant*, il est toujours *maintenant*. Est-ce clair ? »

« Euh, oui, c'est clair. »

« Où sommes-nous ? »

« Nous sommes dans le bureau de la station-service... dis donc, n'avons-nous pas déjà joué à ce jeu il y a longtemps ? »

« Exact, et tu as appris que la seule chose dont tu sois absolument sûr, c'est que tu es ici, où qu'ici puisse être.

Dorénavant, dès que ton attention commence à partir vers d'autres temps et d'autres lieux, je veux que tu la ramènes ici. Rappelle-toi, il est maintenant, et ici. »

Au même instant, un étudiant de l'université entra en trombe dans le bureau, traînant un ami avec lui. « Je ne pouvais pas le croire ! dit-il à son ami en montrant Socrate du doigt, puis en lui adressant la parole. Je marchais le long de l'avenue et, en jetant un coup d'œil de votre côté, je vous ai vu envoyer ce type au plafond. Mais *qui* donc êtes-vous ? »

Je me demandais si Socrate n'allait pas être coincé. Il fixa l'étudiant, puis éclata de rire. « Oh, elle est bien bonne ! » Il rit à nouveau. « Non, nous nous entraînons pour passer le temps. Dan, que voici, est gymnaste… n'est-ce pas Dan ? » J'approuvai d'un signe de tête. L'ami de l'étudiant déclara qu'il se souvenait de moi : il m'avait vu lors de rencontres de gymnastique. L'histoire de Soc devenait crédible.

« Nous avons un petit trampoline ici derrière le bureau. » Socrate passa derrière le bureau et fit, à ma totale stupéfaction, une « démonstration » si convaincante du mini-trampoline inexistant que je commençai à croire qu'il y en avait réellement un. Sautant de plus en plus haut jusqu'à presque toucher le plafond, Soc « rebondit » ensuite de moins en moins, avant de s'arrêter finalement, en faisant une petite courbette. J'applaudis.

Confus, mais satisfaits, les deux étudiants s'en allèrent. Je courus de l'autre côté du bureau. Il n'y avait, bien entendu, pas de trampoline. Je fus pris d'un rire hystérique. « Socrate, tu es incroyable ! »

« Ouais », dit-il, peu enclin à la fausse modestie.

Les premières lueurs de l'aurore commençaient à éclaircir le ciel tandis que nous nous apprêtions, Socrate et moi, à partir. En refermant mon blouson, j'eus le sentiment qu'il s'agissait pour moi d'une aube symbolique.

Sur le chemin du retour, je pensai aux changements qui s'annonçaient, pas tant à l'extérieur qu'à l'intérieur. Je perçus avec plus de clarté où se trouvait ma voie et quelles étaient mes priorités. Comme Soc me l'avait demandé longtemps auparavant, je m'étais finalement libéré de l'attente que le monde puisse me satisfaire. En conséquence, mes déceptions avaient aussi disparu. J'allais continuer à faire ce qui était nécessaire pour vivre dans le monde de tous les jours, bien sûr, mais à mes propres conditions. Je commençais à me sentir libre.

Ma relation avec Socrate avait changé, elle aussi. D'une part, j'avais de moins en moins d'illusions à défendre. S'il me traitait d'idiot, je ne pouvais que rire, parce que je savais que, selon ses critères du moins, il avait raison. Et il cherchait de moins en moins souvent à m'effrayer.

Alors que je passais devant Herrick Hospital pour rentrer chez moi, une main agrippa mon épaule et je glissai instinctivement en dessous, comme un chat refusant une caresse. En me retournant, je vis Socrate qui souriait.

« Ah, mais tu n'es plus une boule de nerfs ! »

« Que fais-tu là, Soc ? »

« Une petite ballade. »

« Eh bien, je suis content de te retrouver. »

Après cent ou deux cents mètres en silence, il demanda : « Quelle heure est-il ? »

« Oh, il est environ... » Puis je me rattrapai : «... il est *maintenant*. »

« Et où sommes-nous ? »

« Ici. »

Il ne dit rien d'autre. Étant d'humeur à parler, je lui confiai mes nouveaux sentiments de liberté et mes plans pour le futur.

« Quelle heure est-il ? » demanda-t-il.

« Maintenant, soupirai-je. Tu n'as pas besoin de... »

« Où sommes-nous ? » s'enquit-il d'un air innocent.

« Ici, mais... »

« Écoute-moi bien, m'interrompit-il, reste dans le présent. Tu ne peux pas modifier le passé et le futur ne se déroulera jamais exactement de la manière dont tu le prévois ou le souhaites. Il n'y a jamais eu de guerriers du passé, ni de guerriers du futur d'ailleurs. Le guerrier est *ici, maintenant*. Tes chagrins, tes peurs et colères, regrets et culpabilités, tes désirs et tes plans n'existent que dans le passé, ou dans le futur. »

« Minute, Socrate. Je me souviens très bien d'avoir été en colère dans le présent. »

« Certainement pas, dit-il. Ce que tu veux dire, c'est que tu as *agi* sous l'emprise de la colère dans un instant présent. C'est normal : l'action se déroule toujours dans le présent, parce qu'elle est une expression du corps, qui ne peut exister que dans le présent. Mais l'intellect, vois-tu, est semblable à un fantôme et, en fait, il n'existe jamais dans le présent. Il n'a pas d'autre pouvoir que celui d'attirer ton attention hors de l'instant présent. »

Je me penchai pour nouer mon lacet lorsque je sentis quelque chose toucher mes tempes.

Je finis de nouer mon lacet et, me relevant, je me retrouvai seul dans un vieux grenier poussiéreux, sans fenêtres. Dans la clarté diffuse, je distinguai deux vieilles malles dans un coin, évoquant deux cercueils verticaux.

La peur m'envahit tout à coup, d'autant plus que je pris conscience de ne pas entendre le moindre bruit, comme si l'air vicié, immobile, étouffait tous les sons. Risquant un pas en avant, je m'aperçus que j'étais debout au milieu d'un pentacle, une étoile à cinq branches, au sol peint en rouge-brun. J'y regardai de plus près. Cette couleur provenait de sang séché… ou en train de sécher.

Derrière moi retentit un rire sinistre, si horrible et terrifiant qu'un goût âcre et métallique me monta à la bouche. Je me retournai par réflexe et me trouvai face à une bête lépreuse et difforme. Elle me soufflait dans la figure et je reçus en plein son odeur écœurante de putréfaction.

Ses joues grotesques se relevèrent, révélant des crocs noirs. Puis elle parla : « Vieeens à mooiii. » Je me sentais forcé d'obéir, mais mes instincts résistaient. Je ne bougeais pas.

Il grogna de rage. « Prenez-le, mes enfants ! » Les malles dans le coin se mirent lentement en mouvement vers moi, puis s'ouvrirent sur des cadavres humains répugnants, en décomposition, qui en sortirent et se dirigèrent droit sur moi. Je pivotai dans tous les sens à l'intérieur du pentacle, cherchant où m'enfuir, lorsque la porte du grenier s'ouvrit derrière moi et qu'une jeune fille d'environ dix-neuf ans entra en trébuchant dans la pièce et tomba juste en dehors du pentacle. La porte resta ouverte et un rayon de lumière filtrait.

Elle était belle, vêtue de blanc. Elle gémissait, comme si elle était blessée, et dit d'une voix qui semblait venir de loin : « Au secours, à l'aide ! » Ses yeux pleins de larmes me suppliaient, tout en exprimant une promesse de gratitude, de récompense, ainsi qu'un désir insatiable.

Je considérai les cadavres qui s'avançaient, puis la femme et la porte. L'Impression se manifesta alors en moi : « *Reste où tu es. Le pentacle est l'instant présent. Là tu es en sûreté. Le démon et ses serviteurs représentent le passé, la porte, le futur. Prends garde.* »

Au même instant la jeune fille geignit à nouveau et roula sur le dos. Sa robe remonta le long d'une de ses jambes, presque jusqu'à la taille. Elle tendait les bras dans ma direction, m'implorant, me tentant : « À l'aide... »

Ivre de désir, je m'élançai hors du pentacle.

La jeune femme émit un grognement, me montrant des crocs rouge sang. Le démon et ses acolytes hurlèrent de triomphe et se ruèrent sur moi. Je plongeai en direction du pentacle.

Recroquevillé sur le trottoir, encore tremblant, je regardai Socrate.

« Si tu t'es assez reposé, peut-être pouvons-nous continuer notre promenade ? » me dit-il, tandis que des coureurs matinaux passaient à côté de nous, l'air amusé.

« As-tu besoin de me terrifier à ce point chaque fois que tu veux me démontrer quelque chose ? » criai-je.

« Oui, répliqua-t-il, s'il s'agit de quelque chose d'important. »

Après quelques instants de silence, je demandai timidement : « Tu n'aurais pas le numéro de téléphone de cette fille par hasard ? » Socrate se frappa le front et leva les yeux au ciel.

« J'ose espérer que tu as compris la moralité de ce petit mélodrame ? »

« En résumé, dis-je, reste dans le présent, c'est plus sûr. Et ne sors pas d'un pentacle pour une personne ayant des crocs. »

« Tout à fait juste. » Il sourit. « Ne laisse rien ni personne, surtout pas tes propres pensées, te tirer hors du présent. Tu connais sans doute l'histoire des deux moines. »

Un vieux moine, accompagné d'un plus jeune, marchait sur un chemin détrempé dans la forêt, s'en retournant dans un monastère au Japon. Ils rencontrèrent une jolie femme qui se tenait, bien embarrassée, au bord d'un cours d'eau boueux et rapide.

Comprenant la situation, le vieux moine la prit dans ses bras robustes et la porta sur l'autre rive. Elle lui sourit, agrippée à son cou, jusqu'au moment où il la posa courtoisement sur le sol. Elle s'inclina en signe de remerciement, puis les deux moines poursuivirent leur route en silence.

À l'approche des portes du monastère, le jeune moine ne parvint plus à se contenir. « Comment as-tu pu porter une belle femme dans tes bras ? Il me semble qu'un tel comportement ne sied pas à un moine ! »

Le vieux moine regarda son compagnon et répondit : « Je l'ai laissée là-bas. La portes-tu encore ? »

« Il me reste du pain sur la planche, soupirai-je. Moi qui commençais à me croire un peu arrivé. »

« Tu n'as pas à 'arriver' où que ce soit, Dan… mais à être ici. Tu ne vis encore pratiquement jamais tout à fait dans le présent. Tu ne focalises ton esprit sur l'ici et maintenant que pour faire un sauf périlleux, ou lorsque je te harcèle. Il est temps que tu redoubles d'application si tu souhaites avoir la moindre chance de trouver la porte. Elle est là, devant toi ; ouvre les yeux, maintenant ! »

« Mais comment ? »

« Maintiens simplement ton attention dans l'instant présent, Dan, et tu seras libre de toute pensée. Lorsque les pensées heurtent le présent, elles se dissolvent. » Il s'apprêtait à partir.

« Attends, Socrate. Avant de t'en aller, dis-moi… était-ce toi le vieux moine dans l'histoire… celui qui portait la femme ? Je t'y vois très bien. »

« La portes-tu encore ? » Il rit, puis disparut à l'angle de la rue.

Je courus jusque chez moi, pris une douche et sombrai dans un profond sommeil.

À mon réveil, je partis en promenade, en continuant à méditer de la manière suggérée par Socrate, concentrant de plus en plus mon attention dans le présent. Je naissais au monde, comme si je redevenais un enfant, je découvrais mes sens. Le ciel me paraissait plus lumineux, même durant les jours brumeux de mai.

Je ne parlais pas de Linda à Socrate, et sans doute pour les mêmes raisons, je n'avais jamais parlé de Socrate à Linda. Ils constituaient des parties différentes de ma vie et je savais que Socrate s'intéressait plus à mon entraînement intérieur qu'à mes relations sociales.

De Joy, je n'avais pas de nouvelles. Linda m'écrivait presque tous les jours et m'appelait parfois, car elle travaillait chez Bell Telephone.

Au fil des semaines, les cours se déroulèrent sans problèmes. Mais ma vraie salle de classe était Strawberry Canyon où je courais comme le vent dans les collines, oubliant les distances, prenant les lièvres de vitesse. Parfois, je m'arrêtais pour méditer sous les arbres ou juste pour sentir l'air frais qui montait de la baie scintillante à mes pieds. Je m'asseyais une demi-heure pour regarder l'eau miroiter ou les nuages défiler au-dessus de ma tête.

J'étais délivré de tous les « buts importants » de mon passé. Il n'en restait plus qu'un : la porte. Et même celui-là, il m'arrivait de l'oublier, au gymnase, quand je m'amusais merveilleusement, m'envolant du trampoline, tournant sur moi-même, me laissant flotter, puis exécutant des doubles sauts périlleux et repartant dans les airs.

Linda et moi continuions à nous écrire et nos lettres devenaient des poèmes. Mais l'image de Joy me traversait l'esprit, elle souriait d'un air malicieux, entendu, au point que je ne savais plus ni qui ni ce que je voulais.

Ma dernière année d'université s'achevait, je n'avais pas vu le temps passer. Les examens terminaux constituaient une simple formalité. À prendre plaisir à regarder l'encre bleue sortir de la pointe de ma plume, pendant que j'écrivais mes réponses dans les cahiers bleus désormais familiers, je savais que ma vie avait changé. Même les lignes sur le papier semblaient des œuvres d'art. Les idées sortaient facilement de ma tête, sans se heurter à l'obstacle d'une tension ou d'un souci. Puis ce fut fini, j'étais arrivé au terme de mon éducation universitaire.

J'apportai du jus de pomme frais à la station pour fêter l'événement avec Socrate. Alors que nous buvions, mes pensées échappèrent à mon attention et s'envolèrent vers le futur.

« Où es-tu ? demanda Soc. Quelle heure est-il ? »

« Ici, Soc, maintenant. Mais il se trouve que ma réalité actuelle comporte le besoin d'une carrière. N'aurais-tu pas un conseil ? »

« Voici mon conseil : fais ce que tu veux. »

« Cela ne m'aide pas beaucoup. N'as-tu rien à ajouter ? »

« Si. Fais ce que tu dois. »

« Mais quoi ? »

« Peu importe ce que tu fais, il faut seulement que tu le fasses bien. Pendant que j'y pense, précisa-t-il, Joy sera de passage ce week-end. »

« Super ! Si on allait pique-niquer samedi ? Rendez-vous à dix heures, qu'en dis-tu ? »

« Parfait. Nous te retrouverons ici. »

Je pris congé et sortis sous le ciel étoilé dans la fraîcheur de ce matin de juin. Il était environ une heure et demie lorsque je tournai à l'angle de la station. Quelque chose m'incita à pivoter et je regardai le toit de la station. Il était là, la vision que j'avais eue des mois auparavant, debout immobile, son corps entouré d'une douce lumière, le regard perdu dans la nuit. Il était à près de vingt mètres et il parla doucement, mais je l'entendis comme s'il se tenait à côté de moi. « Dan, viens ici. »

Je revins rapidement sur mes pas et arrivai juste à temps pour voir Socrate sortir de l'ombre.

« Avant que tu ne partes cette nuit, il me reste une dernière chose à te montrer. » Il pointa ses deux index vers mes yeux et me toucha au-dessus des sourcils. Puis il s'écarta simplement et s'élança à la verticale pour se poser sur le toit. Je restai immobile, fasciné, ne réussissant pas à croire à ce que j'avais vu. Soc sauta ensuite et atterrit presque sans bruit. « Le secret, déclara-t-il avec un sourire, c'est d'avoir les chevilles solides. »

Je me frottai les yeux. « Socrate, était-ce réel ? J'ai bien vu, mais tu m'as d'abord touché les yeux. »

« La réalité n'a pas de limites précises, Dan. La terre n'est pas solide. Elle est constituée de molécules et d'atomes, de petits univers remplis d'espace. C'est un lieu de lumière, et de magie, pour autant que tu ouvres les yeux. »

Nous nous sommes séparés.

Le samedi arriva enfin. J'entrai dans le bureau et Soc se leva de son fauteuil. Puis je sentis la douceur d'un bras s'enroulant autour de ma taille et je vis l'ombre de Joy se rapprocher de la mienne.

« Je suis tellement content de te revoir », dis-je en la serrant contre moi.

Elle arborait un sourire radieux. « Oh, s'écria-t-elle, tu deviens *vraiment* fort ! Est-ce que tu t'entraînes pour les Jeux Olympiques ? »

« En fait, répondis-je avec tout mon sérieux, j'ai décidé d'arrêter. La gymnastique m'a amené aussi loin qu'elle le pouvait. Il me faut continuer. » Elle se borna à incliner le tête.

« Bien, partons », décréta Socrate, sa pastèque sous le bras. Je portais les sandwiches dans mon sac à dos.

Nous sommes montés dans les collines. Le temps n'aurait pas pu être plus beau. Après le repas, Soc décida de nous laisser seuls et d'aller « escalader un arbre. »

Quand il en redescendit, il nous trouva en pleine effervescence.

« Un jour j'écrirai un livre sur ma vie avec Socrate, Joy. »

« Peut-être qu'ils en feront un film », dit-elle tandis que Socrate écoutait, près de l'arbre. Je m'enthousiasmais. « Et ils feront des tee-shirts de guerrier… »

« Et du savon de guerrier », cria Joy.

« Et des décalcomanies de guerrier. »

« Et du chewing-gum ! »

Socrate en avait entendu assez. Il secoua la tête et retourna dans l'arbre.

Éclatant tous les deux de rire, nous nous sommes roulés dans l'herbe, puis je lançai avec une désinvolture étudiée : « Hé, si on faisait une petite course jusqu'au Merry-Go-Round et retour ? »

« Dan, tu recherches vraiment les coups de bâton, crâna Joy. Mon père était une antilope et ma mère un guépard. Ma sœur est le vent et… »

« Ouais, et tes frères sont une Porsche et une Ferrari. » Elle rit en enfilant ses baskets.

« Celui qui perd nettoie tout », dis-je.

Imitant W.C. Fields à la perfection, Joy déclara : « À chaque minute, il naît un imbécile. » Puis elle partit sans prévenir. Mes chaussures mises, je criai : « Et je suppose que ton oncle était Jeannot Lapin ! » Puis je dis à Socrate : « Nous revenons tout de suite », et je m'élançai sur les traces de Joy qui avait pris de l'avance. Le Merry-Go-Round se trouvait à environ mille cinq cents mètres.

Elle était rapide, en effet – mais j'étais plus rapide et je le savais. Mon entraînement m'avait donné une forme que je n'aurais jamais pu imaginer. Joy se retourna, bras et jambes souples, et fut surprise – et même choquée – de me découvrir juste derrière elle et nullement essoufflé.

Elle accéléra et se retourna à nouveau. J'étais assez près pour voir des gouttes de transpiration couler sur sa nuque. Alors que je parvenais à sa hauteur, elle lança, haletante : « Comment as-tu fait, as-tu été pris en stop par un aigle ? »

« Oui, je lui souris. C'est un de mes cousins. » Je lui lançai un baiser et démarrai. J'avais déjà contourné Merry-Go-Round et franchi la moitié du trajet de retour lorsque je vis qu'elle était à une centaine de mètres en arrière. Elle semblait peiner et se fatiguer. J'eus pitié d'elle, aussi m'arrêtai-je pour ramasser une fleur de moutarde sauvage qui poussait au bord du chemin. Lorsqu'elle s'approcha de moi, elle ralentit et me regarda renifler la fleur. Je dis : « Beau temps, n'est-ce pas ? »

« Tu sais, répliqua-t-elle, cela me rappelle l'histoire de la tortue – et du lièvre. » Sur ces mots, elle accéléra avec une vitesse incroyable.

Surpris, je me relevai d'un bond et m'élançai à sa poursuite. Lentement, mais sûrement, je la rattrapais. Nous arrivions au bord de la prairie et elle avait une bonne avance. Je me rapprochais de plus en plus. Je l'entendais haleter. Nous avons franchi les vingt derniers mètres coude à coude, épaule contre épaule. Puis elle me prit la main. Nous avons ralenti en riant et nous sommes tombés en plein sur la pastèque que Soc avait découpée, faisant gicler les graines dans toutes les directions.

Socrate, redescendu de son arbre, applaudit lorsque je m'abattis, tête la première, sur une tranche qui me barbouilla toute la figure.

Joy me regarda et susurra : « Mais mon chéri, faut pas rougir comme ça. Après tout, c'en est fallu de peu que tu m'battes. »

Mon visage dégoulinait ; je m'essuyai et léchai le jus sur mes doigts. Je répondis : « Mais mon petit chou, même un vieil imbécile aurait vu que j'ai gagné. »

« Il n'y a qu'un imbécile ici, marmonna Socrate, et il vient de détruire la pastèque. »

Nous avons tous ri et je me tournai vers Joy, les yeux pleins d'amour. Mais quand je découvris son expression, mon rire cessa immédiatement. Elle me prit par la main et me conduisit en bordure de la prairie qui surplombait les vertes collines de Tilden Park.

« Danny, il faut que je te dise quelque chose. Tu comptes beaucoup pour moi. Mais d'après ce que dit Socrate – elle jeta un coup d'œil vers Socrate qui balançait doucement sa tête d'une épaule à l'autre – ton chemin ne semble pas assez large pour nous deux, du moins c'est l'impression qu'il donne. Et je suis encore très jeune, Danny, et il y a aussi beaucoup de choses auxquelles je dois me consacrer. »

Je tremblais. « Mais Joy, tu sais que je souhaite t'avoir toujours auprès de moi. J'ai envie d'avoir des enfants avec toi et de te tenir chaud la nuit. Nous pourrions être tellement heureux ensemble. »

« Danny, dit-elle, il y a quelque chose d'autre que j'aurais dû te dire plus tôt. Je sais que j'ai l'air et que j'agis… comme quelqu'un de plus âgé, mais je n'ai que quinze ans. »

Je la regardai bouche bée. « Si je comprends bien, j'ai eu durant des mois une quantité incroyable de fantasmes illégaux ! »

Nous avons éclaté de rire tous les trois, mais je riais jaune. Un morceau de ma vie venait de se briser. « Joy, j'attendrai. Il nous reste encore une chance. »

Ses yeux s'emplirent de larmes. « Oh Danny, il reste toujours une chance – pour tout ! Mais d'après Socrate, il vaut mieux que tu m'oublies. »

Socrate s'approcha de moi par-derrière en silence tandis que je contemplais le regard brillant de Joy. J'allais la prendre dans mes bras quand il me toucha doucement à la base du crâne. Les lumières s'éteignirent et j'oubliai immédiatement que j'avais connu une femme du nom de Joy.

LIVRE III

HEUREUX SANS RAISON

7

LA QUÊTE FINALE

Lorsque mes yeux s'ouvrirent, j'étais étendu sur le dos, je vis le ciel.

J'avais dû m'assoupir. Je m'étirai et dis: «Nous devrions sortir plus souvent de la station tous les deux pour aller pique-niquer, ne trouves-tu pas?»

«Oui.» Socrate hocha lentement la tête. «Rien que nous deux.»

Après avoir rassemblé nos affaires, nous avons parcouru environ un kilomètre dans les collines boisées pour arriver jusqu'à l'arrêt de bus. Durant toute la descente, j'eus la vague impression d'avoir oublié de dire ou de faire quelque chose – ou d'avoir peut-être laissé quelque chose derrière moi. Quand le bus nous déposa en bas, cette impression s'était estompée.

Alors que Socrate était encore dans le bus, je lui demandai: «Hé, Soc, si nous courions ensemble demain?»

«Pourquoi attendre? répondit-il. Retrouve-moi ce soir au mont au-dessus de la crique à onze heures et demie. Nous pourrons faire une belle course de minuit dans les sentiers.»

La pleine lune parait le haut des feuillages et des buissons d'un éclat argenté tandis que nous entamions notre montée. Mais je connaissais chaque pas de cette ascension de sept kilomètres et j'aurais pu courir dans l'obscurité totale.

Après le rude parcours des sentiers inférieurs, mon corps était bien chaud. Bientôt nous arrivions au pied du raccord et commencions l'escalade. Ce qui m'avait semblé des mois auparavant une montagne ne me coûtait presque plus aucun effort. Respirant profondément, j'accélérai et criai à Socrate qui traînait derrière: «Allez, vieux bonhomme… rattrape-moi si tu peux!»

Arrivé à une longue ligne droite, je me retournai, pensant voir Socrate lancé à mes trousses. Il n'était nulle part en vue. Je m'arrêtai ricanant, m'attendant à une embuscade. Bon, j'allais le laisser attendre plus haut et se demander où *moi* j'étais passé. Je m'assis sur la colline et regardai la baie de la ville de San Francisco scintillant au loin.

Puis j'entendis le murmure du vent et soudain je sus que quelque chose n'allait pas – n'allait pas du tout. Je me levai d'un bond et redescendis rapidement.

Je découvris Socrate juste au tournant, gisant la face contre le sol froid. Je m'agenouillai aussitôt, le retournai délicatement et, le soutenant, collai mon oreille contre sa poitrine. Son cœur était silencieux. «Mon Dieu, oh mon Dieu!», lui dis-je tandis qu'une bourrasque de vent s'engouffrait dans le canyon.

Reposant le corps de Socrate par terre, je mis ma bouche sur la sienne et commençai à souffler dans ses poumons; je gonflais sa poitrine avec rage, la panique me gagnait.

Finalement j'en fus réduit à lui chuchoter doucement, en berçant sa tête dans mes mains: «Socrate, ne meurs pas… s'il te plaît, Socrate.» C'est moi qui avais eu l'idée de cette course. Je me souvins de sa peine à escalader le raccord, en haletant. Si seulement… Trop tard. L'injustice du monde m'emplit de colère. Jamais je n'avais ressenti une rage pareille.

«NOOOOOOON!» hurlai-je, et mon angoisse se répercuta en échos dans le canyon, faisant fuir les oiseaux de leurs nids.

Il ne devait pas mourir – je n'allais pas le permettre! Je sentis de l'énergie affluer dans mes bras, mes jambes et ma poitrine. Je décidai de la lui donner. Même si j'y risquais ma vie, j'étais prêt à payer ce prix. « Socrate, vis, vis ! » J'empoignai sa poitrine, enfonçant mes doigts dans ses côtes. J'étais comme électrifié, je vis mes mains rayonner tandis que je le secouais, voulant que son cœur se remette à battre. « Socrate ! ordonnai-je. Vis ! »

Mais rien ne se produisait… rien. L'incertitude s'insinua dans mon esprit et je m'effondrai. C'était terminé. Je m'assis calmement, des larmes coulaient sur mes joues. « S'il te plaît ! » Je levai les yeux au ciel, vers les nuages argentés qui défilaient devant la lune. « S'il te plaît ! dis-je au Dieu que je n'avais jamais vu. Laisse-le vivre. » Finalement, je cessai de lutter, je cessai d'espérer. Je ne pouvais rien pour lui. Je n'avais pas été à la hauteur.

Deux petits lapins sortirent des buissons pour m'observer en train de contempler le corps sans vie d'un vieil homme que je tenais tendrement dans mes bras.

Et c'est alors que je la perçus – cette même Présence que j'avais connue des mois auparavant. Elle emplit mon corps. Je la respirais ; elle me respirait. « S'il te plaît, dis-je une dernière fois, prends-moi à sa place. » Je le souhaitais vraiment. Et à cet instant, je sentis une pulsation dans le cou de Soc. Vite, je mis ma tête contre son torse. Le battement fort et rythmique du cœur de ce vieux guerrier résonnait à nouveau à mon oreille. Je lui insufflai alors la vie, jusqu'au moment où sa poitrine recommença à se soulever et à retomber d'elle-même.

Lorsque Socrate ouvrit les yeux, il vit mon visage au-dessus du sien. Je riais et pleurais à la fois de gratitude, et le clair de lune nous nimbait d'argent. La fourrure des lapins qui nous regardaient brillait. Puis, lorsque je me mis à parler, ils retournèrent se cacher dans les buissons.

« Socrate, tu es vivant ! »

« Je vois que tes dons d'observation sont aussi développés que d'habitude », dit-il faiblement.

Il essaya de se lever, mais il n'était pas solide sur ses jambes et il avait mal dans la poitrine. Je le pris sur mes épaules, à la façon des pompiers, et je commençai à le porter jusqu'à la fin des sentiers, trois kilomètres plus loin. Là, le gardien de nuit du Lawrence Science Lab allait pouvoir appeler une ambulance.

Il ne bougea pratiquement pas sur mes épaules durant le trajet, tandis que je luttais contre la fatigue, peinant sous son poids. De temps à autre, il lançait : « C'est la seule manière de voyager – nous le ferons plus souvent », ou encore : « Allez, hue ! »

Je ne rentrai chez moi qu'une fois Socrate admis en réanimation à l'hôpital Herrick. Cette nuit-là, le rêve réapparut. La mort venait chercher Socrate. Je m'éveillai en criant.

Je passai le jour suivant à son chevet. Il dormit la plupart du temps, mais en fin d'après-midi, il manifesta le désir de parler.

« Bien… que s'est-il passé ? »

« Je t'ai trouvé étendu par terre. Ton cœur s'était arrêté, tu ne respirais plus. Je… j'ai concentré toute ma volonté pour que tu vives. »

« Rappelle-moi de penser à toi dans mes dernières volontés ! Qu'as-tu ressenti ! »

« C'est cela qui est étrange, Soc. Tout d'abord, j'ai ressenti une énergie qui me parcourait. J'ai essayé de te la donner. J'avais presque renoncé, lorsque… »

« Renoncer, c'est mourir un peu ! » s'exclama-t-il.

« Socrate, je ne plaisante pas ! »

« Continue… je suis suspendu à tes lèvres. Je suis impatient de tout savoir. »

Je souris. « Tu sais très bien ce qui s'est passé. Ton cœur s'est remis à battre… mais seulement quand j'ai cessé mes tentatives. Cette Présence que j'avais ressentie une fois… c'est *Elle* qui a fait repartir ton cœur. »

Il approuva de la tête. « Tu *La* sentais. » Ce n'était pas une question, mais une affirmation.

« Oui. »

« C'était une bonne leçon », dit-il en s'étirant doucement.

« Une leçon ! Tu as eu une crise cardiaque, quelle drôle de leçon pour moi ! Est-ce ta façon de voir les choses ? »

« Oui, répondit-il. Et j'espère qu'elle te servira. Même si nous paraissons très forts, il y a toujours une faiblesse cachée qui peut être notre perte. Les Règles Intérieures sont ainsi : avec chaque force, une faiblesse… et vice versa. Et bien sûr, dès mon plus jeune âge, ma faiblesse a été le cœur. Toi, mon jeune ami, tu as d'autres 'problèmes de cœur'. »

« *Moi* ? »

« Oui. Tu n'as pas encore ouvert ton cœur de manière naturelle, pour que tes émotions puissent vivre comme la nuit dernière. Tu as appris à contrôler ton corps et même un peu ton intellect, mais ton cœur ne s'est pas encore ouvert. Ton but n'est pas l'invulnérabilité, mais la vulnérabilité… au monde, à la vie et, en conséquence, à la Présence que tu as ressentie.

« J'ai essayé de te montrer, par l'exemple, que la vie d'un guerrier n'est pas une affaire de perfection imaginaire ou de victoire, mais d'amour. L'amour est l'épée du guerrier : où qu'elle frappe, elle apporte la vie, pas la mort. »

« Socrate, parle-moi de l'amour. Je veux comprendre. »

Il rit doucement. « Il ne s'agit pas de comprendre ; on ne peut que sentir. »

« Bon, alors parle-moi du sentiment. »

« Tu vois ! dit-il. Tu veux faire un concept mental. Oublie-toi, simplement, et sens ! »

Je le regardai, mesurant l'étendue de son sacrifice – il s'était entraîné avec moi, se donnant à fond, malgré son problème cardiaque – et tout cela pour nourrir mon intérêt. Mes yeux s'emplirent de larmes. « Soc, je sens… »

« Zéro ! La tristesse ne suffit pas. »

Ma honte se transforma en frustration. « Ce que tu peux être agaçant parfois, vieux sorcier ! Que veux-tu de moi, du sang ? »

« La colère ne suffit pas », annonça-t-il sur un ton théâtral, l'index pointé sur moi, les sourcils froncés.

« Socrate, tu es complètement cinglé ! » dis-je en riant.

« Voilà… c'est le rire qu'il faut ! »

Nous avons ri tous les deux joyeusement puis, toujours gai, Socrate s'endormit. Je partis sans bruit.

Lorsque je lui rendis visite le lendemain matin, il semblait mieux. Je le mis à contribution aussitôt. « Socrate, pourquoi as-tu continué à courir avec moi, en faisant tous ces sauts et ces bonds en plus, alors que tu risquais de te tuer à tout moment ? »

« Pourquoi s'inquiéter ? Mieux vaut vivre jusqu'à sa mort. Je suis un guerrier : ma voie est l'action, dit-il. Je suis un maître : j'enseigne par l'exemple. Peut-être qu'un jour tu enseigneras à d'autres comme je te l'ai montré – alors tu comprendras que les mots ne suffisent pas ; toi aussi tu devras enseigner par l'exemple, et seulement ce que tu as réalisé par tes propres expériences. »

Il me raconta ensuite une histoire.

Une mère conduisit son jeune fils chez le Mahatma Gandhi. Elle le supplia : « Je vous en prie, Mahatma, dites à mon fils de ne plus manger de sucre. »

Gandhi réfléchit, puis déclara : « Ramenez votre fils dans quinze jours. » Surprise, la femme le remercia et promit de faire ce qu'il lui avait demandé.

Quinze jours plus tard, elle revint avec son fils. Gandhi regarda le jeune garçon dans les yeux et dit : « Arrête de manger du sucre. »

Reconnaissante, mais étonnée, la femme le questionna : « Pourquoi m'avez-vous demandé de le ramener après deux semaines ? Vous auriez pu lui dire la même chose la première fois. »

Gandhi répondit : « Il y a quinze jours, *je* mangeais du sucre. »

« Incarne ce que tu enseignes, Dan, et n'enseigne que ce que tu incarnes. »

« Que pourrais-je enseigner à part la gymnastique ? »

« La gymnastique suffit, aussi longtemps que tu l'utilises pour transmettre des leçons plus universelles, dit-il. Respecte les autres. Donne-leur d'abord ce qu'ils veulent, et certains, peut-être, voudront ce que tu souhaites leur donner. Sois satisfait d'enseigner des sauts périlleux jusqu'à ce que quelqu'un demande davantage. »

« S'ils veulent davantage, comment le saurai-je ? »

« Tu le sauras. »

« Mais enfin, Socrate, es-tu sûr que mon destin soit d'enseigner ? Je ne me sens pas l'âme d'un maître. »

« Tu sembles pourtant prendre cette voie. »

« Tu me fais penser à une question que je veux te poser depuis longtemps. Souvent tu as l'air de lire en moi ou de connaître mon avenir. Vais-je acquérir un jour ce genre de pouvoirs ? » En guise de réponse, Soc se pencha pour allumer la télévision et se mit à regarder des dessins animés. J'éteignis le poste.

Il se tourna vers moi et soupira. « J'espérais que tu passerais complètement à côté de la fascination des pouvoirs. Mais puisque le problème surgit, autant le régler. Alors, que veux-tu savoir ? »

« Bon, commençons par la prédiction du futur. Tu en sembles parfois capable. »

« La lecture du futur se fonde sur une perception réaliste du présent. Ne te soucie pas de prédire le futur tant que tu ne perçois pas clairement le présent. »

« Et qu'en est-il de lire les pensées ? » demandai-je.

Socrate soupira. « Précise. »

« Tu as l'air de lire les miennes presque tout le temps. »

« Oui, c'est vrai, admit-il, je sais pratiquement toujours ce que tu penses. Tes pensées sont faciles à lire, parce qu'elles sont écrites partout sur ta figure. »

Je rougis.

« Tu vois ce que je veux dire, lança Socrate en riant et en désignant mon visage écarlate. Et il n'est pas nécessaire d'être magicien pour lire les visages ; les joueurs de poker le font tout le temps. »

« Mais les *vrais* pouvoirs alors ? »

Il s'assit dans son lit et déclara : « Les pouvoirs spéciaux existent bien. Mais pour le guerrier, ces choses-là n'ont pas d'intérêt. Ne te méprends pas. Le bonheur est le seul pouvoir qui compte. Et tu ne peux pas atteindre le bonheur ; c'est lui qui t'atteint – mais seulement quand tu as renoncé à tout le reste. »

Socrate semblait se fatiguer. Il me considéra un instant, comme pour prendre une décision. Puis il parla d'une voix à la fois douce et ferme, prononçant les mots que je redoutais le plus. « Il est clair pour moi que tu es encore prisonnier, Dan – tu cherches encore le bonheur ailleurs. Qu'il en soit ainsi. Tu chercheras jusqu'à ce que tu t'en lasses. Il faut que tu partes quelque temps. Cherche autant que tu dois et apprends ce que tu peux. Ensuite nous verrons. »

Ma voix tremblait d'émotion. « Combien... combien de temps ? »

À sa réponse, je sursautai. « Neuf ou dix ans devraient suffire. »

J'étais terrifié. « Socrate, les pouvoirs ne m'intéressent pas tant que ça. Je comprends vraiment ce que tu as dit. S'il te plaît, permets-moi de rester avec toi. »

Il ferma les yeux et soupira. « Mon jeune ami, n'aie pas peur. Ton chemin sera ton guide ; tu ne te perdras pas. »

« Mais quand pourrai-je te revoir, Soc ? »

« Lorsque ta quête sera terminée... réellement terminée. »

« Lorsque je serai devenu un guerrier ? »

« On ne devient pas un guerrier, Dan. Soit tu es un guerrier maintenant, soit tu ne l'es pas. C'est la Voie elle-même qui crée le guerrier. Et à présent, il faut que tu m'oublies complètement. Va et reviens entouré de lumière. »

J'avais pris l'habitude de dépendre de ses conseils, de sa certitude. Encore tremblant, je me levai et me dirigeai vers le porte. Puis je regardai une dernière fois ses yeux brillants. « Je ferai tout ce que tu m'as demandé, Socrate... sauf une chose. Je ne t'oublierai jamais. »

Je descendis les escaliers et partis dans les rues de la ville, puis montai les routes sinueuses du campus, me dirigeant vers un futur inconnu.

Je décidai de retourner à Los Angeles, ma ville natale. Je sortis ma vieille Valiant du garage et passai mon dernier week-end à Berkeley à préparer mon départ. Pensant à Linda, j'allai dans une cabine téléphonique et l'appelai dans son nouvel appartement. Lorsque j'entendis sa voix endormie, je sus ce que je voulais faire.

« Ma chérie, j'ai quelques surprises pour toi. Je déménage à L.A. ; si tu pouvais me rejoindre à Oakland, demain matin, dès que possible, nous descendrions ensemble en voiture ; j'ai besoin de te parler. »

Il y eut un silence au bout du fil. « Oh, très volontiers ! Je prendrai l'avion de huit heures. Euh… » Il y eut un autre silence. «… de quoi veux-tu me parler, Danny ? »

« Il s'agit d'une chose que je devrais te demander en face à face. Je vais te donner un indice : ça concerne la vie à deux, et les bébés, et les réveils câlins le matin. » Grand silence. « Linda ? »

Sa voix tremblait. « Dan… je ne peux rien dire maintenant. À demain matin. »

« Je te retrouverai à la sortie. Au revoir, Linda. »

« Au revoir, Danny. » Elle raccrocha.

J'arrivai à huit heures quarante-cinq. Elle était déjà là, les yeux brillants d'émotion, si belle avec ses cheveux roux. Elle s'élança vers moi en riant et noua ses bras autour de ma taille. « Oh, c'est bon de pouvoir te serrer à nouveau contre moi, Danny ! »

La chaleur de son corps irradiait dans le mien. Nous sommes vite allés jusqu'au parking. Au début, nous ne trouvions pas nos mots. Je remontai à Tilden Park, puis pris à droite, en direction d'Inspiration Point. J'avais tout prévu. Je lui demandai de s'asseoir sur la barrière et j'allais lui poser la question lorsqu'elle se jeta à mon cou, et dit : « Oui ! », et fondit en larmes. « C'est à cause de ce que j'ai dit ? » plaisantai-je, ému.

Nous nous sommes mariés à Los Angeles. Ce fut une belle cérémonie intime. D'un côté, j'étais très heureux, de l'autre je me sentais inexplicablement déprimé. Me réveillant au milieu de la nuit, je gagnai sur la pointe des pieds le balcon de notre suite de lune de miel. Je me mis à pleurer sans bruit. Pourquoi cette impression d'avoir perdu quelque chose, d'avoir *oublié quelque chose d'important* ? Allais-je jamais me délivrer de cette impression ?

Nous nous sommes bientôt installés dans un nouvel appartement. Je tentai ma chance comme agent d'assurances ; Linda trouva un emploi à mi-temps dans une banque. Nous étions bien établis, mais j'étais trop occupé pour pouvoir me consacrer à ma jeune épouse. La nuit, pendant qu'elle dormait, je m'asseyais pour méditer. Tôt le matin, je faisais quelques exercices. Mais mes responsabilités professionnelles me laissaient de moins en moins de temps pour ce genre d'activités ; tout mon entraînement et ma discipline devenaient des souvenirs.

Après six mois dans les ventes, j'en eus assez. Pour la première fois depuis de nombreuses semaines, nous avons eu, Linda et moi, une vraie conversation.

« Chérie, si nous retournions en Californie du Nord pour chercher d'autres emplois ? »

« Comme tu voudras, Dan, moi je suis d'accord. Et puis c'est bien, nous serons proches de mes parents. Ils sont de très bons baby-sitters. »

« Baby-sitters ? »

« Oui. Que dirais-tu de devenir père ? » « Me parles-tu de bébé ? Toi – moi – un bébé ? » Je la serrai très tendrement dans mes bras pendant un long moment.

Après cette nouvelle, il me fallait bien me tenir. Dès notre deuxième jour dans le Nord, Linda rendit visite à ses parents et je me mis en quête d'un travail. Mon ex-entraîneur, Hal, m'apprit qu'il y avait un poste d'entraîneur vacant à l'université de Stanford. Je me présentai le jour même, puis retrouvai Linda chez mes beaux-parents pour lui raconter. À mon arrivée, ils m'annoncèrent que le directeur de la section athlétique de Stanford avait téléphoné et m'offrait le poste. Je devais commencer en septembre. J'acceptai ; je venais de me procurer une carrière le plus facilement du monde.

Fin août naquit Holly, notre superbe fille. Je déménageai toutes nos affaires à Menlo Park, dans un appartement confortable. Linda et le bébé me rejoignirent par avion deux semaines plus tard. Nous avons été heureux, du moins pendant quelque temps, mais je ne tardai pas à me plonger à fond dans mon travail, mettant au point un programme intensif de gymnastique à Stanford. Je courais plusieurs kilomètres sur le terrain de golf chaque matin et souvent je m'asseyais seul au bord du lac Lagunita. Mes énergies et mon attention partaient à nouveau dans diverses directions, mais hélas pas dans celle de Linda.

Une année s'écoula, je m'en aperçus à peine. Tout allait si bien. Je ne comprenais pas mon sentiment persistant d'avoir perdu quelque chose, longtemps auparavant. Les images pourtant vivaces de mon entraînement avec Socrate – la course dans les collines, les exercices insolites durant la nuit, les heures de discussion avec mon maître énigmatique – s'estompaient dans ma mémoire.

Peu après notre anniversaire de mariage, Linda émit le désir de voir un conseiller conjugal. Ce fut un choc pour moi, juste au moment où il me semblait possible de nous détendre et de passer plus de temps ensemble.

Le conseiller conjugal se révéla utile, mais une ombre s'était glissée entre Linda et moi – peut-être avait-elle existé dès notre nuit de noces. Elle était devenue plus renfermée et silencieuse, entraînant Holly avec elle dans son univers personnel. Chaque jour, je rentrais épuisé du travail, n'ayant plus assez d'énergie ni pour l'une ni pour l'autre.

Lors de ma troisième année à Stanford, je demandai à résider à l'université même, pour permettre à Linda de se trouver de la compagnie. Cette initiative ne tarda pas à porter ses fruits, même trop, surtout dans le domaine sentimental. Linda s'était organisé sa propre vie sociale et j'étais délivré d'un fardeau dont je ne pouvais, ou ne voulais pas me charger. Au printemps de cette troisième année à Stanford, nous nous sommes séparés, Linda et moi. Je me plongeai doublement dans mon travail et repris encore une fois ma quête intérieure. Je méditais chaque matin avec un groupe zen. J'étudiais l'aïkido le soir. Je lisais de plus en plus, espérant trouver des indices, des orientations ou des réponses pour ma recherche inachevée.

Lorsqu'on me proposa un poste à Oberlin College, dans l'Ohio, une seconde chance me sembla offerte. Mais je ne fis qu'y poursuivre plus intensément ma quête personnelle du bonheur. J'enseignai davantage la gymnastique et développai deux cours – « Développement Psycho-Physique » et « La Voie du Guerrier Pacifique » – où se retrouvaient certaines façons d'aborder les choses et des talents que je devais à Socrate. À la fin de ma troisième année là-bas, je reçus une bourse spéciale de l'école pour voyager autour du monde.

Laissant derrière moi Linda et Holly, j'entamai ce que j'espérais être ma quête finale.

Dans tous les lieux que je visitais – Hawaii, le Japon, Okinawa, l'Inde –, dans chaque ville où je passais, je trouvais des maisons de yoga, des ashrams, des écoles d'arts martiaux – et des maîtres. Mais je ne trouvais aucune réponse. Alors que mes voyages touchaient à leur fin, le désespoir me gagna. Les mêmes questions tourbillonnaient toujours dans mon esprit. « Qu'est-ce que le bonheur ? Qu'est-ce que l'illumination ? Où est la fin de ma quête ? » Socrate avait souvent abordé ces sujets devant moi, mais je ne l'avais jamais vraiment écouté.

Lorsque j'arrivai dans le village de Cascais sur la côte du Portugal – la dernière étape de mon voyage – j'étais préoccupé par une question qui paraissait être la clé de tout : « Qui suis-je ? » Je me la répétais inlassablement sur la plage isolée où je campai durant dix jours. Je serais volontiers demeuré là le restant de ma vie, laissant les vagues emporter ma quête. Mais un matin au réveil, la marée dévorant le château de sable et de bouts de bois que j'avais construit avec tant de peine me rappela ma propre mort et ce que Socrate avait essayé de me dire. Ses paroles et ses actions me revenaient par bribes, similaires aux bouts de bois de mon château qui flottaient à présent, éparpillés sur l'eau. « Pense aux années qui passent. Un jour, tu découvriras que la mort n'est pas ce que tu crois, ni la vie d'ailleurs. Les deux peuvent être merveilleuses, pleines de changements. Mais si tu ne te réveilles pas, les deux risquent de te réserver de grosses déceptions.»

Le rire de Socrate résonna dans ma mémoire.

Une fois, alors que je me montrais sans réaction, Socrate m'avait pris par les épaules et secoué. «Réveille-toi! Si tu savais avoir une maladie incurable – s'il te restait très peu de temps pour vivre et savoir qui tu es, tu n'en perdrais plus à t'apitoyer sur toi-même, à avoir peur, à être paresseux ou ambitieux. Dan, je te le dis, tu as une maladie incurable: on l'appelle la mort. Quelques années de plus ou de moins avant que tu ne partes ne font pas grande différence. Sois heureux maintenant, sans raison – ou tu ne le seras jamais.»

J'éprouvai soudain un terrible sentiment d'urgence, mais il n'y avait nulle part où aller. Alors je restai où j'étais et, comme les vagues sur la plage, deux questions assaillaient sans relâche mon esprit: «Qui suis-je? Qu'est-ce que l'illumination?»

Socrate me l'avait dit, longtemps auparavant, il n'y avait pas de victoire sur la mort, même pour le guerrier: il y avait seulement la réalisation de Qui nous sommes tous vraiment.

Étendu au soleil, je me rappelai avoir pelé la dernière couche de l'oignon dans le bureau de Soc pour voir «qui j'étais». Je me souvins d'un personnage d'un roman de J.D. Salinger qui, après avoir vu quelqu'un boire un verre de lait, avait déclaré: «C'était comme verser Dieu dans Dieu, si vous me comprenez.»

Le rêve de Lao Tseu me revint en mémoire.

Lao Tseu s'endormit et rêva qu'il était un papillon. En se réveillant, il se demanda: «Suis-je un homme qui a rêvé qu'il était un papillon, ou un papillon endormi qui rêve maintenant qu'il est un homme?»

Je marchais sur la plage, en fredonnant encore et encore la même chanson enfantine:

«Rame, rame, rame dans ton bateau, en suivant doucement le courant.

« Rame, rame, joyeusement, la vie n'est qu'un rêve. »

Un après-midi, après une promenade, je revins à mon campement abrité, caché derrière des rochers. Je sortis de mon sac un vieux livre que j'avais acheté en Inde. C'était une traduction en piteux état de contes populaires spirituels. En le feuilletant, je tombai sur une histoire concernant l'illumination.

« Milarepa avait cherché l'illumination partout, sans trouver aucune réponse – jusqu'au jour où il vit un vieil homme descendant lentement un chemin de montagne avec un sac très lourd. Immédiatement, Milarepa sentit que ce vieil homme connaissait le secret qu'il cherchait désespérément depuis tant d'années.

« Vieil homme, s'il te plaît, dis-moi ce que tu sais. Qu'est-ce que l'illumination ? »

Le vieil homme lui sourit un instant, puis déchargea ses épaules de son fardeau et se redressa.

« Oui, j'ai compris ! cria Milarepa. Je te serai reconnaissant à jamais. Mais s'il te plaît, encore une question. Qu'y a-t-il *après* l'illumination ? »

Souriant à nouveau, le vieil homme ramassa son sac, le plaça sur ses épaules, l'y mit en équilibre et continua sa route. »

La même nuit j'eus un rêve.

Je suis dans l'obscurité au pied d'une grande montagne, cherchant un joyau précieux sous chaque pierre. La vallée est plongée dans le noir, aussi ne puis-je trouver le joyau.

Puis je regarde le sommet étincelant de la montagne.

Si le joyau peut être découvert, il doit être au sommet. Je monte, grimpe, entamant un voyage difficile qui dure de nombreuses années. Finalement j'arrive au bout de mon voyage. Je baigne dans la lumière éclatante.

Je vois bien maintenant, mais je ne trouve le joyau nulle part. Je regarde dans la vallée loin en bas, là où j'avais commencé mon ascension tant d'années auparavant. Alors seulement je comprends que le joyau avait toujours été en moi, même là-bas, et que la lumière avait toujours brillé. Mais mes yeux étaient fermés.

Je me réveillai au milieu de la nuit sous une lune brillante. Il faisait chaud, le silence régnait, hormis le rythme du flux et du reflux. J'entendis la voix de Soc, mais je savais qu'il s'agissait de ma mémoire : « L'illumination n'est pas quelque chose que l'on atteint, Dan, c'est une réalisation. Et lorsque tu te réveilles, tout change et rien ne change. Si un aveugle se rend soudain compte qu'il peut voir, le monde a-t-il changé ? »

Je m'assis et contemplai le reflet scintillant de la lune sur la mer et les montagnes coiffées d'argent au loin. Quelle était cette citation concernant les montagnes, les rivières et la grande quête ? Ah, oui, je me la rappelai :

« D'abord les montagnes sont les montagnes et les rivières sont les rivières.

« Puis les montagnes ne sont plus les montagnes et les rivières ne sont plus les rivières.

« Finalement les montagnes sont les montagnes et les rivières sont les rivières. »

Je me levai, traversai la plage et plongeai dans l'océan obscur, nageant très loin. Je m'étais arrêté et flottais, lorsque je pris soudain conscience d'une créature nageant dans les profondeurs noires quelque part sous mes pieds. Elle se dirigeait vers moi, très rapidement : c'était la Mort.

Je fuis à toute allure en direction du rivage et m'étendis, hors d'haleine sur le sable mouillé. Un petit crabe passa devant mes yeux, puis s'enfouit dans le sable alors qu'une vague déferlait sur lui.

Je me mis debout, me séchai et enfilai mes habits. Je fis mes bagages à la lumière de la lune. Puis, en chargeant mon sac sur mon dos, je me dis à moi-même :

« Mieux vaut ne jamais commencer ; une fois qu'on a commencé, mieux vaut finir. »

Je savais qu'il était temps de rentrer.

Lorsque le jumbo-jet atterrit sur la piste de l'aéroport Hopkins à Cleveland, l'angoisse que m'inspiraient mon mariage et ma vie s'intensifia. Plus de six ans s'étaient écoulés. Je me sentais plus vieux, mais pas plus sage. Que pouvais-je dire à ma femme et à ma fille ? Allais-je revoir Socrate – dans l'affirmative, qu'avais-je à lui apporter ?

Linda et Holly m'attendaient à ma descente d'avion. Holly s'élança vers moi avec des cris de joie et me serra très fort. Mon étreinte avec Linda fut douce et chaude, mais dénuée d'intimité réelle, comme s'il s'agissait d'un vieil ami. Le temps et l'expérience nous avaient, de toute évidence, orientés dans des directions différentes.

Linda nous conduisit à la maison. Heureuse, Holly dormit sur mes genoux.

J'appris que Linda n'était pas restée seule durant mon absence. Elle avait trouvé des amis – et des amants. Quant à moi, peu après mon retour à Oberlin, je rencontrai quelqu'un de très spécial : une étudiante, une charmante jeune femme du nom de Joyce. Ses courts cheveux noirs formaient une frange au-dessus de son joli visage et de son sourire. Elle était petite et débordante de vie. J'étais très attiré par elle et nous avons passé tout notre temps libre ensemble, bavardant et marchant. Je pouvais parler avec elle comme je n'avais jamais pu parler avec Linda – non pas que Linda fût incapable de comprendre, mais parce que ses intérêts et sa voie différaient des miens.

Joyce termina ses études au printemps. Elle souhaitait rester auprès de moi, mais je me sentais des obligations envers ma femme, aussi nous sommes-nous séparés à regret. Je savais que je ne l'oublierais jamais, mais ma famille devait passer en premier.

Au milieu de l'hiver suivant, nous sommes retournés, Linda, Holly et moi, en Californie du Nord. Je fus à nouveau totalement absorbé par mon travail et par moi-même et ce fut probablement le coup de grâce porté à notre mariage. En fait, nul présage n'aurait pu être plus triste que ce doute et cette mélancolie perpétuels que j'avais éprouvés dès notre nuit de noces – ce doute douloureux, ce sentiment qu'il me fallait me rappeler quelque chose, quelque chose que j'avais laissé derrière moi des années auparavant. Je n'avais été délivré de ce sentiment qu'en compagnie de Joyce.

Après le divorce, Linda et Holly déménagèrent dans une jolie maison ancienne. Je m'immergeai dans mon travail, enseignant la gymnastique et l'aïkido à la YMCA de Berkeley.

Je brûlais d'envie d'aller à la station, mais je ne devais pas m'y rendre avant d'être appelé. Et puis comment aurais-je osé y retourner? Je n'avais rien à montrer après toutes ces années.

Je déménageai à Palo Alto et vécus seul, plus seul que je ne l'avais jamais été. Je pensai souvent à Joyce, mais je n'avais pas le droit de la contacter, je le savais. Il me restait encore un travail à achever.

Je me remis à m'entraîner. Je faisais des exercices, je lisais, méditais et continuais à harceler de plus en plus profondément mon esprit de questions, comme avec une épée. Au bout de quelques mois, je retrouvai un bien-être que je n'avais pas connu depuis longtemps. À cette époque, je commençai à écrire, rédigeant quantité de notes sur mes rencontres avec Socrate. Ainsi j'espérais découvrir quelque chose. Rien n'avait réellement changé – je ne voyais rien du moins – depuis qu'il m'avait dit de partir.

Un matin, assis sur les marches devant mon petit appartement, je repensai aux huit années écoulées. J'avais débuté idiot et j'étais presque devenu un guerrier. Puis Socrate m'avait envoyé dans le monde pour apprendre et j'étais redevenu un idiot.

Ces huit années me semblaient gâchées. J'étais donc assis, contemplant les montagnes au-delà de la ville. Soudain, mon attention se précisa et les montagnes commencèrent à dégager un doux rayonnement. À cet instant, je sus ce que j'allais faire.

Je vendis le peu de choses qui me restaient, mis mon sac à dos et partis en stop jusqu'à Fresno, puis je me dirigeai vers l'est dans la Sierra Nevada. C'était la fin de l'été – une bonne époque pour se perdre dans les montagnes.

8

La porte s'ouvre

Sur une petite route près du lac Edison, je me mis à grimper en direction d'un lieu dont Socrate m'avait une fois parlé – en haut et à l'intérieur, au cœur de la nature sauvage. Je sentais que là, dans les montagnes, j'allais trouver la réponse… ou mourir. D'une certaine manière, les deux étaient vrais.

Je montai à travers des prairies, entre des sommets de granit, me frayant un chemin dans des bois touffus de pins et d'épicéas. J'arrivai dans une région où les gens se faisaient plus rares que les pumas, les cerfs et les lézards qui se faufilaient sous les rochers à mon approche.

J'établis mon campement juste avant le crépuscule. Le lendemain, je grimpai plus haut, dans de grands champs de pierres au-dessus des forêts. J'escaladai d'énormes rochers, coupai au travers de canyons et de ravins. Dans le courant de l'après-midi, je ramassai des racines et des baies comestibles et m'étendis près d'une source de cristal. Pour la première fois depuis des années, me semblait-il, j'étais heureux.

En fin d'après-midi, je redescendis dans l'ombre des forêts enchevêtrées, retournant à mon camp de base. Puis je préparai le bois pour le feu du soir, mangeai une autre poignée de nourriture et méditai sous un pin gigantesque, m'abandonnant aux montagnes. Si elles avaient quelque chose à m'offrir, j'étais prêt à l'accepter.

Le ciel s'était obscurci quand je m'assis pour me réchauffer les mains et le visage devant le feu crépitant. Et voilà que soudain, Socrate sortit de l'ombre !

« J'étais dans les parages, alors je suis venu te dire bonjour », déclara-t-il.

Surpris, mais ravi, je me jetai à son cou, et nous avons lutté ensemble, riant et nous salissant par terre. Nous avons secoué la poussière de nos vêtements et nous nous sommes assis près du feu. « Tu n'as presque pas changé, vieux guerrier – je te donne cent ans, pas une année de plus. » (Il avait vieilli, mais ses yeux gris brillaient toujours.)

« Toi, en revanche, il m'observait en souriant, tu as l'air plus âgé, mais guère plus intelligent. Dis-moi, as-tu appris quelque chose ? »

Je soupirai, le regard fixé sur le feu. « Eh bien, j'ai appris à faire mon propre thé. » Je mis une petite casse-role d'eau sur ma cuisinière de fortune et préparai une tisane savoureuse avec les herbes que j'avais ramassées le jour même. Je ne m'attendais pas à une visite ; je lui tendis ma tasse et me servis dans un petit bol. Tout à coup, les mots se pressèrent sur mes lèvres. À mesure que je parlais, le désespoir que j'avais tenu en échec si longtemps s'abattit sur moi.

« Je n'ai rien à t'apporter, Socrate. Je suis toujours perdu – pas plus proche de la porte que le jour où je t'ai rencontré pour la première fois. Je t'ai trahi et la vie m'a trahi ; la vie m'a brisé le cœur. »

Il jubilait. « Oui ! Ton cœur a été brisé, Dan... brisé grand ouvert pour révéler la porte étincelant à l'intérieur. C'est le seul endroit où tu n'as pas cherché. Ouvre les yeux, bouffon – tu es presque arrivé ! »

Désemparé et frustré, j'étais assis là, impuissant.

Socrate me rassura. « Tu es presque prêt... tu es très proche. »

Je pris ces mots au bond. « Proche de quoi ? »

« De la fin. » Je sentis le frisson de la peur courir le long de mon dos. Je me dépêchai de me glisser dans mon sac de couchage tandis que Socrate déroulait le sien. Je m'endormis cette nuit-là avec l'image des yeux de mon maître qui scintillaient, comme s'il regardait au travers de moi, au travers du feu, dans un autre monde.

Aux premiers rayons du soleil, Socrate était levé et installé au bord d'un ruisseau. Je le rejoignis pendant quelques instants sans dire un mot, en jetant des cailloux dans l'eau et en écoutant le plouf. Silencieux, il se retourna et m'observa attentivement.

Le soir, après une journée de promenade insouciante, de nage et de bronzage, Socrate me demanda de lui raconter tout ce que j'avais ressenti depuis que je l'avais vu pour la dernière fois. Je parlai durant trois jours et trois nuits – j'épuisai mon stock de souvenirs. Socrate n'intervint pour ainsi dire pas, sauf pour poser une brève question.

Peu après le coucher du soleil, il m'invita d'un geste à venir le rejoindre près du feu. Nous étions assis en silence, le vieux guerrier et moi, nos jambes croisées sur la terre douce, haut dans la Sierra Nevada.

« Toutes mes illusions ont été anéanties, Socrate, mais il ne reste plus rien pour prendre leur place. Tu m'as montré qu'il était futile de chercher. Mais alors qu'en est-il de la vie du guerrier pacifique ? N'est-ce pas un cheminement, une quête ? »

Il rit de bon cœur et me secoua par les épaules. « Après toutes ces années, tu as finalement trouvé une question valable ! Mais la réponse est sous ton nez. Je t'ai toujours montré la voie *du* guerrier pacifique, pas la voie qui conduit *au* guerrier pacifique. Tant que tu es sur le chemin, tu *es* un guerrier.

« Durant ces huit dernières années, tu as abandonné ton état de guerrier pour pouvoir le chercher. Mais la voie est *maintenant* ; elle l'a toujours été. »

« Qu'est-ce que je fais alors, maintenant ? Où vais-je à partir d'ici ? »

« Qu'importe ! cria-t-il joyeusement. Un fou est 'heureux' lorsque ses besoins sont satisfaits. Un guerrier est heureux sans raison. C'est pourquoi le bonheur est l'ultime discipline – bien plus que tout ce que je t'ai enseigné. »

Tandis qu'une fois de plus nous nous glissions dans nos sacs de couchage, le visage de Soc s'illumina sous le rayonnement rouge du feu. « Dan, dit-il doucement, voici la dernière tâche que je te donne et elle est valable pour la vie. Sois heureux, agis dans le bonheur, sens-toi heureux, sans aucune raison. Alors tu peux aimer et faire ce que tu veux. »

Je commençais à m'endormir. Alors que mes yeux se fermaient, je dis : « Mais Socrate, certaines choses et certaines personnes sont difficiles à aimer ; il semble impossible d'être toujours heureux. »

« Et pourtant, Dan, c'est ce que signifie vivre comme un guerrier. Je ne te dis pas comment être heureux, vois-tu, je te dis simplement d'être heureux. » Sur ces paroles définitives, je m'assoupis. Socrate me réveilla en me secouant doucement juste après l'aube. « Nous avons une longue marche devant nous », dit-il. Et sans tarder, nous sommes partis pour les hauteurs.

Seule son ascension ralentie trahissait l'âge de Socrate et son problème cardiaque. Je me rappelai à nouveau la fragilité de mon maître et son sacrifice. J'avais désormais conscience de la valeur du temps passé avec lui. Alors que nous montions toujours plus haut, je me souvins d'une histoire étrange que je n'avais jamais comprise auparavant.

Une sainte femme marchait au bord d'un précipice. À quelques cent mètres au-dessous d'elle, elle vit une lionne morte, entourée par ses petits qui pleuraient. Sans hésiter, elle sauta de la falaise pour qu'ils aient à manger.

Peut-être qu'en un autre lieu, à une autre époque, Socrate en aurait fait de même.

Nous avons continué à grimper, de plus en plus haut, la plupart du temps en silence, sur des terrains rocailleux, peu boisés, puis vers les sommets au-dessus des arbres.

« Où allons-nous, Socrate ? » demandai-je durant une brève pause.

« Nous nous rendons vers un mont spécial, un endroit sacré, le plus haut plateau à des kilomètres à la ronde. C'était le cimetière de l'une des plus anciennes tribus américaines, si petite qu'aucun livre d'histoire ne la mentionne. Mais ses membres vivaient et travaillaient dans la solitude et la paix. »

« Comment le sais-tu ? »

« J'avais des ancêtres parmi eux. Allons-y maintenant ; nous devons atteindre le plateau avant la tombée de la nuit. »

J'étais arrivé à un point où j'étais prêt à faire confiance à Socrate en toutes choses – pourtant j'avais le senti-ment désagréable de courir un grand danger et de ne pas tout savoir.

Le soleil était très bas ; Socrate pressa le pas. Nous étions essoufflés à sauter de rocher en rocher dans l'ombre. Socrate disparut dans une fissure entre deux rochers et je le suivis le long d'un tunnel étroit formé par les immenses pierres, puis nous nous sommes retrouvés à nouveau dehors. « Au cas où tu devrais revenir seul, te faudra utiliser ce passage, me dit Socrate. C'est la seule façon d'entrer ou de sortir. » J'allais lui poser une question, mais il me fit signe de me taire.

Le ciel s'assombrissait tandis que nous escaladions une dernière pente. En dessous de nous se trouvait une dépression en forme de bol, entourée de hautes falaises déjà plongées dans le noir. Nous sommes descendus dans le bol.

« Commençons-nous à approcher de ce cimetière ? » demandai-je, nerveux.

« Nous sommes dessus, dit-il, nous sommes au milieu des fantômes d'un peuple ancien, une tribu de guerriers. »

Le vent se mit à souffler, comme pour donner plus d'emphase à ses paroles. Le son le plus étrange que j'eus jamais entendu s'éleva ensuite, comme une voie humaine gémissante.

« Mais qu'est-ce que ce foutu vent ? »

Sans répondre, Socrate s'arrêta devant un trou noir dans la paroi de la falaise et déclara : « Entrons. »

Mon instinct criait au danger, mais Soc était déjà entré. J'allumai ma lampe de poche et, laissant le vent geindre derrière moi, je suivis la pâle lueur de la lampe de Soc dans la grotte. Le faisceau dansant de ma lumière me montrait des trous et des crevasses dont je ne pouvais pas voir le fond.

« Soc, je n'ai pas envie d'être enterré si loin dans la montagne », lançai-je. Il me jeta un coup d'œil sévère. Puis, à mon grand soulagement, il se dirigea vers l'ouverture de la grotte, ce qui ne changeait rien en fait : il faisait aussi noir dehors que dedans. Nous avons installé notre camp et Socrate sortit une pile de petites bûches de son sac. « J'ai pensé que nous pourrions en avoir besoin », dit-il. Le feu ne tarda pas à crépiter. Tandis que les flammes dévoraient les bûches, nos corps projetaient des ombres bizarres et tordues, qui dansaient sauvagement sur les parois de la grotte en face de nous. Me les désignant, Socrate déclara : « Ces ombres sur la grotte constituent une *image fondamentale* de l'illusion et de la réalité, de la souffrance et du bonheur. Voici une vieille légende rendue populaire par Platon.

« Il était une fois un peuple qui vivait entièrement à l'intérieur d'une Caverne d'Illusions. Après plusieurs générations, ils en vinrent à croire que leurs propres ombres, projetées sur les murs, représentaient la substance de la réalité. Seuls les mythes et les légendes religieuses évoquaient une possibilité plus séduisante. Obsédés par ce jeu d'ombres, ces gens s'habituèrent à cette sombre réalité et en devinrent prisonniers. »

Je regardais les ombres et sentais la chaleur du feu dans mon dos, tandis que Socrate poursuivait :

« Tout au long de l'histoire, Dan, certains ont heureusement pu s'échapper de la Caverne. Ceux-là se lassèrent du jeu d'ombres, ils commencèrent à le mettre en doute, les ombres ne les satisfaisaient plus. Ils devinrent des chercheurs de lumière. Quelques favorisés trouvèrent un guide qui les prépara, puis les emmena à la lumière du soleil, au-delà de toute illusion. »

Captivé par son histoire, j'observais les ombres qui dansaient sur le granit. Soc ajouta :

« Tous les gens à travers le monde sont prisonniers de la Caverne de leur propre esprit. Seuls peuvent rire pour l'éternité ces quelques guerriers qui voient la lumière, qui se sont libérés, s'abandonnant à toute chose. Et c'est ce que tu vas faire, mon ami. »

« Cela paraît hors de portée, Soc… et un peu effrayant. »

« C'est au-delà de toute quête et de toute peur. Une fois que ce sera arrivé, tu verras que c'est tellement évident, simple, ordinaire, éveillé et heureux. Ce n'est que la réalité, au-delà des ombres. »

Nous sommes restés assis dans un silence que troublaient seulement les craquements des bûches dans le feu. J'observais Socrate, qui semblait attendre quelque chose. Je me sentais mal à l'aise, mais la faible lumière de l'aube, révélant l'ouverture de la grotte, me redonna courage. Mais la grotte fut à nouveau plongée dans l'ombre. Socrate se leva rapidement et se dirigea vers l'entrée. Je le suivis. Dehors, l'air sentait l'ozone. Les poils se dressaient sur ma nuque sous l'effet de l'électricité statique. L'orage éclata soudain.

Socrate pivota pour me faire face. « Il ne reste plus beaucoup de temps. Tu dois te sauver de la caverne ; l'éternité n'est pas si loin ! »

Un éclair jaillit. La foudre frappa l'un des sommets au loin. « Dépêche-toi ! » cria Socrate d'un ton pressant que je ne lui avais jamais entendu auparavant. À cet instant, l'Impression me vint – ce sentiment qui s'était toujours avéré – et Elle me dit : « Prends garde… la Mort rôde. »

Puis Socrate parla à nouveau, d'une voix inquiétante et stridente. « Il y a du danger ici. Retranche-toi plus profondément dans la grotte. » Je voulus chercher ma lampe de poche dans mon sac, mais il gronda : « Vas-y ! »

Je battis en retraite dans l'obscurité et m'appuyai contre le mur. Suspendant mon souffle, je l'attendis, mais il avait disparu. Alors que j'allais l'appeler, je faillis m'évanouir. Une sorte d'étau se saisit de moi derrière la nuque avec une force capable de me broyer et m'entraîna plus loin dans la caverne. « Socrate ! hurlai-je. Socrate ! »

La prise se relâcha sur ma nuque, mais une douleur encore plus horrible lui succéda : on m'écrasait l'arrière de la tête. Je hurlai et hurlai encore. À l'instant où mon crâne allait se briser sous la folle pression, j'entendis ces paroles – émanant à coup sûr de Socrate : « Ceci est ton dernier voyage. »

Après un craquement horrible, la douleur disparut. Je m'effondrai sur le sol de la grotte avec un bruit sourd. À la lueur d'un éclair, je vis Socrate penché sur moi, me regardant. Puis j'entendis le bruit du tonnerre d'un autre monde. Je sus alors que j'étais en train de mourir.

L'une de mes jambes pendait mollement au bord d'un trou profond. Socrate me poussa dans le précipice, dans l'abîme, et je tombai, rebondissant, me fracassant contre les rochers, descendant dans les entrailles de la terre. Puis je passai à travers une ouverture et la montagne m'éjecta à l'air libre où mon corps désarticulé se mit à rouler pour atterrir finalement en une masse informe dans une prairie verte et humide, loin, très loin en dessous.

Mon corps n'était plus qu'un morceau de viande brisé et tordu. Des oiseaux de proie, des rongeurs, des insectes et des vers vinrent se nourrir de la chair en décomposition que je m'étais imaginée être « moi ». Le temps s'écoula de plus en plus vite. Les jours défilaient comme des secondes et le ciel se mit à clignoter sous l'alternance de la lumière et de l'obscurité ; puis les jours devinrent des semaines et les semaines des mois.

Les saisons passèrent. Les restes de mon corps commencèrent à se dissoudre, enrichissant le sol. Les neiges glacées de l'hiver préservèrent mes os durant quelque temps, mais à mesure que les saisons se succédaient en cycles de plus en plus rapides, même les os se transformèrent en poussière. Nourries par mon corps, des fleurs et des arbres poussèrent et moururent dans la prairie. Et finalement, la prairie elle-même disparut.

J'étais devenu une partie des oiseaux de proie qui s'étaient régalés de ma chair, une partie des insectes et des rongeurs, et de leurs prédateurs aussi, en un grand cycle de vie et de mort. Je devins leurs ancêtres, jusqu'au moment où eux aussi revinrent à la terre.

Le Dan Millman qui avait vécu si longtemps auparavant était parti à jamais, étincelle dans l'éternité – mais *je* restais inchangé à travers les âges. J'étais maintenant Moi-Même. La Conscience qui observait tout, qui était tout. Toutes les différentes parties de moi-même continueraient à jamais, changeant incessamment, éternellement nouvelles.

Je compris que la Mort tant redoutée par Dan Millman avait été sa plus grande illusion. Par là-même, sa vie avait aussi été une illusion, un problème, rien de plus qu'un incident bizarre durant lequel la Conscience s'était oubliée.

De son vivant, Dan n'avait pas passé la porte, n'avait pas réalisé sa vraie nature. Il avait vécu seul, dans la mortalité et la peur.

Mais *moi* je savais. Si seulement il avait su ce que je savais maintenant.

J'étais étendu sur le sol de la grotte, souriant. Je m'assis, adossé à la paroi, regardant dans le noir, perplexe, mais nullement effrayé. Ma vision s'ajusta lentement et je découvris un homme aux cheveux blancs à côté de moi, souriant lui aussi. Puis, émergeant de milliers d'années, tout me revint, et je fus momentanément attristé de mon retour dans une forme mortelle. Puis, je m'aperçus que c'était sans importance – rien n'avait plus d'importance !

Cela me parut très amusant. Tout était amusant et j'éclatai de rire. Les yeux de Socrate et les miens brillaient d'une joie extatique. Je savais qu'il savait ce que je savais. Je me penchai vers lui et le serrai dans mes bras. Nous avons dansé en rond dans la caverne, riant comme des fous de ma mort.

Ensuite, nous avons ramassé nos affaires pour redescendre. Nous sommes passés par le tunnel, puis dans les ravins et les rochers jusqu'à notre camp de base.

Je parlais peu, mais riais souvent, parce que chaque fois que je regardais autour de moi – la terre, le ciel, le soleil, les arbres, les lacs, les ruisseaux – je me rappelais que tout cela était Moi !

Durant toutes ces années, Dan Millman avait grandi, luttant pour « devenir quelqu'un ». Quelle idée ! Il avait été quelqu'un, enfermé dans un esprit apeuré et un corps mortel.

« Bon, pensai-je, maintenant je joue à nouveau le rôle de Dan Millman, j'aurais donc intérêt à m'y habituer pour quelques secondes d'éternité de plus, jusqu'à ce qu'il passe aussi. Mais à présent, je sais que je ne suis pas seulement ce bout de chair – et ce secret fait toute la différence ! »

Il n'y avait aucun moyen de décrire l'impact de cette connaissance. J'étais simplement éveillé.

Et donc, je m'éveillai à la réalité, libre de tout but, de toute quête. Que pouvait-on chercher ? Avec ma mort, toutes les paroles de Socrate s'étaient mises à vivre. C'était là tout le paradoxe, l'humour et le grand changement. Toutes les quêtes, tous les succès, tous les buts étaient aussi appréciables les uns que les autres et aussi superflus.

L'énergie coulait dans mon corps. Je débordais de bonheur et explosais de rire ; c'était le rire d'un homme heureux sans raison.

Ainsi nous sommes redescendus, dépassant des lacs, pénétrant dans l'épaisse forêt, retournant au ruisseau près duquel nous avions campé deux jours… ou mille ans auparavant.

J'avais perdu mes règles, ma morale et toute ma peur là-haut dans la montagne. On ne pouvait plus exercer le moindre contrôle sur moi. De quel châtiment aurait-on pu me menacer ? Et pourtant, sans code de conduite, je sentais ce qui était équilibré, ce qui convenait et ce qui émanait de l'Amour. J'étais capable d'agir avec amour et pas autrement. Soc l'avait dit ; existait-il une puissance plus grande ?

J'avais perdu mon intellect et j'étais tombé dans mon cœur. La porte s'était finalement ouverte et j'étais passé, en riant, parce qu'elle aussi, était une farce. C'était une porte sans porte, une illusion de plus, une image que Socrate avait tissée dans la toile de ma réalité. J'avais finalement vu ce qu'il y avait à voir. Le chemin allait continuer, sans fin, mais désormais, il se trouvait en pleine lumière.

La nuit tombait lorsque nous sommes arrivés au camp. Nous avons fait un feu et mangé un petit repas de fruits séchés et de graines de tournesol, mes dernières réserves. Alors seulement, tandis que le feu projetait une clarté mouvante sur nos visages, Socrate se décida à parler.

« Tu la perdras, tu sais. »

« Quoi ? »

« Ta vision. Elle est rare – n'étant possible que par un concours de circonstances exceptionnel – mais c'est une expérience, et donc tu la perdras. »

« Peut-être, Socrate, mais qu'importe ? » Je ris. « J'ai aussi perdu mon mental et je ne réussis plus à le retrouver ! »

Il haussa les sourcils, agréablement surpris.

« Dans ce cas, mon travail avec toi est terminé. Ma dette est payée. »

« Oh oh ! » Je souris. « Veux-tu dire que ce jour est pour moi celui de la remise des diplômes ? »

« Non, Dan, c'est le jour de la remise des diplômes pour *moi*. »

Il se leva, mit son sac sur ses épaules et partit, se fondant dans l'ombre.

Il était temps de revenir à la station, là où tout avait commencé. Je me doutais que Socrate s'y trouvait déjà et qu'il m'attendait. Dès le lever du soleil, je chargeai mon sac et entamai la descente.

Il me fallut plusieurs jours pour revenir. Une voiture m'emmena jusqu'à Fresno, puis je suivis la 101 jusqu'à

San Jose et retournai à Palo Alto. Je n'avais quitté mon appartement que quelques semaines auparavant, étant alors un «quelqu'un» désespéré. J'avais du mal à le croire.

Je rangeai mes affaires, puis partis à Berkeley. À trois heures de l'après-midi, j'étais dans les rues familières; il me restait du temps avant l'arrivée de Socrate. Je garai la voiture à Piedmont et traversai le campus à pied. Les cours venaient de recommencer et les étudiants s'affairaient à être des étudiants. Je déambulai le long de Telegraph Avenue et observai les commerçants qui jouaient parfaitement aux commerçants. Partout où j'allais – dans les magasins, au marché, au cinéma, dans les salons de massage – tout le monde était à la perfection ce qu'il croyait être.

Je passais d'une rue à l'autre comme un fantôme heureux, le spectre de Bouddha. Je voulais chuchoter à l'oreille des gens: «Réveillez-vous! Réveillez-vous! Bientôt la personne que vous croyez être mourra – alors réveillez-vous, maintenant, et soyez heureux de savoir ceci: *Il n'y a pas besoin de chercher. La réussite ne mène à rien. Elle ne fait aucune différence, alors soyez simplement heureux, maintenant! L'amour est la seule réalité du monde, parce qu'il est Un, voyez-vous. Et les seules lois sont le paradoxe, l'humour et le changement. Il n'y a pas de problème, il n'y en a jamais eu, il n'y en aura jamais. Cessez de lutter, libérez-vous de votre intellect, débarrassez-vous de vos soucis et détendez-vous dans le monde. Inutile de résister à la vie; faites simplement de votre mieux. Ouvrez les yeux et découvrez que vous êtes bien plus que vous ne l'imaginez. Vous êtes le monde, vous êtes l'univers; vous êtes vous-mêmes ainsi que tous les autres! Tout cela fait partie du Jeu merveilleux de Dieu. Réveillez-vous et retrouvez votre humour. Ne vous inquiétez pas, soyez simplement heureux. Vous êtes déjà libres!*»

Je souhaitais tenir ce discours à chaque personne que je croisais, mais si je l'avais fait, on m'aurait sans doute cru dérangé ou même dangereux. Je connaissais la sagesse du silence.

Les magasins fermaient. Dans quelques heures, il serait temps pour la relève de Socrate à la station. Je montai dans les collines, sortis de ma voiture et m'assis sur un rocher surplombant la baie. Je regardai la cité de San Francisco au loin et la Golden Gate. Je ressentais tout, les oiseaux dans leurs nids dans les bois de Tiburon, Marin et Sausalito. Je ressentais la vie de la ville, les amoureux qui s'embrassaient, les criminels à l'œuvre, les travailleurs sociaux n'épargnant pas leur peine. Et je savais que tout et tous, les bons et les méchants, le haut et le bas, le sacré et le profane, constituaient une partie parfaite du Jeu. Chacun jouait si bien son rôle ! Et moi j'étais tout cela, j'en étais chaque parcelle. Je voyais jusqu'aux confins du monde et j'aimais tout.

Je fermai les yeux pour méditer, mais je m'aperçus que je méditais à présent constamment, les yeux grands ouverts.

Après minuit, je me rendis à la station. La sonnerie annonça mon arrivée. Du bureau chaleureusement éclairé sortit mon ami, un homme qui avait l'air d'un robuste quinquagénaire ; mince, coriace, souple. Il vint vers moi, du côté du conducteur, en souriant et lança : « Le plein ? »

« Le bonheur et un réservoir plein », répondis-je, puis je m'interrogeai. Où avais-je lu cette phrase ? Que fallait-il me rappeler ?

Tandis que Socrate remplissait le réservoir, je nettoyai les vitres, puis je garai la voiture derrière la station et entrai une dernière fois dans le bureau. Je le considérais comme un lieu saint… un temple inattendu. Cette nuit-là, la pièce semblait électrifiée. Quelque chose se préparait, mais je ne savais pas quoi.

Socrate fouilla dans son tiroir et me tendit un gros cahier que les années avaient craquelé et desséché. Il contenait des notes consignées d'une écriture fine et appliquée. « C'est mon journal – un compte-rendu de ma vie depuis ma jeunesse. Il répondra à toutes les questions que tu n'as pas posées. Il est à toi désormais, c'est un cadeau. Je t'ai donné tout ce que j'ai pu. Maintenant, à toi de jouer. Mon travail est terminé, mais il te reste du pain sur la planche. »

« Que peut-il bien me rester ? » Je souris.

« Tu écriras et tu enseigneras. Tu vivras une vie ordinaire. Tu apprendras à rester ordinaire dans un monde troublé auquel, en un sens, tu n'appartiens plus. Reste ordinaire et tu pourras aider les autres. »

Socrate se leva de son fauteuil et aligna soigneusement sa tasse à côté de la mienne. Je regardai sa main. Elle brillait, elle rayonnait plus que jamais.

« Je me sens très bizarre, dit-il, l'air surpris. Il faut que j'y aille, je crois. »

« Puis-je faire quelque chose ? » demandai-je, pensant qu'il avait un problème digestif.

« Non. » Le regard perdu dans l'espace, comme si la pièce et moi-même n'existions plus, il se dirigea lentement vers la porte marquée « Privé », l'ouvrit et entra.

Je m'inquiétais pour lui. J'en avais conscience, notre séjour dans les montagnes l'avait fatigué, et pourtant, il rayonnait à présent plus que jamais. Comme d'habitude, Socrate était imprévisible.

Je m'assis sur le canapé, les yeux fixés sur la porte, attendant son retour. Je criai : « Hé, Socrate, tu brilles comme une ampoule, ce soir. As-tu mangé une anguille électrique à ton dîner ? Il faut absolument que tu viennes chez moi à Noël ; tu ferais une décoration magnifique sur mon sapin. »

Il me sembla voir un éclair de lumière passer sous la porte. Si l'ampoule avait sauté, il allait se dépêcher. « Soc, vas-tu passer toute la nuit là-dedans ? Je croyais que les guerriers n'étaient jamais constipés. »

Cinq minutes s'écoulèrent, puis dix. J'étais assis, tenant son précieux journal dans les mains. Je l'appelai, puis appelai à nouveau, mais n'obtins aucune réponse. Soudain je sus : ce n'était pas possible, mais je savais que c'était arrivé.

Je me levai d'un bond et courus jusqu'à la porte, l'ouvrant si violemment qu'elle claqua contre le mur carrelé avec un bruit métallique qui résonna dans la salle de bain vide. Je me souvins de l'éclair de lumière quelques minutes auparavant. Socrate était entré, rayonnant, dans cette salle de bain, et il avait disparu.

Je restai là longtemps, jusqu'au moment où j'entendis la sonnerie familière de la station, puis un coup de klaxon. Je sortis, remplis machinalement le réservoir, pris l'argent et rendis la monnaie de ma poche. Lorsque je rentrai dans le bureau, je m'aperçus que je n'avais même pas mis mes chaussures. J'éclatai de rire ; mon rire devint hystérique, puis se calma. Je m'assis sur le canapé, sur la vieille couverture mexicaine décolorée qui tombait en lambeaux, et regardai la pièce, le vieux tapis jaune, le bureau en noyer, le robinet. Je vis deux tasses – celle de Soc et la mienne – toujours posées sur le bureau et finalement, son fauteuil vide.

Puis je lui parlai. Où que fût ce vieux guerrier malicieux, il me fallait avoir le dernier mot.

« Eh bien, Soc, voilà où j'en suis, entre le passé et le futur à nouveau, flottant entre le ciel et la terre. Que pourrais-je te dire qui suffise ? Merci à toi, mon maître, mon inspiration, mon ami. Tu me manqueras. Adieu. »

Je quittai la station empli d'un seul sentiment, l'émerveillement. Je savais que je ne l'avais pas perdu, pas vraiment. J'avais eu besoin de toutes ces années pour voir l'évidence, que Socrate et moi n'avions jamais été différents. Durant tout ce temps, nous n'avions fait qu'un.

Je marchai le long des chemins du campus, traversai le ruisseau, me dirigeant vers la ville au-delà des bosquets ombreux, poursuivant la voie, la voie qui me menait chez moi.

Épilogue

J'avais passé la porte, vu ce qu'il y avait à voir, compris, en haut d'une montagne, ma vraie nature. Pourtant, comme le vieil homme qui avait remis son fardeau sur ses épaules et continué sa route, je savais que tout avait changé, mais rien n'avait changé.

Je vivais encore une vie humaine ordinaire avec des responsabilités humaines ordinaires. Il me fallait réussir à mener une existence heureuse et utile dans un monde qui acceptait mal quelqu'un que ne motivait plus aucune quête ni aucun problème. J'appris qu'un homme heureux sans raison peut taper sur les nerfs des gens! En de nombreuses occasions, je commençai à comprendre et à envier les moines qui s'installaient dans des grottes isolées. Mais j'étais allé dans ma grotte. L'époque durant laquelle j'avais reçu s'achevait; il était temps pour moi de donner.

Je déménageai de Palo Alto à San Francisco et trouvai du travail comme peintre en bâtiment. Dès que je fus établi dans une maison, je m'occupai d'une affaire laissée en suspens. Je n'avais plus revu Joyce depuis Oberlin. Je trouvai son numéro à New Jersey et l'appelai.

«Dan, quelle surprise! Comment vas-tu?»

«Très bien, Joyce. Il s'est passé beaucoup de choses récemment.»

Il y eut un silence. «Euh, comment vont ta fille... et ta femme?»

« Linda et Holly vont bien. Linda et moi avons divorcé il y a quelque temps. »

« Dan… – un autre silence – pourquoi me téléphones-tu ? »

Je pris une profonde inspiration. « Joyce, je souhaite que tu viennes en Californie et que tu vives avec moi. Je n'ai aucun doute à ton sujet… à notre sujet. Il y a beaucoup de place ici… »

« Dan – Joyce éclata de rire –, tu vas beaucoup trop vite pour moi ! Quand proposes-tu de réaliser ce petit arrangement ? »

« Maintenant, ou dès que tu pourras. Joyce, j'ai tant de choses à te dire… des choses que je n'ai jamais racontées à personne. Je les ai gardées en moi si longtemps. M'appelleras-tu dès que tu auras pris une décision ? »

« Dan, es-tu sûr de toi ? »

« Oui, crois-moi, et j'attendrai ton coup de téléphone chaque soir. »

Environ deux semaines plus tard, je reçus un appel à sept heures et quart.

« Joyce ! »

« J'appelle de l'aéroport. »

« De l'aéroport de Newark ? Tu pars ? Tu viens ? »

« De l'aéroport de San Francisco. Je suis arrivée. »

Je ne compris pas tout de suite. « L'aéroport de San Francisco ? »

« Oui – elle rit. Tu sais, cette piste d'atterrissage au sud de la ville ? Alors ? Tu viens me chercher ou dois-je faire du stop ? »

Durant les jours qui suivirent, nous avons passé tout notre temps libre ensemble. J'avais arrêté mon travail de peintre et j'enseignais la gymnastique dans un petit studio à San Francisco. Je lui racontai ma vie, à peu près comme elle est écrite ici, et je lui dis tout sur Socrate. Elle écouta attentivement.

« Tu sais, Dan, j'éprouve une drôle d'impression quand tu me parles de cet homme… comme si je le connaissais. »

« Tout est possible. » Je souris.

« Vraiment ? Serait-il possible que je le connaisse ? Ce que je ne t'ai jamais dit, Danny, c'est que j'ai quitté la maison juste avant de commencer le lycée. »

« C'est inhabituel, répondis-je, mais pas trop étrange. » « Ce qui est étrange, c'est que je n'ai aucun souvenir des années qui se sont écoulées entre le moment où j'ai quitté la maison et celui où je suis arrivée à Oberlin. Et ce n'est pas tout. À Oberlin, avant ton arrivée, je me rappelle avoir eu des rêves, des rêves très bizarres, au sujet de quelqu'un comme toi... et d'un homme aux cheveux blancs ! Et mes parents... mes parents, Danny... » Ses grands yeux brillants s'ouvrirent tout grands et s'emplirent de larmes. «...mes parents m'appelaient toujours par mon surnom... » Je la pris par les épaules et la regardai dans les yeux. L'instant d'après, comme sous l'effet d'un choc électrique, une certaine partie de nos mémoires se réveilla quand elle dit : «...mon surnom était *Joy*. »

Nous nous sommes mariés en présence de nos amis, dans les montagnes de Californie. J'aurais donné n'importe quoi pour pouvoir partager ce moment avec l'homme qui était à l'origine de tout, pour nous deux. Je me souvins alors de la carte qu'il m'avait remise – celle qu'il me fallait utiliser si j'avais vraiment besoin de lui. Je jugeai l'heure venue. Je m'éloignai un instant de nos invités et traversai la route pour gagner une petite éminence de terre qui surplombait les bois et les collines. Il y avait là un jardin avec un orme unique, presque caché parmi les vignes. Je trouvai la carte dans mon portefeuille, parmi d'autres papiers. Elle était un peu écornée, mais elle rayonnait encore.

Guerrier, S.A.
Socrate, Propr.
Spécialités :
Paradoxe, Humour,
et Changement
Urgences seulement !

Je la tins entre mes deux mains et parlai doucement. « Alors Socrate, vieux sorcier, fais ton truc. Viens nous rendre visite, Soc ! » J'attendis, puis essayai de nouveau.

Rien ne se produisit. Rien du tout. Le vent souffla un instant… rien de plus.

Ma déception me surprit. J'avais espéré en secret son retour, d'une façon ou d'une autre. Mais il ne reviendrait plus, ni en cet instant, ni jamais. Mes bras retombèrent le long de mon corps et j'abaissai mon regard vers la terre. « Au revoir, Socrate. Au revoir, mon ami. »

J'ouvris mon portefeuille pour y remettre la carte et considérai à nouveau sa brillance qui persistait. La carte avait changé. Au lieu d'« Urgences seulement » s'y trouvait un seul mot, à l'éclat plus fort que le reste : « Bonheur ». C'était son cadeau de mariage. À cet instant, une brise chaude me caressa le visage, m'ébouriffa les cheveux et une feuille me toucha la joue en tombant de l'orme.

Je renversai la tête en arrière, riant de joie, et regardai, au travers des branches de l'orme, les nuages qui flottaient paresseusement. Puis je jetai un coup d'œil par-dessus le petit mur de pierre, apercevant des maisons éparpillées dans la forêt verte en bas. Le vent souffla à nouveau et un oiseau solitaire passa.

Alors la vérité m'apparut. Socrate n'était pas venu, parce qu'il n'était jamais parti. Il avait simplement changé. Il était l'orme au-dessus de ma tête, il était les nuages et l'oiseau et le vent. Ils seraient toujours mes maîtres, mes amis.

Avant de retourner vers ma femme, mon foyer, mes amis et mon futur, j'embrassai du regard le monde autour de moi. Socrate *était* là. Il était partout.

Pour toutes informations à propos de l'auteur, visitez son site web :
www.danmillman.com

À PROPOS DE L'AUTEUR

Pendant qu'il faisait ses études à l'université de Californie à Berkeley, Dan Millman fut champion du monde de gymnastique au trampoline et concurrent international toutes disciplines. Durant les quinze dernières années, il a enseigné la gymnastique, la danse, les arts martiaux, le yoga, ainsi que d'autres formes d'entraînement psychophysique à Stanford University, U.C. Berkeley, et à Oberlin College. Dan vit maintenant à Marin County, en Californie. Il continue à écrire, à enseigner et à faire des conférences dans tout le pays. On peut joindre Dan en passant par l'éditeur américain, H.J. Kramer, Inc.

« Le guerrier pacifique » peut être comparé à une peinture abstraite ou un miroir dans lequel chacun voit le reflet de sa propre vérité. Il se lit à plusieurs niveaux.

Le personnage de Socrate a pour base un homme que j'ai réellement rencontré dans une station-service, à Berkeley, en Californie, en pleine nuit. Mais d'autres personnes, maîtres et influences, dont mon propre Moi Supérieur, ont contribué à étoffer ce personnage. De même qu'il est un composite de plusieurs personnages, je suis pour ma part devenu un composite de divers chercheurs spirituels, qui ont chacun leur voie. De ce fait, il ne s'agit pas seulement de moi, mais de nous tous.

La Lumière est une, mais les lampes innombrables. Il y a beaucoup de maîtres, de voies et de livres. Je suis heureux que celui-ci ait pu éclairer certains d'entre nous, nous rappelant ce que nous savons déjà, mais que nous avons provisoirement oublié ; qu'il nous ait inspiré pour nous rappeler qui nous sommes et à vivre de notre mieux, avec humour et compassion – pour les autres et pour nous-mêmes.

Dan MILLMAN – San Rafael,
Californie. Printemps 1988.

TABLE DES MATIÈRES

6807

Achevé d'imprimer en France (Malesherbes)
par MAURY IMPRIMEUR
le 5 février 2013.

1er dépôt légal dans la collection : octobre 2003.
EAN 9782290021552
N° d'impression : 179068

ÉDITIONS J'AI LU
87, quai Panhard-et-Levassor, 75013 Paris

Diffusion France et étranger : Flammarion